RELATION DV
VOYAGE
DE PERSE,

FAICT PAR LE R.P. PACIFIQVE DE
Prouins Predicateur Capucin.

OV VOVS VERREZ LES REMARQVES PARTICVLIERES
de la Terre saincte, & des lieux où se sont operez plusieurs Miracles
depuis la Creation du monde, iusques à la mort & Passion
de nostre Seigneur Iesus-Christ.

AVSSI LE COMMANDEMENT DV GRAND
Seigneur Sultan Murat, pour establir des Conuents de Capucins
par tous les lieux de son Empire.

ENSEMBLE LE BON TRAITEMENT QVE LE ROY
de Perse fit au R.P.Pacifique, luy donnant vn sien Palais pour sa demeure,
auec permission aussi de bastir des Monasteres par tout son Royaume; Et
finalement la lettre & present qu'il luy donna pour apporter au Roy Tres-
Chrestien de France & de Nauarre LOVYS XIII.

AVEC

LE TESTAMENT DE MAHOMET QVE LES TVRCS
appellent sa main & signature qu'il fit auant que de mourir.

A PARIS,

Chez NICOLAS & IEAN DE LA COSTE, freres, au
mont S. Hilaire à l'Escu de Bretagne,
ET
A la petite porte du Palais, denant les Augustins.

M. DC. XXXI.

L'IMPRIMEVR
au Lecteur.

AMY Lecteur, Ie vous presente ce voyage, qui merite d'estre leu : Il n'y a rien dedans qui ne soit grandement profitable pour toutes sortes de personnes. Dans le premier traité vous y verrez le premier voyage qu'il a faict en la terre Saincte, & les remarques des lieux par où il a passé, & principalement de Constantinople & autres villes. Au second traité, la remarque des lieux Saincts, & des choses qui s'y sont faites & passées depuis la Creation du monde iusques à la venuë du Verbe Incarné, diuisé en quatre Classes. Dans le troisiesme, comment il partit pour la seconde fois de Paris pour accomplir son voyage de Perse. Finalement comme il y alla : des choses qui luy arriuerent pendant son voyage, & comment par permission du Roy de Perse il a installé des Religieux de son Ordre audit Royaume : des propos qu'il tint au Roy touchant sa mission, & de la lettre que le Roy de Perse luy bailla pour apporter au Roy tres-Chrestien Lovys XIII. Roy de France & de Nauarre.

á ij

TABLE

DES TRAITEZ

CONTENVS EN
CE LIVRE.

ã iij

Second Voyage.

page 229.

FIN.

ADVIS

AV LECTEVR,
SVR LE VOYAGE
du R. P. F. Pacifique de
Prouins, en Perſe.

ES grands Seigneurs qui ſçauent comment il faut voir le monde, & faire profit des voyages, ont ordinairement ceſte
curioſité, eſtans de retour en leurs maiſons, de repreſenter dans des tableaux,
les lieux les plus remarquables & ſignalez qu'ils ont
veus, & ont eu le ſoin autant que le temps & la def-
fiance des peuples leur a permis d'en prendre le plan &
l'enleuer par le crayon, afin qu'eſtans ainſi repreſentez
& enrichiz de diuerſes remarques & particularitez,
que la memoire & l'imagination toute recente leur
en peut fournir, ils les puiſſent attacher dans leurs ſales
& galeries, en ſorte que venans à ſe promener, ſeuls &
en compagnie, ils repaſſent en eſprit autant de fois
par ces lieux, pour en les contemplant en faire re-

A

2

cit à leurs amis. Noſtre Pere Pacifique qui pour tout
hoſtel n'a qu'vne eſtroitte cellule, qui a peine eſt capable pour receuoir les ornemens de ſon Oratoire &
eſtude, n'ayant en toute ſon eſtenduë que la largeur
d'vne toiſe ou enuiron, s'aduiſe d'vne autre inuention:
car au lieu de ces longs & larges tableaux, il deduit par
le menu en de certains petits cahiers tous les lieux par
où il a paſſé, auec la deſcriptiõ des Royaumes, Prouinces, Villes, Chaſteaux, &c. les dágers qu'il a encourus en
ſa nauigation. Puis les ayans ioints enſemble, les met ſur
vn coin de ſa table, pour en les fueilletant, recreer ſon
eſprit, laſſé d'vn trauail plus ſerieux, pour en permettre
la lecture à ceux qui ne peuuent voir les lieux eſloignez
que par la bouche & plume d'autruy, non-pas en intention de le diuulguer au public, ains à quelques ſiens
amis particuliers (crainte qu'on ne luy attribuaſt vne
action de vaine gloire) l'vn deſquels ne deſirant qu'vn
ſi beau deſſein fuſt enſeuely dans le tombeau de l'ou-
bliance, le communiqua à l'Imprimeur, lequel ſe ſeruant de l'occaſion, a entrepris de le mettre en lumiere,
afin qu'vn chacun fuſt participant de ce qui s'eſt paſſé
en ſon voyage pendant ſon ſejour, & que l'on luy peuſt
tenir compagnie (par imagination) à repaſſer par les
Mers, & voir les diuerſes nations de l'Europe, de l'Aſie
& de l'Afrique.

EMBARQVEMENT
DV R·P·F· PACIFIQVE
de Prouins pour aller
en Leuant.

O v s fifmes voile, & partifmes des Ifles de Marfeille le iour S. Vincent vingt-deuxiefme Ianuier mil fix cens vingt-deux, au nombre de dix-fept Vaiffeaux, d'autant qué les Marchands incommo-dez grandement par les Corfaires d'Arger & dé Thunis, furent contraints faire flotte & la fortifier de Vaiffeaux de guerre, qui eftoient commandez par Monfieur de Manty, & le fieur de l'Ifle fon Lieutenant.

Nous partifmes auec le vent en poupe, le plus fauorable que nous euffions peu defirer, mais à peine eufmes nous cheminé trois heures, que le vent fe rendit fi fort & impetueux, que les meilleurs mariniers eftoient bien empefchez de leur contenance. Nous paffafmes coftoyant la Corfeque de prés l'ayant à la fenestre : de là nous abordafmes la Sardagne qui eft en

Corfeque.

A ij

suitte de la Corseque, & cheminasmes tousiours nonobstant l'impetuosité du vent & la rigueur des ondes,
qui furent telles qu'en vne nuict la pluspart de nos
vaisseaux furent separez l'vn de l'autre malgré eux, de
sorte que nous croyons & craignions qu'aucuns fussent perdus, speciallement nostre Admirante & deux
autres. Mais auât nostre partement de Marseille l'Admiral ayant donné le rendez vous au port d'vne ville
de Sardaigne nómé Caillery, au cas que le hazard nous
arriuast, le bó heur voulut que nous nous trouuasmes
tous audit lieu, où chacun racontant sa fortune, nous
trouuasmes que nostre seul vaisseau auoit esté le plus
doucement traicté. Car nostre Admiral & nostre Admirante auoit esté tellement battus de coups de mer
que les soldats qui estoyent dedâs crioyent misericorde, croyant estre noyez. Vn auoit sa poupe emportée,
l'autre vne autre fortune, & nous n'eusmes iamais que
des coups sans fortune: Dieu sçait quel contentement
de nous reuoir tous; nous dis-ie qui croyons ne nous
plus voir. Nous fusmes vn iour deuant cette ville à
nous entre-visiter & conioüir de nostre heureuse re-
trouuee.

Sardai-
gne. Cette ville de Caillery est la principale de la Sardaigne, où le Viceroy faict sa demeure : elle est scituée sur
le bord de la mer, & en vne place fort belle aupres de
la coste, toute laquelle coste de Sardaigne est bordée
de tours & sentinelles le long du riuage de la mer
pour crainte des Corsaires de Barbarie, qui abordans
les costes, pillent tous les villages & villes qui sont proches, & emmenent les hommes & femmes captifs en

Arger ou Thunis. Et outre ce malheur, le païs est tout farcy de Bandis & volleurs; c'est grand dommage, car le pays est tres-beau & bon, & fort fertil. Ayant demeuré au port & à l'anchre tout le iour de la Conuersion sainct Paul vingt-cinquiesme Ianuier, le lendemain qui estoit le vingt-sixiesme nous leuasmes les anchres tous ensemble, auec dessein d'aller à Malte : si tost que nous fusmes partis de Caillery auec le plus beau temps du monde, le vent se reuolta & se rendit si furieux que comme nous fusmes arriuez deuant l'Isle de Malte, pensant entrer dans le port de la ville, prés de laquelle nous estions desia, la tempeste nous en reietta si loing, & nous separa encores tellement l'vn de l'autre, qu'oncques depuis ne nous sommes nous reueus. Nostre seul vaisseau de sainct François, auec vn autre de saincte Marguerite, & vne Barque fusmes iettez dans le grand golphe de Venise, dans lequel nous Golphe fusmes quatre iours, allant comme traits d'arbaleste de Venise. plus battus de vents, des orages, bourasques frequentes & redoublées, de la pluye & de la mer, que ne sont les forçats de galeres, de cordes & cercles, sans pouuoir nous soustenir dans le vaisseau, ny manger vn morceau de biscuit, tant nous estions debiles : & au bout de quatre iours ne sçachans de quel costé estoit la terre, nos apprehensions estoient d'aller la nuict frapper contre quelque rocher ou Isle. Mais en fin toute la compagnie du vaisseau qui consistoit en soixante & dix personnes que nous estions, ayans de commun accord fait vn veu à la Vierge, à ce qu'elle nous fist découurir la terre, le lendemain à la pointe du iour nous

A iij

l'aperceufmes à la bonne heure, dont nous rendifmes
graces à Dieu. Car fi nous euffions demeuré encores
deux heures fans la voir, nous allions frapper contre.

Golphe de Ve-
nife. Outre le golphe de Venife le plus renommé en cefte
mer il y en a vn autre affez fameux, appellé le golphe
de Satalie, dans lequel, felon que les Hiftoriens nous

Golphe de Sata-
lie. apprennent, & la tradition auffi, que faincte Heleine
mere de Conftantin retournant de Hierufalem à Con-
ftantinople, & portant à fon fils les clouds dont noftre
Seigneur fut crucifié, fe voyant en danger de perir
pour l'impetuofité des vents & bourfouflemens des
vagues orageufes, ietta vn de ces facrez clouds, & à
l'heure mefme la mer fe calma, & les vents s'affoibli-
rent. Et depuis, les mariniers difent que iamais on n'a
entendu qu'aucun vaiffeau s'y foit perdu, s'il n'a efté
pris des Corfaires. C'eft pourquoy les nochers craignent plus de trouuer la terre à defpourueu que l'impetuofité de la mer.

Le goulphe de Venife nous a apporté à cefte digeffion, fortons maintenant, de l'vn & de l'autre.

Sortis que nous fufmes dudict golphe de Venife, nous trouuafmes à la main feneftre l'Ifle de
Sapience : à la dextre eft la Candie, autrement Cret-

Ceri-
ques. te, puis à la feneftre les Ceriques, qui appartien-
nent aux Venitiens. Des Ceriques nous entrafmes

Archi-
pele. dans l'Archipele, c'eft vne logue efpace de mer, où il y
a force Ifles & Rochers prés l'vn de l'autre, & faut paffer par là dedans, c'eft vn fort dangereux paffage, où
durant la nuict, lors principalement que la mer fe
fait haute on ne nauige qu'en crainte, de peur de

heurter la terre : auffi toft apres vous trouuez à la main
feneftre l'Ifle de Cirie, affez grande, qui eft au Turc.
En fuitte d'icelle on trouue le Tine, Tine eft vne terre labourable qui appartient aux Venitiens, au milieu
de laquelle paroift vn gros rocher monftrueux en hauteur, & fur iceluy y a vne tour forte & belle. Vis à vis
de cette Tine à la main droicte, tirant vers Conftantinople on defcouure Delos, Ifle tant celebre entre les
Anciens, à caufe de l'Oracle d'Apollon auiourd'huy
deferte & abandonnée, pour crainte des Corfaires qui
y font le plus fouuent cachez, & en embufcade pour
courir fur les vaiffeaux qui paffent. A deux mille ou enuiron de Delos eft vne autre Ifle qui fe nomme Mico-
né, où il y a ville & port : Les habitans de ce lieu font
Chreftiens, gouuernez toutesfois par les Turcs, & fuiuent tous le rit Grec.

Pourfuiuans noftre chemin nous trouuafmes vne
tres-belle Ifle & fertille, où il y a vne fort belle ville
nommee Sio, qui eft de la Grece. Cette ville eft
fcituee en vne fort belle pleine tout le long d'vne belle
plage marine, & eft abriée d'vne longue & fertille
montagne; elle eft ornée à fes deux coftez le long de
la mer, de grande quantité de metayries & maifons
de plaifir : à la moitié de la montagne il y a vn hermitage nommé noftre Dame des Limonniers, où demeurent des hermites Grecs, & ce lieu eft fort vifité de
pelerins. Il y a dans cette ville vne maifon d'Obferuantins, vne de Dominicains, & l'autre de Iefuites, &
à prefent vne de Capucins. Il y a auffi deux Mofquées
de Turcs. Cette ville eft lieu Epifcopal, où refide l'E-
uefque.

Au sortir de ce lieu nous passasmes le cap de cette Isle entre deux Rochers fort prés l'vn de l'autre, & emtrasmes dans le golphe de Smirne, dans lequel nous fusmes toute la nuict menacez de naufrage par la plus cruelle tempeste que nous eussions supportee iusques là, mais nostre Seigneur nous garantit du naufrage de l'eau, pour nous faire puis apres ressentir la rigueur du feu du Ciel, comme ie diray incontinent : le iour venant & la tempeste cessant nous entrasmes dans le Canal de Smirne, où à droit & à gauche nous estions abriez de la terre & de hautes montagnes, parce que le Canal n'est pas plus large que de vingt milles.

Golphe de Smirne.

La tempeste ne cessa pas seulement, mais encore tout le vent, de sorte que n'y ayant plus de vent, ains entiere bonace, temps chaud, couuert, nebuleux, & menassant le monde par le grondement de tonnerre & frequence d'esclairs, la nuit s'approchant nous fusmes contraints de donner fonde, & ietter l'anchre pour attendre le iour du lendemain, & le vent fauorable, & cecy fut le Lundy gras.

Ce iour donc de Lundy gras à peine eusmes nous ietté les anchres, les fadarins, ou mathelots estans encore montez sur les antaines pour ployer les voyles, qu'auec vn grád esclair du Ciel le tonnerre tomba sur nos arbres & voiles, & emportât en l'air vn de nos mathelots (auquel il donna loisir d'inuoquer saincte Anne, à laquelle il auoit deuotion) il le laissa tomber sur le tillac sans le brusler, mais il fut tout estourdy : vn autre tombant de l'effroy fut tué sur l'heure : vn autre fut tout
bruslé

bruſlé & pluſieurs autres bruſlez, qui à la iambe, qui
au bras, qui en autres diuers lieux, & apres que le
tonnerre eut fait ce rauage ſur le tillac, il deſcendit
deſſoubs le couuert où nous eſtions, & où il tourna
tout au tour tirant cinq coups comme d'artillerie: il
ne faut pas demander ſi tout le monde ſe mit à crier
miſericorde & à faire des vœux. Il y eut meſme des
heretiques qui eſtoient au Vaiſſeau qui eurent re-
cours au ſigne de la Croix, dont ils ſe mocquent tant
hors de peril, iugeant que ce ſigne auoit plus de
pouuoir que tous les orages & demons, qui ſouuent
ſe trouuent dans tels tonnerres.

Pour nous, dés la premiere alarme & à l'abord de
ce feu nous nous iettaſmes à deux genoux, & in-
uoquant le ſecours de la Vierge bien-heureuſe,
nous diſmes ſes Litanies, & à l'heure meſme que
nous fuſmes à genoux noſtre Seigneur voulut que
le tonnerre ſortit par où il eſtoit entré ſans faire aucun tort au Vaiſſeau ny à nos perſonnes, s'il fuſt deſcendu plus bas dans le magazin des pouldres nous
eſtions tous perdus, mais la ſaincte Vierge nous gua-
rantit: le lendemain au matin qui eſtoit le Mardy gras
nous fiſmes confeſſer les bleſſez, & fiſmes les obſe-
ques du deffunt à la maniere accouſtumée, de la
marine, apres qu'il fut laué & enſeuely, enueloppé de nattes, & lié dedans, on apporta le
corps ſur le tillac auec la Croix, portee par vn ieune enfant, & le flambeau par vn autre, nous chan-
taſmes tous les Vigilles des morts, & apres luy auoir
ietté de l'eau beniſte, on le deſcendit dans la mer en

B

tirant vn coup de Canon au lieu de Cloches,& par
honneur : incontinent apres le vent ſe rendant bon,
nous fiſmes voile & allaſmes à Smyrne, Smyrne, qui
pour le ſpirituel ne dépẽd pas de l'Eueſché de Sio, dõt
nous auons parlé cy-deſſus, elle n'eſt plus Eueſché,
comme elle eſtoit autresfois. Cette Ville eſt de l'A-
ſie & du Royaume de Natolie, qui appartiẽt au Turc,
elle eſt ſcituée dans vne tres-belle plaine, abriée de
trois mõtagnes fort hautes comme dans vn angle, le
terroir eſt grandement fructueux & abondant en legumages, en oranges, grenades & oliues, il y a la
plus douce & excellente huyle du monde : mais en recompence, il y a des eauës tres-cruës & dangereuſes,
deſquelles nous fuſmes la plufpart incommodés en
huict iours que nous feiournaſmes en cette Ville,
comme en la plufpart de toute celle du Turc, il y a autant & plus de Grecs & Iuifs qu'il y a de Turcs, il y a
des Conſuls de France, de Veniſe, d'Angleterre, & de
Flandres, il y a quatre Moſquées de Turcs, vne ou
deux Egliſes de Grecs, vn Temple de Iuifs, & pour les
Chreſtiens, Latins ou Romains, il y a ſeulement vne
fort petite Egliſe tenuë par les Peres Obſeruantins Venitiens pour confeſſer les Chreſtiens, & parce qu'il y
a diſpute entre le Conſul pour la France & celuy de
Veniſe, celuy de Veniſe ne voulant donner la pre-
ſeance en ſon Egliſe au Conſul de France, ledit Conſul François a pris en ſa maiſon vn Cordelier François, qui dans la Chappelle de ſa maiſon faict toutes
les fonctions de Curé & confeſſe tous les François, le
premier Eueſque qui a eſté en ceſte Ville, ç'a eſté

ſainct Policarpe, qui fut là conſtitué & eſtably Eueſque par ſainct Iean l'Euangeliſte, lequel ſainct Iean
eſtoit Archeueſque ſur toutes les Egliſes & les ſept
Eueſchez de l'Aſie, comme il appert par le commencement de l'Apocalipſe dudit ſainct, où il recite que
l'Ange luy parloit, luy diſat ces mots, ce que tu vois &
entends enuoye-le aux ſept Egliſes qui ſont en Aſie,
à ſçauoir Philadelfe, Smirne, Pergame, Laodicee, par
où nous voyons que Smirne eſtoit la ſeconde des
ſept, & que ſainct Iean auoit commandement ſur
icelles, il ne reſte rien de l'antiquité de la Religion
Chreſtienne que deux petites Egliſes toutes ruinées:
vne de ſaincte Venerande, l'autre dont on ignore
le tiltre, & au haut de la montagne hors la ville, &
au lieu où la Ville eſtoit auant qu'eſtre ruinee, y a
vne petite Cabane comme vn hermitage, où loge vn
Deruis, c'eſt vn Religieux Turc, & dans cette petite
chambrette, il y a le Cercueil de ſainct Policarpe,
ſans ſon corps, il eſt couuert d'vn drap de couleur
brune, & ſur vn bout d'iceluy eſt poſee la Mittre E-
piſcopale du ſainct qui eſt faicte en la maniere que
i'ay cy deſſus deſcript : celle de ſainct Maximin eſt
fort grande, point fenduë, en croiſſant comme celles d'apreſent : mais hors cela tout de meſme elle eſt
d'vne eſtoffe fort ſimple, mais ouuragee deſſus auec
des broderies de fil de cotton à guiſe de Caneille,
le nom de Dieu eſt eſcript en Arabe ſur le front,
Alla, elle eſt doublee dedans comme de taffetas Co-
lombin paſle & paſſé, elle eſt vn peu entamee par vn
coing, quelqu'vn y en ayant couppé en cachette, les

Turcs la tiennent auec reuerence, parce qu'ils difent
que fainct Policarpe eftoit vn Euangelifte de Dieu,
& amy de leur Prophete Mahomet : il y a encore
vne Calotte auprés, qu'on tient eftre celle que le
fainct mettoit fur fa tefte, i'ay tenu dans mes mains
l'vne & l'autre, ie diray pourtant en paffant afin de
defabufer ceux, qui comme le commun croiroient
que cette Calotte fuft auffi veritablement de fainct
Policarpe qu'eft la Mittre qu'ils ne le croyét plus, parce que ie fçay de bóne part que la veritable a efté pri-
fe, & que celle-cy eft fuppofee, à ce que les Turcs ne
s'en aperceuffent, *& qui pie furatus eft ipfe mihi dixit* : celuy qui a fait ce pieux larcin me le dit à moy-mefme.
Encore plus haut que cét hermitage, il y a vn vieil &
antique Chafteau encore tout clos de murailles dont
le portail eft encore fort beau, & au milieu de ce Chafteau, il y a l'emboucheure d'vne Cifterne dans laquelle nous entrafmes, laquelle eft tres-grande &
tres-belle; elle eft auffi grande qu'vne grande Eglife
foufterraine, fouftenuë d'vne grande quantité de
pilliers qui font encores tous entiers, quoy que nous
arriuaffions au port de cette Ville qui eft vne tres-
belle plage (le Mardy gras au foir) fi eft-ce que nous
ne mifmes pied à terre, que le lendemain matin iour
des Cendres, il y eut de la faincte enuye entre les
Chreftiens François à qui nous receueroit, & loge-
roit en fa maifon, eftimans que ce fuft vn fonge de
voir en ce pays des Religieux de noftre Ordre, aucun
n'y eftant iamais allé, nous iugeafmes à propos de
prendre la maifon du Conful des François, qui en ces
païs reprefentent la perfonne du Roy, lequel Con-

ful, nommé Monſieur Scach nous fit vn accueil nom-
pareil depuis l'heure de noſtre entrée iuſques à noſtre ſortie: ſi toſt que nous fuſmes arriuez nous diſmes la Meſſe, fiſmes la ceremonie des cendres, & tous
enſemble auec noſtre compagnie du Vaiſſeau, rendiſmes graces à Dieu de ce qu'il nous auoit preſer-
uez des dangers du feu, de l'eau, & de la terre, nous y
auons demeuré huit iours, nous partiſmes de Smirne
le deuxieſme Mercredy de Careſme ſeizieſme de Fe-
urier pour aller à Conſtantinople, & nous fallut reuenir ſur nos pas iuſques deuant l'Iſle de Sio, là où il
y a quelque ſoixante mille. Parce que Smyrne eſt vn
d'eſtour de Conſtantinople, mais il faut ſuiure les
Nauires qui vous menent par les lieux où ils ont
affaire: eſtans retournez deuant cette Iſle de Sio, la
bonace nous vint telle, que ne faiſant aucun vent
nous demeuraſmes trois iours en vne place ſans pouuoir auancer: Mais en fin Dieu eut pirié de nous,
& nous enuoya vn doux petit vent fauorable, à la conduitte duquel nous vinſmes iuſques deuant l'Iſle de
Tenedos, où il y a vne fort belle petite ville ſur le
bord de la mer: tout vis à vis de cette ville eſt l'ancienne ville de Troye tant renommee de l'antiquité.
Nous euſmes tout loiſir de la conſiderer, à cauſe
que la bonace nous prenant comme à Sio il
nous y fallut demeurer deux iours, chacun ſçait par
l'hiſtoire cóme cette ville magnifique a eſté autresfois deſtruite, ce n'eſt plus auiourd'huy qu'vne vaſte
campagne, mais tres-belle, quaſi comme la plaine
où Paris eſt baſtie, on tient que la Ville auoit trente

Iſle de Tenedos.

B iij

mille de circuit, ce font dix lieuës, & la place le teſ-
moigne par les ruines qui y reſtent, il y a encores
quelques maſures par endroits, & deux tas de maiſons comme villages, tous deux ſont ſur le bord de
l'eau, & y a encores de pauures gens quis'y tiennent,
vn de ces tas de maiſons eſt ſur le coing, & à l'angle de la ville au lieu plus eminent à guiſe de baſtion,
& les vieilles ruines font croire qu'il y en a eu vn, tout
le reſte qui eſt campagne eſt parſemé de quantité
d'oliuiers, & tout au bout de la plaine il y a vne longue
montagne qui la borne, & faut tourner au coing de
ce baſtion de Troye pour entrer dans le Canal de
Conſtantinople : Voila vne naïfue deſcription de ce
lieu dont tant d'hommes doctes parlent, & tant
d'hiſtoires, & l'ay deſcripte ſi ſimplement, & veritablement ſelon le deuoir de ma profeſſion, que ie
n'ay pas peur d'eſtre dementy de cela, ny de tout ce
que i'aye ſcript icy, & eſcriray par apres, ſçachât qu'on
aura plus de foy à ce qu'en dira vn homme de ma
robbe. Vn petit & agreable vent que Dieu nous
enuoya en poupe nous deſgagea de ce lieu, & nous
fit alaigrement laiſſer l'Iſle, & ville de Tenedos à la
feneſtre, & la grande Troye à la dextre pour doubler
le cap d'icelle qui eſt à ce baſtion, & enfiller le Canal
de Conſtantinople contre le courant de l'eau qui
vient de Conſtantinople, le vent nous fut ſi fauorable
qu'eſtant partis de Troye, apres minuit nous arriuaſmes à la pointe du iour aux Caſtelly, ce ſont deux
chaſteaux qui ſont l'vn d'vn coſté de l'eau, l'autre de
l'autre, & peuuent deffendre le paſſage à tous les Vaiſ-

feaux qui vont à Conſtantinople, parce que le Canal n'eſt pas plus large que la portee d'vn Canon en cét endroit: de ſorte qu'eſtant neceſſaire de paſſer entre ces deux Chaſteaux qui ſont munis de pieces de Canon, dans leſquelles peut tenir des balles groſſes comme vn homme, & les Vaiſſeaux ne peuuent paſſer par là qu'en crainte, auſſi faut-il noter que ces tours ſont toute la force de Conſtantinople, leſquelles eſtant perduës ou priſes la ville ne pourroit pas reſiſter : on paſſe donc à leur mercy, & auec leur congé, & les paſſaſmes au poinct du iour, & toute la iournee nous nauigeaſmes ſi heureuſement que ſur le midy nous arriuaſmes deuant vne ville qui eſt à la ſeneſtre nommee Gallipoly, de laquelle ie parleray bien toſt.

Depuis midy conduits du meſme vent fauorable nous fiſmes bien cinquante mille, qui ſont quelques dix-huict lieuës iuſques à cinq heures au ſoir, de ſorte qu'il ne nous reſtoit plus que cét mille iuſques à Conſtantinople: Mais il pleut à noſtre Seigneur mortifier le grand deſir que toute noſtre compagnie auoit d'arriuer au port deſiré de Conſtantinople: car ſur le ſoir le Ciel ſe couurit tout à coup, & nous menaçant d'orage, la menace fut auſſitoſt ſuiuie de ſon effect: voyla des croupades ſi furieuſes qui s'eſleuent, c'eſt à dire des tourbillons de vent, que ſi cela n'euſt eſté preueu de noſtre nocher, & du pilote, qui auſſitoſt firent amener & abattre toutes les voyles, nous eſtions perdus, ces tourbillons ſifflans à nos aureilles & à la prouë de noſtre Vaiſſeau ſe rendirent ſi conti-

Canal de Conſtantinople.

nus, contraires, & impetueux, auec le courant de
l'eau, & des vagues qui nous repouſſoient, que ne
ſçachans où prendre fonds & ietter les anchres, où
nous abrier, nous fuſmes cótraints de nous laiſſer re-
pouſſer, & emporter à la mercy du vent à la ville de
Gallipoly, où nous auions paſſé à midy, il ne ſe peut
dire le hazard que nous couruſmes à reuenir la nuict
en ce lieu, & ſur nos pas: car la mer eſt ſi dangereu-
ſe en cét endroit au temps de bouraſque que l'on
nous dict qu'il n'y auoit pas trop long-temps qu'il
s'y eſtoit perdu cinq galeres du grand Seigneur, &
ſans aller ſi loing, il y auoit trois Caramouſals Turcs,
c'eſt à dire trois Vaiſſeaux Turcs qui marchoient de-
uát nous, leſquels penſant retourner ſur leurs pas cóme nous pour trouuer le port de Gallipoly, les pauures vaiſſeaux furent ſi furieuſemét menez auſſi bien
que nous, que deux d'iceux furent malgré l'induſtrie
des mariniers, portez cótre la terre du coſté de Gallipoly, où ils firent naufrage, & ſe perdirent, & le troiſieſme fut porté de l'autre coſté où il ſe perdit encore, choſe plus pitoyable à voir à ceux qui courent
meſme riſque, qu'à entendre à ceux qui ſur la terre
ſont aſſis pres du feu.

Au milieu de tous ces dangers noſtre Seigneur
nous voulut preſeruer, & nous donner ſeulement
vne alarme au ſoir, comme il nous auoit donnée au
matin, parce qu'il y eut vn de nos matelots qui tóba
dás la mer, lequel fut retiré par des cordes qu'on luy
ietta en diligence, ie vous laiſſe à penſer quelle action
de graces nous rendiſmes à noſtre Seigneur, lors que
nous

nous nous vifmes anchrez au port de Gallipoly en
affeurance & feureté, & de compaffion voyant tant
d'hommes noyez, tant de pauures ames infidelles
perduës, & quelques pieces de draps qu'on auoit
pefchees à la riue de la mer, où elles les auoit iettées,
lefquelles pieces eftenduës au Soleil nous feruoient
de reueille-matin pour nous faire reffentir du mal-
heur arriué à ces pauures gens, & de celuy dont noftre Seigneur nous auóit déliurez, & garantis de
Gallipoly, c'eft à dire Ville Françoife : elle eft ainfi ap- Galli-
pellee par les Grecs, à caufe qu'elle a autre fois efté poly.
tenuë par les François. Elle eft du pays de la Rome-
lye : il n'y a aucun Chreftien Latin là dedans, finon
vn Cordelier qui fait office de Conful pour les Mar-
chans, & y a feulement vne petite Chappelle qui eft
pour les Chreftiens : Mais en recompence, il y a vne
tres-grande quantité de Mofquées, & c'eft merueille en vne fi petite Ville, il y en a enuiron quinze ou
feize, fans les Eglifes des Grecs, la raifon de tant de
Mofquées, eft que chafque Bacha qui y eft eftably
par le grand Seigneur, pour monftrer fon zele à fa foy
& au feruice du grand Seigneur, faict en fon temps
baftir vne Mofquée.

Ce qui eft encore de remarquable en cette ville
là, c'eft qu'il y a fur le bord de la mer, vne grande
halle toute couuerte, où il y a treize feparations de
bois, comme les appentis de couuerture, monftrant
diftinction, foubs lefquels appentis, on met au fec
les Galleres du grand Seigneur, & là deffoubs fe
voyent encore fix Galleres fort vieilles, qui pour auoir

C

esté sauuées de la bataille d’Elepante, lors que toutes
les autres galeres du grand Seigneur furent perduës,
prises, & mises à fonds, sont gardés pour memoire
eternelle de la valeur du Bacha fuyant, qui se
sauua auec icelles, de sorte qu’il est canonisé pour
sa poltronnerie : au sortir de Gallipoly, nous vinsmes fort heureusement à Constantinople où nous
arriuasmes le Mercredy de la my-Caresme deuxiesme
iour de Mars 1622.

Con-
stanti-
nople.

Constantinople, autrement Stamboult, est la ville
Imperialle du grand Seigneur Turc, où il fait toufiours sa residence, ville tres belle pour sa scituation à
cause des deux mers qui y abordent: à sçauoir la mer
Mediteranee, par laquelle nous venons en France,
& la mer noire, par laquelle nous pouuons aller de
Constátinople à Trebizonte, & en la Russe, & Pologne, & par laquelle les Polonois & Cauzaques
viennent tous les iours donner l’allarme à Constantinople auec de petites barques. Et durant
l’absence du grand Seigneur, qui estoit à la guerre
en Pologne, il y vint quelque quinze ou seize petites meschantes barques, qui donnerent vne si fu-
rieuse apprehension à Constantinople, que tout le
monde d’icelle croyoit estre perdu, & mesme à peine le Boustangi Bachi qui cómandoit lors, peut-il ar-
mer deux galeres pour se tenir en deffence. Ce qui est
de remarquable en cette ville, est la laideur des maisons, & l’excellente proprieté des Mosquées: car pour
les maisons du commun elles sont fort basses, &
mal basties de planches ou de bois & briques, le

grand Seigneur ne voulant qu'elles foient plus belles : Pour les Mofquées il ne fe peut rien voir de plus
beau, fpecialement celle de faincte Sophie qui autrefois a efté le premier Temple ou Eglife de Conftantinople, auffi appellé faincte Sophie, non qu'il ait
efté dedié à vne faincte nómée Sophie, comme croit
le vulgaire, mais parce qu'il eftoit dedié à Iefus Dieu
homme, que les Grecs appellent Sophie, & nous, Sapience eternelle : c'eft comme nous difons en France fainct Sauueur, pour preuue de cela on voit à la
voute de l'Eglife fur le lieu où eftoit l'Autel, vn grand
Sauueur à la Mofaïque : c'eft vn Temple admirable,
bafty tout de marbre blanc, & poly : il y a alentour
vne tres-grande quantité de pilliers tous de marbres
ondoyez, & de diuerfes couleurs & tous d'vne piece :
au deffus d'icelle alentour, il y a des galeries pour
aller alentour, lefquelles galeries font prefque auffi
larges que la nef de l'Eglife, & encores toutes entou-
rees, & garnies de quantité de colomnes de marbre d'vne piece ; là haut dans cette galerie, les Turcs
qui nous conduifoient nous monftrerent vne petite
cuuette affez platte cóme vn petit baffin qui a deux
doigts de bord, & eft de marbre rougeaftre &
blanc, laquelle cuuette ils difent auoir efté apportée
de la Paleftine, & qu'elle eftoit receuant l'eau d'v-
ne fontaine, & que la Vierge Marie y lauoit les
drapelets de l'Enfant Iefus, & la tiennent en grande reuerence : au deffus de cette cuuette contre la
muraillle vn peu plus haut, vn vieil Turc prit vn baftó
pour nous monftrer la place où il y auoit vne ima-

C ij

ge de la Vierge Marie, mais toute effacee, & ra-
clee, & nous dict qu'il y auoit peu de temps qu'vn
grand Vizier ayant perſuadé au grand Seigneur de
la faire effacer, à quoy il ne voulut condeſcendre
pour reſpect qu'il portoit à la Vierge, qu'ils appellent tous *Sactam Mariam*: ce Vizier cy (qui eſt comme
vn Conneſtable) la fit effacer, & Dieu permit pour
punition que cinq iours de là le grand Seigneur luy
fit coupper la teſte dans la meſme galerie. Tout au
bout vers la porte il y a deux grandes pierres de marbre blanc, & tachetée de roux, & autres couleurs
claires, leſquelles pierres ſont du gros de la muraille
de l'Egliſe meſme, & leſquelles ſont ſi tranſparantes
qu'on void le iour au trauers, comme au trauers
d'vn chaſſis, & encores mieux lors que le Soleil luit:
tout au haut de la nef contre la muraille, il s'y void
vne figure d'vn ſainct que ie n'ay ſceu diſcerner, qui
tient en ſa main comme vne table de la Loy, ſur laquelle eſt eſcript en Grec trois mots, qui veulent dire, vn Dieu, vne Foy, vn Bapteſme, à l'entree d'vne
des grandes portes en ſortant, ils nous monſtrerent
vn des pilliers de l'Egliſe reueſtu de bronze, pour
marque, diſoient-ils de l'outrecuidance de l'Empereur Conſtantin, qui comme i'ay dit cy deſſus, voulut entrer dans l'Egliſe auec ſon cheual: Mais qu'e-
ſtant paruenu iuſques à ce pilier, il fut touché de
maladie où voulant ſortir, ſon cheual enleua auec
vn de ſes pieds vn morceau d'vn paué de marbre
blanc de la porte, à la place duquel on y en a remis
vn qui y eſt en effect, & auſſitoſt Conſtantin mou-

rut , & fut abiſmé, voila vne croyance bien fabu-
leuſe, parce que le Temple de ſaincte Sophie n'eſtoit
pas encore baſty au temps de Conſtantin, ce fut
l'Empereur Iuſtinian qui le fit baſtir, à ce que les
hommes lettrez de cette ville m'ont appris.

Tandis que nous eſtions dans le Temple ou Moſquée, il y auoit deux Docteurs qui preſchoient à peu
de perſonnes, l'vn d'vn coſté, l'autre de l'autre, mais
c'eſt merueille de voir l'action de ceux qui eſcoutent:
cela fera perdre la folle & vulgaire croyance qu'ont
les François, qu'il n'eſt permis à perſonne d'entrer
dás leur Moſquée, & que qu'il le fait, il faut qu'il meure, ou qu'il ſe face Turc, ie ne ſçay auec quelle har-
dieſſe aucuns l'ont meſme eſcript, ie croy que parce qu'il n'y ont point eſté, ils croyent qu'on n'y peuſt
aller, il n'y a nul dáger, pourueu que l'on ayt quelque
Ianiſſaire pour s'y faire conduire, & qu'on donne
quelque couple d'aſpres (qui vallent vn ſol à celuy
qui garde la porte) & quand on y va il faut ſe garder
de deux choſes, ſur peine de receuoir quelque ba-
ſtonnade, la premiere eſt qu'il ne faut pas entrer
auec les ſouliers, il vous les faut deſchauſſer à la porte, comme ils font auſſi, leur raiſon eſt que ce lieu
eſt ſainct, & qu'il y faut entrer auec reſpect, ce n'eſt
pourtant pas noſtre penſee: la ſeconde eſt qu'y eſtát
entré il ſe faut pourtant bien donner garde d'y cracher, il faut cracher dans vn mouchoir, ou s'en ab-
ſtenir, & veritablement, outre qu'ils diſent que ce
ſeroit profaner les ſaincts lieux, ie trouue qu'ils ont
tres bonne raiſon: car toute la Moſquée eſtant

C iij

parſemée, & couuerte de tapis de Turquie ou nattes de palme, arrengées d'vn ordre tres-beau, tout en
compartimens, qui ne laiſſe qu'vne allée d'vn pied,
pour voir le beau marbre dont elle eſt pauée, ſi
l'on y crachoit, ou qu'on y portaſt des ſouliers crot-
tez tout ſeroit gaſté en moins de rien, il ne ſe peut
rien voir au monde de plus propre, ie voudrois que
tous les Preſtres qui tiennent leurs Egliſes, & ornemens ſi ſales, & tous les Chreſtiens qui font de ſi
impertinentes actions dans les Egliſes, euſſent veu
le reſpect que ces Turcs portent dans leurs Moſquées.

    Nous viſmes encores la Moſquée neufue, qu'a
faict faire le deffunct grand Seigneur, nommé Sultan Acmet; Il la fit faire à l'enuy de ſaincte Sophie:
il faut auouër que c'eſt vne piece digne d'vn Roy;
elle eſt prés de la grande place, où on picque les cheuaux, elle eſt entourée d'vne grande court qui tourne tout alentour comme Paruis, tout fermé de belles murailles qui bordent les rües, & les murailles
ſont toutes à baluſtres : ſi qu'eſtans entrez dans ce
beau grand Paruis, de quelque coſté que ce ſoit,
vous trouuez vne groſſe porte de belle bronze, & le
portail tout de marbre, orné de colomnes de meſme eſtoffe, & toutes d'vne piece: entrant dans ceſte
porte, vous entrez dans vne belle grand court carrée,
alentour de laquelle on va par tout à couuert, à cauſe qu'elle eſt faicte en Cloiſtre comme eſt la place
Royalle de Paris (mais non ſi grande,) & ſur ce Cloiſtre il y a tout alentour vne belle galerie & force ca-

binets., il y a vingt-fix pilliers d'excellent marbre,
qui tout alentour fouftiennent cefte galerie, & les
pilliers font d'vne feule piece & de marbre ondoyé,
fouz la voute de cette galerie il y a force fanales penduës pour y mettre des flambeaux: paffé cefte court
au bout de cefte croifée de galerie, eft la grande porte de la Mofquée, haute à merueille, toute de bronze, comme doré, la voute du portail tout de marbre
blanc, en grotefque, eflabouré le plus artiftement du
monde fouz le portail: ayant laiffé les fouliers vous
entrez dans la Mofquée, qui vous rauit dés l'étrée, &
vous met en fufpend, & ne fçauez ce que vous deuez le plus admirer, ou la fabrique de la Mofquée
qui eft en rond, ou les quatre grand niches en
faillie comme quatre cul de lampes, fe terminant en
haut comme vn daulme, le tout fouftenu de quatre
gros pilliers de marbre blanc, chacun defquels quinze hommes ne fçauroient embraffer (ils ne font
pas auffi d'vne piece) auprés de l'endroit où il y a
comme vne niche pour mettre vn Autel, & où nous
autres les mettons, il y a vn grand theatre efleué, tout cela eft garny de baluftre où fe met le grand
Seigneur, & cela eft fort magnifique. La quantité
des lampes, miroirs de chofes rares, qui font penduës
en l'air auec chaifnes delicates, ne font pas moins
admirables que l'ordre auec lequel tout cela eft pofé:
car vne ne paffe pas l'autre, & y en a plus de quatre mille, & des vœux offerts à la Mofquée, tant par
les grands Seigneurs, qu'autres Viziers ou Bachas:
dans le Temple il y a quatre chambres, aux quatre

pilliers pour donner à choisir au Docteur ou Moufly
de se mettre à laquelle il luy plaira. Prés de cette Mosquée, il y en a vne autre petite qui n'est pas moins
belle pour ce qu'elle contient, c'est là où on enter-
rera dorésnauant les grands Seigneurs, le deffunt y est
enterré, & son frere, les freres de celuy-cy, vne
sœur & son petit fils qui mourut il y a peu de temps:
ie parleray plus amplement de ces sepultures au traité que ie feray des ceremonies, seulement ie diray
en passant que ces sepultures sont comme les nô-
stres, le tombeau du grand Seigneur, est en façon
des representations qu'on met en nos Eglises le iour
des morts, & est couuert d'vn grand poisle demy
noir, & au lieu de croix blanche il y a des barres
de drap d'or à la pointe des deux bouts, à sçauoir
aux pieds & à la teste, il y a vn gros Turban blanc,
à chacun desquels est attaché vn panache triple
de plumes de heron, chacune desquelles vaut mille
sequins d'or, le sequin vaut quatre liures de France,
& y a forces belles pierreries fines attachees aux
pieds, à la teste, & aux deux costez, il y a quatre gros
cierges de cire blanche, gros comme la cuisse d'vn
homme, portez sur des beaux chandeliers de cuiure doré, tout ouuragez, & parsemez de grosses
pierreries: aux pieds de ce grand tombeau, sont
quatre autres tombeaux, mais fort bas esleuez de terre enuiron de deux pieds, faits de la mesme maniere, couuerts tout de mesme, quoy que sans pluma-
che ny chandeliers, à l'vn est le frere du deffunct
grand Seigneur, oncle de celuy-cy, à l'autre le
frere

frere de cestuy-cy, à l'autre vne sienne sœur, & le
dernier fort petit, est du fils de cestuy-cy dont la
grande Sultane accoucha dernierement: celuy-cy
à vn gros carcan d'or parsemé de grosses pierreries,
riches à merueilles, qui enuironne ce petit cercueil,
comme vn collier, & c'est merueille de voir que
toutes ces richesses ne sont pas seulement détachées
d'vne esplingue, que la Mosquée est quasi tousiours
ouuerte, quoy qu'il y demeure aussi tousiours quelqu'vn, & on n'y desrobe rien : dans cette Mosquée cy
il y a certains Deruis ou Religieux qui sont tousiours
occuppez à lire les liures de la Loy, & à prier pour
les ames des deffunts Seigneurs. Nous fusmes à vn
Vendredy (qui est la feste des Turcs) voir la Mosquée des Deruis qui sont à Pera pour voir toutes
leurs ceremonies, dont ie ne diray icy qu'vn mot:
Ces Deruis font leur deuotió deux fois la sepmaine:à
sçauoir le Mardy & le Védredy, & leurs ceremonies
sont telles, & leur Mosquée faicte à la façon suiuante, la Mosquée est toute carree comme vne grande
sale fort persee de fenestres basses, belles comme celles des maisons particulieres de France, de sorte qu'il
fait fort clair là dedás, au bout de cette sale entre deux
fenestres estoit vne chaire à baluftre pour le Prieur,
cette chaire est grande, separee au milieu d'vn autre petit bas baluftre, de sorte qu'il s'y peut mettre
deux personnes : à vne de ces places se met le Prieur,
à l'autre se met le Lecteur qui doit lire l'Alcoran, sur
lequel l'autre doit discourir : au milieu de cette Mosquée il y a vn grand paruis, comme celuy de la

D

grand Chambre du Palais de Paris , où se met le
premier Huissier; le Greffier & les Procureurs au bas,
& ce lieu est bien planchayé , & net , c'est où se
mettent les Dervis , seulement tous accroupis sur
leurs tallons , & pieds nuds : ce paruis est fermé , &
entouré de balustres de bois fort bas, si qu'on se peut
acouder dessus , & tout alentour iusques aux murailles, c'est où se met le peuple qui vient au sermon
& aux ceremonies ; tout cela est encore planchayé
& natté, parce qu'on s'assit en bas , & tout alentour
de la salle il y a vn rang de planches comme pour
mettre des liures, c'est où ils mettent leurs souliers
vis a vis d'eux, auant que s'asseoir, les apportans en
leurs mains depuis la porte iusques là : pour les ceremonies, le Prieur & Lecteur estans en chaire ils font
vne petite priere de murmure, *Alla*, *Alla*, *Alla*, & puis
le Lecteur commence à lire trois ou quatre paroles
de l'Alcoran, & aussi tost le Prieur les explique, puis
il recommence à lire , & tousiours vne grosse heure
durant : cela fait, sur la fin ils barbotent encore tous
entre leurs dents ie ne sçay quoy, & aussi tost le prieur
& Lecteur descendent, & le Prieur s'estant assis sur
ses tallons sur vn petit relief au pied de sa chaire le Lecteur luy vient ietter vn pallion de gros drap blanc
sur ses espaules , il est fait comme les couuertures
dont se couurent les Irlandois : si tost qu'il est ainsi le
Lecteur estant monté au haut, commence à chanter
ie ne sçay quoy, & releue sa voix, si desesperément
qu'il semble qu'on le tuë, & fait des gestes de la
teste & des mains comme s'il estoit demoniacle, cha-

cun l'efcoute auec filence, car ce font comme Pro-
pheties ce qu'il dit : eftant ainfi eftourdy, & durant
cela vous entendez par interualle vn doux petit murmure des Turcs prefens, qui difent, *Alla, Alla,* le
Prieur prent la parolle, & d'vne voix mediocre,
graue & courante commence fon Profne, recómen-
dant à chacun les ames des deffunts, fpecialemét celles de leurs bien-faicteurs, celles des deffunts grands,
& comme les derniers morts, & acheuant de recom-
mander chacun, les Auditeurs font quafi comme
les Chreftiens, qui difent vn *Deprofundis* ou *Pater*,
felon que dit le Curé, car ils font vn murmure, &
difent ie nefçay quoy : fecondement il recommande la perfonne du grand Seigneur, & de la grande
Sultane fa premiere femme ou concubine : il recommande le grand Vizier qui eft le Chancelier, & Con-
neftable : il recommande le Bouftangy Bachy, qui
eft Lieutenant des iardins du grand Seigneur, comme à Paris le Capitaine des Tuilleries, & finalemét il
exhorte à prier Dieu, & leur Prophete Mahomet,
de maintenir toufiours les Princes Chreftiens en
querelle & diuifion entr'eux, fçachant bien que de
la diuifion des Princes Chreftiens dépend le main-
tien de leur Empire, chofe qui deuroit faire honte aux Princes Chreftiens. Ce Profne eftant finy voila vne douce cornemufe qui commence à iouër auec
vn inftrument comme vne voix humaine de ieu
d'orgues, & iouë vn chant fort lugubre, & deuotieux,
durant lequel ils font tous en filence, & meditation
l'efpace d'vn gros quart-d'heure : l'vn ayant les

D ij

mains ouuertes en demy croix , & vers le Ciel ,& les
yeux & la teste leuee comme en extaze, vn autre
branlant la teste semble forcer sa ferueur , & tous
sur leurs talons, & dans vn silence admirable, & veritablemét ce chant d'instrumens porte à deuotion:
cette oraison estant finie la cornemuse prenant vn
autre ton, & vn petit tambour se ioignant alors:voila
le prieur qu'il se leue viste & frappát du pied, à l'instant
tous les autres sont debout,& se rengét tous en rond
comme pour dancer vn branfle, & en passant pour
s'arrenger, ils font vne grande inclination basse au
Prieur, & arrengez qu'ils sont le Pere Prieur commence à dancer au petit pas , comme en ce promenant grauement ,& tressaillant vn peu seulement,
& tous les autres font de mesme, tousiours le suiuant
en tournant à la cadence de ce tambour & Corne-
muze. Apres que ce branfle est finy, le Prieur se retourne asseoir à sa place pour les voir dancer, & le
Lecteur prend sa place, lequel ayant mis bas son
manteau,& son vestemét ne luy reste qu'vne belle &
grande chemise à grand manche en forme d'vn sur-
plis qui luy va iusques en bas sans estre fenduë, &
s'estans tous arrengez en rond, vont tous à leur
rang , passer pardeuant le Prieur auant que de
dancer , le Lecteur y passe le premier : mais doucement, mortifié d'vne façon religieuse auec sa
Mittre sur sa teste, comme tous les autres ont leur
bonnet en pain de sucre , & apres auoir fait vne
grande inclination deuant le Prieur , & les deux
mains dans la manche, aussi tost il fait vn grand saut

allaigre, & commence à dancer à la cadence, celuy
qui le suit ayant encore fait la reuerence fait encore
vn sault, & suit à dancer, & ainsi iusques au dernier, & estans tous passez en rond c'est chose ~~sur~~ *estrange*
~~humaine~~ que de les voir tourner comme ils font
sans tomber, le Lecteur est au milieu du branfle, &
eux tous en rond sans se tenir, mais ils ont les mains
esleuees, faisans des gestes, comme font ceux qui
dancent vne sarrabande en France : car tantost ils
croisent les bras se serrant fort le corps, vne autrefois, ils esleuent leurs deux mains iointes par dessus
leurs testes, autres mettent leurs mains sur les costez,
autresfois ils ouurent les bras en ~~sainct François~~, & *croix*
quelqu'autrefois il semble qu'ils comptét de l'argent
auec quelqu'vn, faisant des mains en l'air comme
ceux qui laissent couler l'argent de leurs doigts, &
quoy qu'ils dancent tousiours en tournant, pour le
branfle, ils dancent encore tousiours en tournant le
corps, & sans iamais se toucher, quoy qu'ils soient
prés l'vn de l'autre, ayant vn demy quart d'heure
tourné mediocrement fort, la dance redoublant, il
faut qu'ils tournent encore plus fort, puis ils redou-
blent encore pour la troisiesme fois, en sorte que
vous ne les voyez point tourner tant leur corps
tourne viste, cela ayant duré plus d'vn gros quart-
d'heure, le tambour frappe vn grand coup, & cesse
de sonner, laissant les cornemuses sonner, & eux au
mesme instant cessent de tourner, & s'arrestent tout
court, & tous ensemble les bras croisez, sur leurs genoux, font vne grande inclination, à leur prieur, &

D iij

c'eſt merueille de ce qu'ils ne ſont tous eſtourdis, ils
ne bronchent pas ſeulement, vous diriez qu'ils n'ont
rien fait, tant ils ſont poſez, & ſi toſt qu'ils ont fait cet
repoſe, ils ſont tous comme au commencement,
ils vont repaſſer par deuant le prieur, & le ſuiuant,
font vn ſaut, & recommencent ce branſle à trois re-
doublemens, comme le premier, & font tout cecy
par quatre fois: apres ces quatre fois, qui ont duré
plus d'vne groſſe heure, ils s'aſſiſent tous en bas
comme ils eſtoient auparauant, & il y a quelques
Deruis qui ne dançent point, qui gardent leurs
manteaux, & qui leur apportent ſur leurs eſpaules
tandis que le Lecteur monte ſur vn eſchafaut, qui eſt
à l'autre bout de la ſale, vis à vis de la chaire, au bas de
laquelle le prieur eſt aſſis.

Ce que i'ay veu encore de plus digne d'eſtre remarqué pour la pieté, eſt vne Chappelle de S. Anthoine Hermite, & vne grande ſale touchant vne
Egliſe d'Armeniens; ceſte Chappelle de ſainct Anthoine eſt tellement frequentée des Grecs, & Turcs,
meſmes qu'ils y font des vœus pour les malades, cóme en la Chreſtiété l'on feroit à noſtre Dame de Lorette, ou de Lieſſe: les malades Grecs ou demoniacles
ſe font porter dans cette Chappelle, & y couchét iuſques à ce qu'ils ſoient guaris, comme ie l'ay veu, &
tant eux que les Turcs, viennent apporter des of-
frandes, lampes, cierges, argent, & autres choſes
au religieux Cordelier qui y eſt, & ſe iettás à genoux à
ſes pieds le prient de leur dire l'Euágile de ſainct Iean
ou de la feſte de ſainct Anthoine ſur la teſte, auec

l'eſtolle comme les femmes font en la Chreſtienté, &
ce qui eſt d'admirable de la bonté de Dieu, eſt que
ſans auoir égard à leur infidelité, il les guarit miracu-
leuſement. Le Reuerend Pere Iulles Prouincial des
Conuentuels qui eſtoit alors reſidant, par deuotion
m'ayant inuité d'y aller dire la Meſſe (comme ie fis)
il me iura que depuis peu il eſtoit teſmoing de deux
grands miracles, l'vn fut d'vne ieune femme Turque,
qui pour auoir les deux mains contre-faictes, & fer-
mees par contraction de nerfs, auoit eſté voir tous
les plus renommez Centons & Deruis, qui ſont leurs
Religieux, & comme leurs ſaincts, & par iceux s'eſtoit
fait lire ſur la teſte l'Alcoran, qui eſt vn liure de leur
Loy, à ce qu'en vertu d'icelle Loy, elle peuſt recou-
urer la ſanté, mais en vain elle la chercha par ces
moyens, ce que voyant elle s'en vint a la Chappelle
ſainct Anthoine prier ledit pere Iulles de luy lire vne
Euangile ſur la teſte en memoire de ſainct Anthoine, ce que fit le bon Pere, il luy leut l'Euangile de
ſainct Iean, & lors qu'il diſoit ces paroles, *Verbum
caro factum eſt*: Ce fut vne choſe admirable qu'auſſi
toſt les deux mains de cette femme s'ouurirent, ce
qui la rendit ſi contente qu'ayant faict forces offran-
des audit lieu, elle publioit par tout qu'elle auoit receu par la Loy des Chreſtiens, qui luy auoit eſté
leuë ſur la teſte, ce qu'elle n'auoit peu obtenir par
ſa Loy. Si ce miracle vous ſemble grand en voicy vn
bien plus grand, en la meſme Chappelle, vne pauure
femme malade qui y couchoit eſtant morte, il fut
queſtion de l'enterrer: mais vous ſçaurez par paren-

teze qu'il n'eſt pas permis d'enleuer vn corps mort
pour enterrer, ſans la permiſſion du Cady, du Iuge
auquel pour ce ſubiet faut donner certain tribut:
nonobſtant cela le Religieux de ce lieu voyant qu'e-
ſtant morte en ceſte Chappelle, c'eſtoit à luy à donner ce tribut, & le pauure homme n'ayant pas d'argent aſſez, il s'enhardit de mettre ſecrettement ce
corps hors de l'Egliſe dans la ruë, à ce qu'on creuſt
qu'elle fuſt morte, là où elle fut plus de trois iours, &
cependant le Iuge en eſtant aduerty priſt ce pauure père, & pour auoir contreuenu aux Ordonnan-
ces du grand Seigneur le vouloit contraindre à payer
groſſe ſomme: eſtant ſur cette conteſtation, il pleut
à noſtre Seigneur, faire vn inſigne miracle pour ſe-
courir la pauureté du Religieux, & confondre ſon
aduerſaire: car à l'heure meſme il reſſuſcita cette pauure femme Grecque qui eſt encore viuante : ſi toſt
qu'elle fut viuante le debat ceſſa, car on debattoit
pour vne morte , & elle n'eſtoit plus morte, ce qui
eſtonna grandement les ennemis de noſtre creance.
L'autre choſe de deuotion que i'ay notée, eſt pour
l'antiquité, c'eſt que dans vne grande ſalle proche
d'vne Egliſe des Armeniens qui eſt au bout de la
Ville vers les ſept tours, dans laquelle ſalle fut tenu le grand Concile General, où preſida l'Empereur
Conſtantin, & tout alentour de ceſte grãde ſalle, ſont
dépeints au naturel tous les Peres Saincts de ce tẽps:
au bout de la ſalle eſt vne voute plus baſſe qui ſe
termine en cul de lampe, où Conſtantin eſtoit aſſis , & à l'entree de la ſalle ſur la porte au dedans eſt

d'vn

d'vn cofté dépeint ledit Empereur, fon petit fils aupres, & fa femme, encore ayant cét enfant entre
eux deux, de l'autre cofté font trois autres pourtraits
de fon gendre, fa belle fille, & vne fienne fille : hors
la porte il y a vn Confeffional, d'où on nous fit fortir,
difant que le Preftre dépeint y eftoit mort pour s'e-
ftre affis fur des images. La derniere chofe que nous
vifmes de remarquable, fut les Elephans du grand
Seigneur, que le Roy de Perfe luy a enuoyez, il y
en a quatre ; i'ay remarqué en ces Elephans vne
chofe qui dément du tout les Naturaliftes, qui difent
que ces beftes n'ont point de ioinctures aux pieds, à
caufe dequoy, lors qu'ils font tombez ils ne fe
peuuent releuer, tout cela dif-je eft faux, car ils
ont vne ioincture à chafque jambe, & quant on veut
monter deffus, cét animal ploye fa jambe & fon
genoüil pour feruir d'efchelle à celuy qui le monte,
eftant monté deffus ie vis qu'il luy commanda de ce
coucher, ce qu'il fit, puis fe releua facilement, on les
dépeint auec des chafteaux de bois, c'eft que l'on en
monte vn fur le dos comme fcelles, & fur chaque
Elephant il y peut tenir fept hommes dans ces chafteaux. Nous entrafmes dans le grád Serrail du grand
Seigneur pour y voir lefdits Elephans, & vn Tigre
fort puiffant : c'eft chofe defplorable de voir feruir à
des beftes, ce qui a feruy autrefois à des Anges terre-
ftres: Car vous deuez fçauoir que ce Serrail qui eft fur
la riue du Canal de la mer Mediteranée, & voifin
de faincte Sophie, eftoit autrefois vn tres-beau, &
fpacieux Monaftere de Religieux, qui dépendoit de
E

ladite Eglife de faincte Sophie, & où logeoient les Religieux qui oftroient audit Temple, & au milieu de
leur Conuent auoiét vne petite Chappelle ou Eglife,
mais belle & fomptueufe, quafi faicte fur le modele de la grāde Eglife Archiepifcopale cóme ont encores en France la plus part des Monafteres anciens
de fainct Bernard & de fainct Auguftin: or de cette petite Eglife, où comme i'ay dit les Anges terre-
ftres, c'eft a dire les Religieux, chantoient les loüan-
ges de Dieu, le grand Turc en a fait vne eftable,
& c'eft où font fes quatre Elephans, chofe deplora-
ble à voir: car fi vous leuez les yeux en haut, vous
voyez vne belle Eglife faicte en Dofme, & quatre
grand niches comme cul de lampe qui font la croi-
fee de cette Eglife, & tout cela eft bien vouté: tout
alentour de l'Eglife vous voyez de grandes galle-
ries bien claires comme à faincte Sophie, & tout a-
lentour des voutes, & des murailles vous voyez encore vne fort belle, & grande image peinte, &
aucunes à la Mofaïque: Mais quant vous rabaiffez
vos yeux, & qu'il faut que voftre refpectueufe affection pour vn Dieu digne de tout honneur foit
obligee de voir des beftes, & du fumier, cela nous
apporte vn fi fenfible defplaifir qu'il ne fe peut ex-
primer fans ietter quelque larme: quelques iours
apres nous ayant efté dit que le grand Seigneur for-
tiroit en triomphe le lendemain de fon mariage
auec fa feconde femme qui eft fille du Mouphety,
nous le fufmes voir paffer où il alloit du vieil Serrail
où font les femmes des deffuncts grands Seigneurs,

faire fa priere à la Mofquée de Sultan , il marchoit
en cét ordre. Premierement enuiron vne heure
auant qu'il forte de fon Serrail, il y a vn homme qui
auec vn grand ballet en fa main monftre l'office
qu'il a , à fçauoir de faire tenir les ruës nettes, par où
doit paffer le grand Seigneur : il va donc par les
maifons de ces ruës, & commande à chacun de bal-
leyer deuant fa porte comme en la Chreftienté l'on
fait à la fefte Dieu, & ce bon homme a le pouuoir de donner forces coups de poing, & n'y pouuant atteindre le manche de fon ballet en faict
l'office fur ceux qui fe monftrent negligents &
pareffeux à nettoyer : fecondement il paffe quelques Sergens à baguette , & Ianiffaires, qui font
arrenger les peuples qu'ils trouuent affemblez , ne
voulant pas permettre qu'on foit fur quelque lieu
efleué, ains à bas à la ruë : en troifiefme lieu, force
Ianiffaires, au nombre de plus de deux cens, auec
de grandes egrettes fur leur chaperon, & vne plume
de heron , chofe qui a tres bonne grace , & à la fin
fuit le Capitaine des Ianiffaires qu'ils appellent Aga,
à cheual : en quatriefme lieu, le Capitaine des Eu-
nuques du Serrail eft encore monté fur vn beau cheual, & bien enharnaché: en cinquiefme lieu, tous les
Capitaines des compagnies entretenuës du grand
Seigneur, qui montez fur de bons cheuaux, marchent
deux à deux : en fixiefme lieu, les Chaoux à maffe qui
eftoient plus de trente cinq ou quarante, qui encore
deux à deux , bien montez, marchoient auec chacun
vne maffe fur l'efpaule, ce font comme les Huiffiers

du grand Seigneur, ou pluſtoſt comme ſes gardes du
Corps:En ſeptieſme lieu, apres eux ſuiuēt les Chaoux
ſimples ſans maſſes plus braues & mieux montez, &
encor deux à deux; Ce ſont comme les Exempts des
gardes: En huictieſme lieu, ſuiuent les laquais, ou
valets de pied du grand Seigneur qui eſtoient en
grand nombre, & trois à trois, auec des bonnets
d'argent doré, doublez de drap dedans, leſquels ſont
faits tout de meſme qu'vn pain de ſuccre, non ſi pointu par en haut: En neuſieſme lieu, ſuiuent tous les
Pages qui ſont encore en bon nombre, qui par deſſus leur petite ſouſtane de deſſoubs, qui eſt de ſatin, portent vne chemiſe fort deliée comme vne creſpe qui leur vient iuſques à my-jambe, & par deſſus
ils ont vn Doliman de beau ſatin, qui d'vne couleur, qui d'vne autre, c'eſt vne hongreline où les manches ne vont qu'à my bras, cela a bonne grace:ils portent chacun vn arc dans leurs mains, eſmaillé d'yuoi-
re ou de couleur à la Perſienne, dont les extremitez
qui paroiſſent ſont toutes dorées, & colorées: En
dixieſme lieu, ſuiuent les Viziers qui ſont comme
les Secretaires d'eſtat, il me ſemble qu'il y en a quatre
ſi ie ne me ſuis trompé, puis le grand Vizier qui eſt
comme le Conneſtable, & Chancelier: En vnzieſ-
me lieu, marchent puis apres les Bachats qui ſont les
Gouuerneurs des villes, qui marchent deux à deux
& les Bey qui ſont les gouuerneurs des Prouinces:En
douzieſme lieu, apres toute cette grande Proceſſion
ſuiuent huict braues Caualliers qui cheminent l'vn
apres l'autre, chaſcun deſquels conduiſent par la bri-

de vn cheual de parade à fon cofté, fur lequel perfonne n'eft monté, ces huict cheuaux eftoient tres-beaux & auoient les houffes toutes d'eftoffes, & broderies d'or, & quelques fois toutes brodées de pierreries, à ce qu'on m'a dit : mais ils ne les auoient pas à ce coup, leurs eftriers tout d'or, & larges à la mode du pays, où tout le pied peut eftre caché dedans, les brides font des chaifnes d'or. Apres ces huict cheuaux de parade ainfi conduits, marche le grand Seigneur, feul monté fur vn cheual, tel qu'il conuient à fon Imperialle Maiefté, ayant quatre valets de pied à fes coftez, deux defquels ont vne main fur la croupe de fon cheual, les autres font vers la tefte, finallement apres le grand Seigneur, fuiuent fans aucun ordre quantité de Ianniffaires, & Caualliers, & force peuple meflé, voila l'ordre felon lequel marche le grand Seigneur, qui ne fort iamais que rarement, & encore le Vendredy qui eft le Dimanche des Turcs, pour aller faire fa priere à quelque Mofquée, fi ce n'eft qu'il veille aller à la chaffe, ce qui ne luy arriue gueres, paffant la plus-part de fon temps dans fon Serrail, ou auec fes femmes, ou auec fes muets, ou à monter à cheual, ou à courir l'vn apres l'autre auec des baftons qu'ils fe iettent, qui quelquefois ne font pas trop de bien, lors qu'ils portent fur quelqu'vn : ce qui eft à admirer en tout l'ordre que tient la fuitte du grand Seigneur, eft premierement la brauerie de tous fes Courtifans, & de toute cette trouppe, car à la verité, il faict bon voir ces longues veftes de velours,

E iij

de fatin, qui d'vne couleur, qui d'vne autre, ces belles groffes ceintures, & la belle fuitte qu'à chaf-cun de ces Meffieurs, quand ils arriuent au Serrail pour s'affembler : cela pourtant fent fon Confeiller où Prefident plus que fon foldat : fecondement c'eft le grand filence, tant des hommes que des che-uaux : car vous n'entendriez pas vne feule parole des hommes, ny vn feul hanniffement de cheual & femble qu'ils foient inftruits à cela.

TROIS CHOSES QV'IL Y A A RE-
marquer dans Conftantinople.

PREMIEREMENT dans l'Eglife Patriar-chale des Grecs il y a vn morceau de colomne de marbre noir, haut de trois pieds & demy, qu'ils difent eftre celle où Iefus-Chrift fut attaché pour eftre fouëtté, ie l'ay pourtant veu à Rome en l'Eglife fain-cte Praxede : Mais il n'eft pas inconuenient que No-ftre Seigneur ait efté attaché à deux colomnes, vne fois chez Caïphe, & l'autre chez Pilate.

Dans la mefme Eglife il y a quatre corps faincts qui font tous entiers, auec la peau feiche deffus, mais fans entrailles, & font tous de leur longueur dás chacun vn coffre de bois ; & font tous veftus d'vne vefte de foye, faincte Euphemie, faincte Anaftaze, faincte Salomonie qui n'a point de tefte, & faincte Paraceue, ou Venerande, de chacune defquelles i'ay pris vn bien peu de la peau.

Secondement l'Eglife fainct François le petit, où il y a vne image de noftre Pere fainct François à la Mofaïque au fond de l'Eglife, & en haut, laquelle eft vn Capucin, & y a plus de trois cens ans qu'elle eft faicte, où fe void que l'habit que portent les Capucins eft le vray habit de fainct François, puis que auant mefme que fut la reforme des Capucins, on monftroit par les peintures que cét habit auoit efté en vfage à l'Ordre au commencement d'iceluy.

Pres de Capi au deffouz du patriaçat des Grecs, fur le bord du port pres d'vne petite Mofquée, il y auoit vn petit perron de marbre blác à deux degrez, comme pour ayder à monter à cheual, c'eft où fe met le grand Seigneur lors qu'on luy donne l'efpée Imperialle apres qu'il eft efleu, & les Turcs portent tant de refpect à cette pierre, qu'ils ne veulent plus qu'on s'affife deffus, fpecialement vn Chreftien; vn de noftre compagnie s'y penfa affeoir & ils commencerent à murmurer.

Troifiefmement eft à remarquer dans la ville, & aupres du Serrail du grand Seigneur pres de faincte Sophie, où fe void le lieu dans le mur, où a efté pris le chef de faincte Iean Baptifte par vn Chanoine d'Amiens au debris de Conftantinople, lequel endroit on dit qu'il fuè le fang tous les ans la nuict de la fefte du faincte, iufques au Soleil leuant, & y a vn puits aupres où les Turcs puifent de l'eau pour eftre guaris de leurs maladies, & vne grande infinité en guerriffent ayant la foy; pour moy i'ay bien de la

peine à croire que ce foit du fang qui coulle de ce
mur, c'eft feulement de l'eau des fources qui coul-
lent du Serrail, dont la terrace eft plus haute que la
ruë, & cette eau diftillant contre les pierres du mur
faict vne certaine efpaiffe teinture, & les gens font
fi fots que de croire que ce foit du fang, ie crois que
ce fut pluftoft dâs ces puits que fut trouué le chef de
fainct Iean, parce que dans les puits, ils ont ainfi des
feneftres, & cachettes, & me femble que l'hiftoire
faite à Amiens par Monfieur le Vifeur fait mention
de ce païs.

Tout proche de la belle Mofquée de Sultan Mehemet, il y a vne petite Mofquée où eft fon corps
auec le Turban fur fa tombe, & le drap deffus comme
aux autres.

Tout auprés de cette fepulture il y en a vn autre
dans vn petit iardin qui font les corps des deux grandes Sultanes Chreftiennes, l'vne Françoife, l'autre
Grecque.

La Françoife fut, difoient-ils, vne Princeffe de France qui venant à Conftantinople, voir quelques fiens
parens qui eftoient de la race de Conftantin, la bonace arreftant leur Vaiffeau deuant Gallipoly : Mehemet qui eftoit dedans cette ville, entendant fa beauté la fit enleuer, & la prit à femme, dont il eut vn
enfant, Mehemet fecond, qui prit Conftantinople,
dont le fils baftard efpoufa encore vne Damoifelle
Chreftienne, Grecque, de la race des Paleologues,
parents de Monfieur de Neuers, à laquelle il couppa
puis apres la tefte luy mefme, pour faire voir qu'il
pouuoit

pouuoit vaincre soy-mesme , en l'affection que ces
Princes iugeoient estre desreiglé , & luy oster la valeur : sa sepulture est plus basse que les autres , &
n'est point couuerte d'vn drap, parce qu'elle estoit
Chrestienne.

Voila l'origine pour laquelle les grands Seigneurs
se disent parents du Roy de France , à cause qu'ils
sont descendus de cette Françoise, que Mehemet es-
pousa deuant Gallipoly.

Hors la Ville de Constantinople, aux enuirons
est à remarquer ce qui ensuit; vis à vis du Serrail du
grand Seigneur, de l'autre costé de la mer , & du
costé mesme de Scutaret, en Asie est vne ancienne
& fameuse ville, nommée Calcedoine , en laquelle
se tint ce tant celebre Concile general, nommé
Consilium Calcedonense , c'estoit autresfois vne tres-
belle & grande ville, auparauant que la ville de
Constantinople fust bastie : Mais à present c'est vn
pauure bourg où il n'y a que de bien pauures gens,
il n'y reste qu'vne petite Eglise fort obscure, & mal
entretenuë, & seruie par les Grecs.

A trois quarts de lieuë de là, suiuant le riuage de la
mer, il y a vne fort belle tour & antique , nommée
le Fanal, où il y a vne fort belle place ioignant, qui
est à guise d'vn ieu de paulme, où l'on dit qu'estoit la
salle en laquelle se tint le Concile, & il y a de l'apparence que ladite ville de Calcedoine s'estendoit
autrefois pres de cette tour.

Enuiron quatre milles de là, en auançant dans la
mer Mediteranée, pour retourner vers Marmara,

F

est vne Ifle qu'on appelle l'Ifle du Pape, elle fe nommoit autrefois l'Ifle de Cherfoneffe, iufques au
temps de l'Empereur Conftante : Mais cét Empereur heretique eftant irrité contre fainct Martin
Pape, qui pour lors tenoit le fainct fiege, à raifon qu'i-
celuy Pape auoit excommunié l'Archeuefque de
Conftantinople qui fauorifoit fon erreur. En fin il enuoya prendre fainct Martin dans Rome, & le fit
amener à Conftantinople, puis l'enuoya en exil
dans cette Ifle de Cherfoneffe, où il fut plufieurs an-
nees, & y mourut accablé de neceffité & de tourmés;
c'eft vne Ifle fort feiche, & depuis ce temps-là on appelle cette Ifle, l'Ifle des papes.

Tout proche de Conftantinople, touchant Scutaret, il y a vne groffe tour carrée, qui eft à quelque cent pas de la mer, fondée fur vn Roc, qu'on appelle la tour de Leandre, mais elle a encore vn autre
nom. Sur le Canal dé la mer noire, enuiron à dixhuict
mille de Conftantinople, il y a dans la mer vne
grande colomne, qu'on nomme la colomne de Pompée, & tient-on qu'elle a efté baftie par Pompée.

En la ville, pres du grand Serrail, il y a dans vne
belle place, vn Santon, qui eft dedans vne belle
petite cabane de Berger, & a à l'entour de luy vne armée de chats qu'il nourrit, & il y en a plus de quatre mille, & chacun leur apporte l'aumofne, qui de
la chair qui du laict, &c.

Il y a encore quatre ou cinq Carre-fours, où il y a
des affemblées de chiens qui fe font rendus maiftres
de ces places là, & quand il en arriue quelqu'vn d'vn

autre quartier, il eſt pris pour eſpion, & à belles dents brodent ſon pourpoint des armes de leur republique.

COMBIEN IL Y A EV D'EMPEREVRS
de Grece, depuis que Conſtantinople eſt entre les mains des Turcs.

EHEMET ſecond du nom, & dezieſme Empereur des Turcs fut celuy qui prit Conſtantinople, & ce Mehemet eſtoit fils de Mehemet premier, qui eſpouſa vne Princeſſe qu'il fit prendre dans vn Vaiſſeau deuant Gallipoly, & de ceſte femme il eut ce Mehemet ſecond, c'eſt pourquoy les Turcs diſent qu'ils ſont deſcendus des François, & que les Ottomans ſont parents du Roy de France.

Bajazet ſecond du nom, & douzieſme Empereur des Turcs, tiennent au moins les lettres, auoir eſpouzé vne Princeſſe Grecque Chreſtienne qui eſtoit des Empereurs Paleologues en la Morée, laquelle fut priſe eſclaue, & eſtoit des paleologues dont eſt deſcendu Monſieur le Duc de Neuers, à laquelle ledit Bajazet couppa luy meſme la teſte, pource qu'on le reprenoit que l'aimant trop il demeuroit touſiours pres d'elle, & perdoit ſon premier courage martial: il voulut à tous ſes Princes monſtrer qu'il auoit plus de courage ſur luy meſme qu'ils ne croyoient pas; de ſorte qu'en vn feſtin où il les conuia tous, la femme y eſtant apres leur auoir fait voir qu'il auoit

ſubiet de l'aimer pour la grandeur de ſa beauté, &
pour ſa ſageſſe, il leur voulùt auſſi faire voir, que
Mars auoit plus de pouuoir ſur ſon cœur que Venus,
deſorte qu'en leur preſence il luy couppa la teſte,
ſacrifiant auec ſa femme toutes les affections de ſon
cœur: elle mourut Chreſtienne, & pour cela les Turcs
n'ont point couuert ſon tombeau d'vn drap mortuai-
re, comme ils ont fait les autres.

3. Sultan Selin, premier du nom, trezieſme Empereur des Turcs.

4. Sultan Soliman ſecond, & le quatorzieſme Empereur des Turcs.

5. Sultan Selin deuxieſme, & le quinzieſme Empereur des Turcs.

6. Sultan Amurat troiſiéſme, & le ſeizieſme Empe-
pereur des Turcs.

7. Sultan Mehemet troiſieſme, & dix-ſeptieſme Empereur des Turcs.

8. Sultan Amet premier, & dix-huictieſme Empereur des Turcs.

9. Sultan Muſtapha ſon frere.

10. Sultan Oſman, ou Oſman fils de Sultan Acmet, &
nepueu de Muſtapha, auquel on donna la Couronne aagé de quatorze ans, qu'on oſta de deſſus la teſte de Muſtapha, qu'on mit en priſon, diſant qu'il
eſtoit incapable de regner pour ſa ſimplicité, Oſman
regna quatre ans.

Second Sultan Muſtapha ſuſdit, lequel on tira de
priſon le neufieſme de May 1622. & auquel on rendit la Couronne, qu'on reprit de deſſus la teſte de

Ofman par vn tumulte populaire, & ce Muſtapha à preſent regnant, fit eſtrangler ſon nepueu Oſman dés le lendemain qu'il fut eſleu, le
vingtieſme iour du mois de May en l'année mil
ſix cens vingt-deux au ſoir, en vn Vendredy, de
ſorte que celuy qui auparauant auoit eſté iugé
incapable de regner, eſt maintenant iugé tres-
capable, & vn bon Prince.

Or depuis noſtre retour en France, & que
i'ay eſcript ce que deſſus : Muſtapha a eſté depo-
ſé, & à ſa place regne pour le douzieſme Sultan
Amurat ſon nepueu, & frere d'Oſman qui fut
eſtranglé.

DE LA CONSTRVCTION DV
Temple de ſaincte Sophie.

STANT en la ville de Conſtantinople, & m'enquerant de la de-
dicace du Temple de Saincte Sophie, à preſent Moſquée, les vns
me diſoient qu'il eſtoit dedié à vne
Saincte Sophie Martyre, choſe qui m'empeſ-
cha fort, parce que i'ay trouué pluſieurs Sainctes
Sophies, les autres me diſoient qu'elle eſtoit dediée à la Sapience Eternelle, qui en Grec eſt appellée *Sophia*, que nous appellons en France S.
Saüueur.

F iij

Vne autre chofe me donnoit de la peine, d'autant que les vns me difoient qu'elle auoit efté baftie par l'Empereur Conftantin le Grand, les autres par l'Empereur Iuftinian. Mais en fin Procopius tres-ancien Autheur nous met hors de ces
deux peines en fon liure premier, & le Cardinal
Baronius en fes Annales, qui tous deux rappor-
tant la fondation de ce fomptueux edifice, & les
paroles efcriptes à l'entour d'iceluy par ledit Empereur Iuftinian, nous monftrent que ç'a efté luy
qui l'a fait baftir, & qui l'a fait dedier à la Sa-
geffe Eternelle, le Verbe du Pere : lefquelles paroles rapportées par lefdits Autheurs, i'ay voulu mettre icy pour le faire voir plus affeurément
au contentement des curieux, rechercheurs de
l'Antiquité, aufquels ie diray, auant que les
efcrire, que ne m'en voulant croire au papier
fi facilement qu'à mes yeux, ie voulus aller
encores vne fois dans ledit Temple, où j'auois
ja efté fans auoir fait cette remarque, & eftant
là j'employay le peu de temps que les Turcs
me donnerent d'y demeurer à la recherche de
cefte efcripture, laquelle i'ay trouuée au mefme
lieu, cité par Procopius tout à l'entour de la
Sphere qui eft dans le Temple : Et pour le vous
mieux imaginer, vous fçaurez que Saincte Sophie eft vne grande Eglife, à l'entour de laquelle il y a double gallerie l'vne fur l'autre, & au deffoubz de la plus haute il y a comme vne bordu-

re ou bande, qui comme vne escharpe entoure toute l'Eglise, ainsi comme vne place pour mettre vn escriteau ou corniche de tableau sur laquelle est escrit tout au tour en lettre à la Mosaïque, grandes comme la main, les paroles qui ensuiuent, scitées dans *Procopius & Baronius*, que ie mettray en Grec comme elles sont, & puis en Latin, & en François pour ceux qui ne sont pas lettrez.

ΤΑΥΤΑ ΤΑ ΣΑ ΕΚ ΤΩΝ ΣΩΝ ΣΟΙ
ΠΡΟΣΦΕΡΟΜΕΝ ΟΙ ΔΟΥΛΟΙ ΣΟΥ
ΧΡΙΣΤΕ ΙΟΥΣΤΙΝΙΑΝΟΣ ΚΑΙ ΘΕΟ-
ΔΩΡΑ Α ΕΥΜΕΝΩΣ ΠΡΟΣΔΕΧΟΥ
ΥΙΕ ΚΑΙ ΛΟΓΕ ΤΟΥ ΘΕΟΥ Ο ΣΑΡΚΩ-
ΘΕΙΣ ΚΑΙ ΣΑΥΡΩΘΕΙΣ ΥΓΕΡ ΗΜΩΝ
ΚΑΙ ΗΜΑΣ ΕΝ ΤΗ ΟΡΘΟΔΟΞΩ ΠΙΣΤΕΙ
ΣΟΥ ΔΙΑΤΗΡΗΣΟΝ ΚΑΙ ΤΗΝ ΠΟΛΙ-
ΤΕΙΑΝ ΗΝ ΗΜΙΝ ΕΠΙΣΤΕΥΣΑΣ ΕΙΣ
ΤΗΝ ΙΔΙΑΝ ΣΟΥ ΔΟΞΑΝ ΑΥΞΗ-
ΣΟΝ ΚΑΙ ΦΥΛΑΞΟΝ ΓΡΕΣΒΕΙΑΙΣ
ΤΗΣ ΑΓΙΑΣ ΘΕΟΤΟΚΟΥ ΚΑΙ ΑΕΙ-
ΓΑΡΘΕΝΟΥ ΜΑΡΙΑΣ.

Tua de tuis tibi offerimus serui tui Christe Iustinianus, & Theodora, quæ tu benigne excipe *Fili; & Verbum Dei*, qui incarnatus & crucifixus pro nobis es; atque nos in Orthodoxa fide tua conſerua Remque-Publicam, quam nobis commiſiſti ad tuam ipſius gloriam auge atque cuſtodi inter-ceſſu Sanctæ Mariæ Deiparæ ſemperque Virginis Mariæ.

A ta Maieſté ſaincte, ô Ieſus-Chriſt! Nous tes ſerui-teurs, Iuſtinian & Theodora, offrons tes propres biens, reçois les benignemēt, O Fils & Verbe de Dieu! qui as eſté Incar-né, & Crucifié pour nous; conſerue nous en ta foy Orto-doxe, & Catholique, & pour ton honneur & gloire, garde & augmente la Republique que tu as commiſe en nos mains, par l'interceſſion de ta Mere, & touſiours Vierge Ma-rie.

Par les paroles que deſſus (Iuſtinian & Theo-dora) il eſt aiſé à voir que ce fut l'Empereur Iuſti-nian, & ſa femme Theodora, qui firent faire ce beau Temple, par ces paroles: *O Fils & Verbe de Dieu:* Il ſe void encore clairement qu'ils le dedient au Ver-be Eternel, qui eſt la Sageſſe Eternelle, que les Grecs appellent ΣΟΦΙΑ, Sophie, veut dire Sageſſe.

NOSTRE

NOSTRE PARTEMENT DE CON-
ftantinople pour aller en Alexan-
drie d'Egypte.

OVs partifmes de Conftantinople le troifiefme iour de May mil fix cens vingt-deux,
& vinfmes en deux iours à Gallipoly, retournant fur nos brifées de Gallipoly à Troye la grande, à Tenedo, & de Tenedo à Sio.

Au fortir de Sio, nous commençafmes à quitter
le chemin de Chreftienté pour prendre céluy d'A-
lexandrie d'Egypte.

La première chofe que nous trouuafmes digne de
remarque, fut le Golphe de l'Eros, qui eft bien
grand & carré comme vn lac bordé & fermé de
montagnes tout à l'entour, auec auenuës pour les
vaiffeaux aux quatre coins.

Les Ifles & montagnes les plus remarquables qui
l'enuironnent, font celles qui font vers l'Occident.

La premiere qui eft tout au coin de Pathmos, où
fainct Iean l'Euangelifte fut relegué en exil par l'Empereur Diocletian, ce fut en ce lieu où noftre Seigneur communiqua tant de fecrets à ce fien Difciple bien aymé, où l'Ange luy apparut, tenant vn pied
fur la terre, & de l'autre enjambant fur la mer de
ce golphe : ce fut en ce defert où la Paillarde de Babylone luy prefenta ce Calice d'abomination, &
ce fut auffi là où il compofa le Liure de l'Apocalypfe.

Si l'Empereur auoit enuie de le faire languir, &
l'enuoyer en vn lieu defnué de toute forte de contentement, il n'en pouuoit trouuer vn plus à propos que celuy-là : car c'eft vne Ifle qui eft affez longue, & où il n'y a que des rochers, & pas vn feul
arbre, au moins n'y en ay-ie pas veu vn feul, il y a
maintenant des Religieux de fainct Bafile nommez
Caloieres, Religieux Grecs, & n'y demeure qu'eux,
& faut que toutes leurs prouifions leur foient ap-
portées par des vaiffeaux, en forte que c'eft vn lieu
grandement defert, qui n'a rien de plus beau que la
veuë de la mer, & des autres Ifles, qui de là fe peuuent defcouurir.

En fuitte de Pathmos, le long de la mefme Ifle fans
feparation d'eau, il y a vne montagne de Roche vn
peu moins releuee, fur laquelle il y a vn tres-beau
& fort chafteau, qui eft vne groffe tour ronde, à laquelle font iointes deux petites tours aux coftez pour
deffence, & ce fort s'appelle l'Eros, dont le golphe
prend fon nom.

En mefme fuitte de ce fort de l'Eros, il y a vne
autre montagne de Roche plus releuée que l'Eros,
& à l'efgal de Pathmos, qu'on appelle Calimnos, & le
vulgaire l'appelle l'efcolle-aux Afnes, de forte que
comme en venant de France en Conftantinople,
nous auons veu en Chreftienté l'efcolle de Sapience
ou le pays de Sapience, auffi en Turquie nous auons
veu l'efcolle aux Afnes. A cefte efcolle icy prend fin
la grande montagne & Ifle de Pathmos, & l'Eros &
Calimnos : parce qu'il y a vne petite fortie du gol-

Golphe de l'E-ros.

Monta-gne de Calimnos.

phe, lequel fortant, va tourner à l'entour de la fufdite grande montagne: Mais ce n'eſt pas encore la
fin d'vn coſté de ce grand golphe, d'autant qu'auſſi
toſt vne autre montagne fort petite, enuiron Monta-
d'vne ou deux lieuës, nommée Stangio recommen- gne de
ce, & puis finit d'vn coſté du Canal, & fortiſmes Stagio.
par ce coin là, & notez que toute ceſte coſte eſt in-
fructueuſe, quaſi comme Pathmos, non tout à faict,
car il y auoit quelque verdure à ceſte eſcolle aux Aſnes.

Au ſortir de ce golphe de l'Eros, nous entraſmes
dans vn autre tout de meſme, tout fermé de monts
à l'entour : Mais plus petit de la moitié, & cent mille fois plus agreable: car de tant l'autre eſtoit-il in-
fructeux en ſes montagnes, de tant plus celuy cy e-
ſtoit-il delicieux, & vrayement ſi ſainct Iean l'Euangeliſte euſt eſté auſſi bien relegué en quelqu'vne des
Iſles qui bordent ce golphe ou lac, lors qu'il fut mis à
Pathmos, ie trouue qu'il euſt eſté plus à ennuyer qu'à
plaindre : car c'eſt le plus beau païs du monde, attédu
que toutes ces montagnes ſont labourables, & fructueuſes, & au bas d'icelles deſcendant en la mer,
il y a tout le long du riuage de la pleine, la plus de-
licieuſe, qu'œil d'homme puiſſe voir, toute parſemée
de maiſons, d'oliuiers, de vignes, de bleds, & d'autres verdures, imaginez-vous eſtre au milieu de ce
golphe comme au milieu d'vne place Royalle de
Paris, & vous voir enuironné de toutes ces montagnes, & pleines fructueuſes. Dans cette pleine vallée il y a ſur le bord de la mer vne fortereſſe tres-

G ij

belle & forte, contre laquelle on me dict en paſſant
que depuis quelque temps les galeres du Duc de
Florence ayant voulu faire quelque effort, ils eurent
du pire, & il y eut plus de deux ou trois cens teſte
tranchées.

Quelques iours apres nous arriuaſmes à l'Iſle de
Iſle de   Rhodes où s'eſtoient retirez les Cheualiers de ſainct
Rhodes.   Iean de Ieruſalem, auant que venir à Malte, ils ſe
nommoiét Cheualiers de Rhodes, le grand Seigneur
Soliman l'aſſiegea l'an de grace 1522. apres l'auoir te-
nuë aſſiegée ſept mois, s'en rendit maiſtre.

Aucuns ont voulu dire que les habitans de Rhodes ont eſté appellez Coloſſiens, S. Paul adreſſe l'E-
piſtre qu'il a intitulée *Ad Coloſſences*, & que ce nom
Coloſſe   leur eſtoit donné à raiſon d'vn grand Colloſſe qui y
de Rho-   eſtoit: à ſçauoir vne ſtatuë de Bronze dediée au So-
des.   leil, laquelle eſtoit ſi effroyablement grande qu'elle
auoit vn pied ſur le bord du port, & l'autre ſur l'autre
bord, de ſorte que les vaiſſeaux paſſoient par entre
ſes iambes, comme ſous vne arche.

Ie ſuiurois pluſtoſt l'opinion des Autheurs qui
tiennent que ceſte Epiſtre fut enuoyée, non à ceux
de Rhodes, mais de Coloſſe, ville de la Phrygie, &
non loing de Laodicée, pour les raiſons qu'en donne le Cardinal Baronius au premier de ſes Annales.

Auant que d'arriuer à Rhodes nous entraſmes
dans vn autre grand golphe, qui eſt encores bordé de coſtes & montagnes comme les autrres, dont
Rhodes eſtoit à noſtre dextre comme les autres ſuſ

dites. L'Ifle de Rhodes donc eft vne belle & fructueufe montagne, qui fur la riue de la mer a de belles pleines fort abondantes en toutes fortes de biens, & le
long de ce riuage il y a des chafteaux & villages
fuiuant Tramafto.

La cofte & montagne continuant toufiours en
defcendant vn peu, vous trouuez fur la fin d'icelle
vne autre belle platte forme, fur laquelle eft vne belle
Eglife de fainct Eftienne, faicte en Dofme, tenuë par *Eglife de S. E-*
les Grecs de Rhodes, & eft paroiffe des Chreftiens *ftienne,*
Grecs de ladite ville de Rhodes, & cefte Eglife de *Parroif-*
fainct Eftienne, eft iuftement vne contre-batterie de *fe des Grecs.*
Rhodes, parce qu'elle eft vne Citadelle d'icelle ville,
& dont la terrace eft à l'egal du chafteau, elle eft hors
la ville.

Rhodes, ou la Ville, & fort de Rhodes, eft au bas *Fort de*
de fainct Eftienne, & dans vne pleine abondante en *Rhodes.*
tous biens, & fait la fin de la cofte, parce qu'elle eft
à l'angle de la cofte, & a la mer qui l'enuironne, en
triangle de trois coftez, auffi eft-elle ainfi baftie,
ayant trois cornes qui auancent dans la mer, ou pour
mieux dire trois digues : c'eft chofe piroyable de voir
à toutes les tours, chafteaux, & murailles de la ville,
les Croix des Cheualiers en relief, fur les pierres de
marbre, & à la premiere tour, il y a encore dans vne
niche vne grande Image d'vn fainct, qui me femble eftre fainct Pierre : ils y laifferent les marques
de la Religion Chreftienne, pour faire mal au cœur
aux pauures Chreftiens, qui voyent cela leur eftre
efchappé des mains. Et ie ne pouuois veritablement

empefcher mon fentiment fans le faire paroiftre,
comme auffi ceux de ma compagnie qui regrettoiēt
cefte perte pour le fubiet de nos pechez.

　　Au commencement du mois de May de cefte année mil fix cens vingt-deux, gens digne de foy m'ont
dit, qu'il y eut deux des plus fameux Deruichs de
Rhodes, qui allant vn iour vifiter quelqu'vn de leurs
amis Chreftien Grec vers fainct Eftienne, ils vindrent en difcours de la Loy, & le Grec parla fi hardiment à fes Deruichs, de la fauffeté de la Loy de
Mahomet, & de la verité de la Loy Chreftienne, leur
difant que la Loy de Mahomet n'eftoit point Loy,
mais tirannie, puis qu'on ne permettoit pas d'en parler libremēt, ny de la fçauoir, & qu'elle ne fe mainte-
noit que par la rigueur des armes, les pauures Deruichs défia vn peu efchauffez de vin, auffi bien que le
Grec qui leur prefchoit, dirent tout haut qu'ils voyoient bien la fauffeté de leur Loy, & la verité Chreftienne, & pour ce fe firent baptifer fur l'heure, puis
quittant le Turban blanc prirent le Turban bleu,
comme les Grecs, & s'en vōt ainfi par la ville de Rhodes, criant tout haut que la Loy de Mahomet ne
valloit rien, & que celle de Chrift eftoit bonne, &
qu'ils eftoient Chreftiens: auffi toft on les prend, & on
les meine au Bacha, lequel difant qu'ils eftoient yures
les fit mettre en prifon, & Dieu voulut que le lendemain on les trouua perfiftans en leur opinion,
difant qu'ils eftoient Chreftiens, en fin perfeuerans
ainfi, on les menace de la mort, & tout cela ne les
peuft efbranler. Ce que voyant le Bacha, il les fit

Der-
uichs,
c'eft à
dire Re-
ligieux
Turcs.

pendre, puis les enuoya enterrer au delà de l'eau, où
toute la nuit on entendit des voix de melodie, &
vifion de lumieres reluire, fi que les Turcs furent
contraints de les déterrer & mettre leurs corps au
cymetiere des Chreftiens, & en les portant, plufieurs
Grecs prirent de leurs reliques, les tenans comme
Martyrs de Iefus-Chrift.

Nous fufmes feulement vn iour & vne nuit à
Rhodes, d'où nous partifmes pour venir à Lindo ; Port de
fi iamais nous eufmes fubiect de nous croire enfeue- Lindo.
lis dans les ondes de la mer, ce fut en ce petit voyage,
auquel par deux fois nos mariniers & pillotes eftans
hors d'efprit & d'inuention de pouuoir releuer le
vaiffeau, qui par la fureur du vent & pour n'auoir
peu retirer les voiles, eftoit ja couché puifant l'eau
& tournant defia, chacun de nous penfoit premierement à inuoquer le fainct nom de Dieu, & de la Vierge, & puis à fa confcience : Dieu nous fit pourtant la
grace de nous deliurer de ce peril & nous amener à
vn port affeuré, qui fut Lindo.

Lindo eft vn petit bourg, bafty tout à la pante d'v- Cha-
ne tres-haute montagne qui n'eft que pierre & Ro- fteau de
che, & à la cime de cefte montagne y a vn fort & an- Lindo.
cien chafteau, beau & grand, mais du tout imprena-
ble s'il eftoit gardé, comme il ne l'eft prefque point.
Il eft bafty fur la pointe du Roc, la mer l'enuiron-
nant prefque tout autour, par confequent exempt
de mine, puis qu'il eft fur le Roc, il n'eft enuoifiné
d'aucune autre montagne, comme eft Rhodes de
fainct Eftienne, & par confequent ne peut eftre bat-

tu n'y approché : mais la force n'eſt pas ſecondée de
gardes, il y a quelque dix ou douze hommes qui le
gardent, & la nuit font ſentinelle, comme ie les ay
entendus : en ce bourg de Lindo ſont tous Grecs, &
fort bonnes gens, & deuots, & y a enuiron quelque
quinze ou vingt Turcs:ſi toſt que nous fuſmes entrez
dedans le port, qui eſt rond & fermé de Rocs, l'on
nous dit que la peſte y eſtoit, & y auoit eſté ſi fort,
que la pluſpart des habitans auoient abandonné
leurs maiſons, & s'eſtoient retirez dans la campagne
voiſine, n'y eſtant preſque reſté que des Turcs ; où
vous notterez en paſſant, que la raiſon pourquoy
les Grecs fuyent pluſtoſt que les Turcs, eſt que les
Turcs eſtant fondez ſur le deſtin, diſent qu'il ne faut
point craindre vne maladie ny vne heure de mort
particuliere, attendu que s'ils doiuent mourir de la
peſte ils auront beau fuyr il faudra qu'ils en meurent,
cela fait qu'ils ne craignent point encore ſur la mer,
diſant que Dieu a eſcript ſur le front des hommes,
leur vie & leur mort, & qu'il faut qu'il arriue inéui-
tablement : & nonobſtant ceſte peſte de ce bourg,
nous deſiraſmes y entrer pour y viſiter vne Egliſe de
noſtre Dame, & dans icelle y rendre graces à Dieu
du peril dont il nous auoit liberez par l'interceſſion
de ſa ſaincte Mere : La porte de ceſte Egliſe nous fut
ouuerte par deux preſtreſſes, fort honneſtes Dames,
veſtuës d'vne veſte de gris tané comme caloyer, &
vn creſpe noir comme Religieuſes de ſainct Benoiſt,
elles eſtoient fort modeſtes, & mortifiées, & nous
ſaluerent fort Religieuſement : on ne voyoit aucune
clarté

clarté dans cette Eglife, finon par le moyen de quelques lampes d'argent, qui eftoient allumées dans le
Sancta Sanctorum.

Au fortir de cefte Eglife, nos deuotions eftant
faties nous nous repofafmes vn peu deuant la porte
de l'Eglife eftans las, pour auoir monté cefte montagne, & pour l'exceffiue chaleur qu'il faifoit en ce païs
là, & quelques Turcs s'affeirent pres de nous, deman-
dans à ceux qui nous conduifoient qui nous eftions,
entr'autre il y eut le Cady, c'eft à dire le Iuge, qui d'v-
ne mine rodomonte m'appella, & me demanda d'où Les pa-
i'eftois, & fi i'eftois Efpagnol : ie luy dis que non ; fi roles
ie n'eftois pas vn efpion, d'où ie venois: ie luy refpon- que tint
dis que ie n'eftois ny Efpagnol ny Italien : mais Fran- au Pere
çois & fubiet du grand & puiffant Roy de France; Pacifique i'eftois Religieux, & non efpion, & que ie venois que.
de Conftantinople. Alors il me demanda fi ie n'auois
pas vn paffe-port du grand Turc, & moy qui voyoit
qu'il ne faifoit pas bon de s'arrefter à ces gens, qui
ne cherchent qu'vn petit fubiet pour faire vne grande fupercherie, ie luy dis qu'il parlaft au Patron de
mon Vaiffeau, & qu'il luy refpondroit de nous, & le
laiffay fur cette refponce : ce Cady ne manqua pas
d'interroger noftre Patron pour fçauoir quelles gens
nous eftions : Mais noftre Patron luy ayant parlé en
termes fort honorables, il fut fatisfait.

C'es pauures gens n'auoient iamais veu tels hommes que nous, veftus comme nous, chacun d'eux, re-
gardans nos pieds nuds, nos gros habits, & nos cordes fi rudes, demeuroiét dans l'admiratió, & le refpect.

H

Nous demeurafmes fix ou fept iours dans Lindo, fans partir du Vaiffeau, où nous beuuions & mangions & couchions, eftans grandement incommodez de la chaleur.

A Lindo nous changeafmes de Vaiffeau parce que le noftre ne vouloit partir de huict iours, & nous mettans dans vne groffe barque prifmes le chemin d'Alexâdrie: nous fufmes quatre iours & quatre nuits fans trouuer la terre, & en fin arriuafmes au chafteau de Bofquier, c'eft vn port & vne fortereffe tres-bonne, nous y fufmes vn iour: de là nous fufmes par terre en Alexandrie où nous arreftafmes trois iours.

Ville d'Alexandrie. La Ville d'Alexandrie eft vne tres-grande Ville, autrefois grandement renommée, fpeciallement par fainct Hierofme dans la vie des Peres, pour le prefent ie n'ay rien remarqué de plus grand, que des infignes ruines, car ce ne font que des maifons toutes razées, le peuple eft fi pauure & ruiné qu'ils ne peuuent reftablir aucune maifon, fi peu qu'ils en font ils les baftiffent au bas de la ville vers le port des gallaires, & du chafteau, auquel endroit la Ville fe peuple, & eft affez belle.

Ce qui eft de rare ce font les Cifternes, & concauitez, toute la ville eft creufe, & y a deffoubs terre les plus belles Cifternes du monde, grandes comme des Eglifes, admirablemét voutées, pilliers fur pilliers, lefquelles Cifternes s'éplifent d'eau par le debordemét du Nil, & en font ainfi prouifion pour l'année. Mais à prefent les Canaux de la plufpart eftans rompus il n'y en a que quelques vnes qui fe remplifent, & l'eau se tire par des bœufs, auec des rouës.

Les vestiges de l'antique beauté se voyent par la quantité de belles grandes & grosses Colomnes de Porphire qui restent encore de bout, parsemée çà & là.

Pour ce qui est de la pieté, & antiquité tout ensemble, il y a premierement vne belle & grande Mosquée qui estoit autrefois l'Eglise Cathedrale de sainct Marc qui fut premier Euesque; il y reste pour memoire de luy la chaire Espiscopale dans laquelle il preschoit, qui est à present dans vne petite Eglise de Chrestiens Cophites, nommée sainct Marc, c'est vne belle chaire de marbre blanc & rouge de pieces rapportées, i'ay eu le contentement & l'honneur d'entrer dedans. Dans la mesme Eglise il y a vn coing à costé de l'Autel où estoit autrefois le corps de sainct Marc où il fut enseuely, & d'où il a esté transporté par les Venitiens à Venise: ils ont encore vne autre pierre sur laquelle ils disent que sainct Marc fut decapité, & disent qu'ils la tiennent cachée de peur que les Venitiens ne l'enleuent encore. Neantmoins l'Eglise ne le tient point Martyr. Il y a vne autre Eglise encore dediée à saincte Catherine, tenuë par les Grecs, & où les François ont vne Chappelle, dans laquelle Eglise il y a vn pillier de marbre fort large, sur lequel saincte Catherine eut la teste tranchée, à ce qu'ils disent, & où encore on remarque du sang.

Dans la ville non trop loing de là il y a les ruines du Palais saincte Catherine, i'ay esté dedans, c'estoit

H ij

vn tres-beau chasteau tout basty de brique, mais tout desmoly.

Il y a vne autre petite Eglise dediée à sainct George, où il y a vne image de l'Archange sainct Michel faict de la main de sainct Luc, c'est vne piece du tout rare, & n'en ay iamais veu de ceste façon.

Hors la ville d'Alexandrie en sortant par la porte qui va à Heracite ou Roussette, qui est vne mesme chose, vn peu esloigné de la ville sur vne belle platte-forme, il y a encore vn vieil chasteau beau & grand comme vne petite ville, & estoit le chasteau de ceste tant belle & renommée Roine Cleopatra fauorie de Marc-Anthoine: de ce chasteau tout le log du chemin nous trouuasmes des vestiges cóme d'vn fondement de bastiment à fleur de terre, demandát ce que c'estoit, on nous dit que c'estoit vne voute dessoubz comme vn conduit de fontaine, par où Cleopatra enuoyoit de l'huile de son chasteau qui est pres d'Heracite, & de la mer iusques dans ce Palais. En ce chasteau susdit estoit le miroir de Cleopatra dont ie parleray icy, & non à celuy qui est pres de Roussette: elle voyoit de là partir les Vaisseaux de l'Isle de Candie.

Nous partismes d'Alexandrie le vingt-deuxiesme de Iuin pour aller à Heracite ou Roussette, & y vinsmes par terre, où il y a quelque vnze licuës de France, & trouuasmes vn pays si desert qu'il n'y a presque que du sablon, nous arriuasmes ce mesme iour à Roussette.

Roussette ou autrement nommée Heracite par les Mores est vne tres-belle ville où il y a de tres-belles &

Chasteau jadis demeure de Cleopatra.

Roussette ou

hautes maifons toutes faictes de brique, il faut que Heraci-
cefte ville foit moderne & qu'elle ait efté baftie de- te ville.
puis que l'Egypte eft foubs la Loy Mahometaine, car ־ה־אוﬠ
il n'y a aucune Eglife, & ne dit-on pas qu'il y en aye
iamais eu : les Chreftiés Grecs y ont vne petite Chappelle pour les Chreftiens Romains, ils entendent Meffe au logis de Monfieur le Conful de Venife qui a fait
faire vn petit Autel dans vne fienne chambre où i'ay
dit la Meffe la veille de fainct Iean. Ce iour là nous ne
voulufmes point venir d'Alexandrie à Heracite, à raifon du grand peril qu'il y a à l'emboucheure du Nil,
où il fe perd grande quantité de germes, qui font barques paffageres.

Prés d'Heracite ou Rouffette au haut d'vne belle
montagne, dans vn bois de Palmiers, il y a vn tres-
beau & ancien chafteau, & vne haute tour qui eftoit
encore à la Roine Cleopatra, cefte ville de Rouffette
eft baftie le long du fleuue du Nil.

Le Nil eft vn fleuue, qui felon quelques-vns eft Le Nil.
des quatre qui fortent du Paradis terreftre, & ne peut-
on trouuer fa fource, mais ie n'en croy rien: car l'Efcripture en nomme quatre autres; il defborde tous
les ans vne fois: c'eft à dire il hauffe & s'enfle, & quant
il eft à certain terme, que les Mores cognoiffent
eftre affez haut, ils couppent vn Canal qui eft au
Caire, & auffi toft ce fleuue defborde, par là, & va
fournir d'eau dás toutes les Cifternes d'Egypte, & par
des Canaux s'en va dans les champs remplir les grâds
Marais qu'ont fait les païfans dans leur terre, & cefte
eau leur fert l'année à arroufer toutes leurs terres, la

tirant de là auec vn bœuf, puis la iettant de là dans vne
autre petite foſſe, elle s'en va diuiſant dans tous les
seillone ~~ſions~~ de leurs champs, ainſi qu'on arrouſe les iardins
en Prouence, cette eau eſt ſi bonne & ſi graſſe qu'elle
ſert de fumier à ces terres, & les rend ſi fructueuſes
que c'eſt merueille, c'eſt donc ainſi qu'elle desborde,
& non par deſſus comme vne infinité croyent; de
ce debord vient la fertilité ou infertilité de l'Egypte.

Elle ne desborde iamais qu'vne fois l'an, & n'a on
iamais entendu qu'elle ait desbordé deux fois que
l'année paſſée mil ſix cens vingt & vn, entrant dans
l'année mil ſix cens vingt deux, choſe qui eſtonna tellement les Egyptiés qu'ils prophetiſoient merueilles
là deſſus, diſans que l'an prochain mil ſix cens vingt-
trois l'eau de ce Nil ſeroit rouge comme ſang, ſigne
d'vne grande guerre, ils diſoient cela alors, & en effet
cela eſt maintenant arriué, car l'Empire eſt tout en
combuſtion.

LE GRAND CAIRE.

Ovs arriuaſmes au grand Caire le vingt-
neuſieſme de Iuin: Cette ville eſt diuiſée
en deux villes: à ſçauoir le vieil & le nouueau Caire, le nouueau eſt vne tres-grã-
de ville, plus grande & plus peuplée que
Paris: Mais il n'y a rien à remarquer, ny pour la pieté
ny pour l'antiquité, ſinon qu'il y fait cruellemét chaud
en Eſté, & que la ville n'eſt point pauée, & y pleuuant

peu & rarement, la poudre rend plufieurs perſonnes aueugles en ce païs, & faut que ie die en paſſant
que l'on ſe garde de croire ceux qui eſcriuent qu'il
ne pleut iamais en ce païs, il eſt vray que plufieurs
vieux & anciens hommes diſent qu'ils ont veu autrefois qu'il y pleuuoit fort rarement : mais à preſent
chacun eſt teſmoing comme il ne ſe paſſe gueres
d'années qu'il n'y pleuue aſſez de fois, mais nōn pas
tant.

Le vieil Caire eſt eſloigné de ce nouueau enuiron
d'vne grande demie lieuë.

Le vieil Caire eſtoit l'ancienne ville de Memphis
où demeuroit Pharaon Roy d'Egypte, & où le peuple d'Iſraël fut long-temps captif quand, Moyſe le
deliura. C'eſt encore où Ioſeph fut fait Vice-Roy, on y
voit encor pour antiquité les vieux greniers que Ioſeph fit faire pour mettre les bleds de l'Egypte durât
les ſept ans de cherté, & encor de preſent y met-on
encor du bled pour viure cinq ans toute l'Egypte, &
tous les ans les villageois y apportent leurs grains dedans : les greniers ne ſont point ſi excellents qu'on
les eſcript, ils ſont en terre voutez & rebaſtis de terre
par deſſus qui ne paroiſſent rien, l'enclos eſt le plus
beau. Pres de ces greniers eſt le chaſteau où vient
le Bacha, lors qu'il faut coupper le Canal du Nil,
c'eſt vne petite digue qui eſt dans les foſſez par où le
Nil doit paſſer par le milieu de la ville du Caire neuf,
il ſe fait vne grande feſte le iour qu'on couppe le Canal.

Dans le vieil Caire il y a encore comme vn vieil

chasteau dans lequel on va mesurer la croissance du
Nil, puis on le va publier tous les iours par la ville, disant auiourd'huy le Nil est monté d'vn pouce, de
deux, d'vn pied, &c.

Pirami-
des du
vieux
Caire,
que l'on
tient e-
stre l'v-
ne des 7.
merueil-
les du
monde.
　　　Enuiron deux lieuës au delà le vieux Caire montant vers les deserts, il y a les Piramides dont on faict
tant de cas, que l'on dit estre l'vne des sept merueilles du monde. Nous montasmes dans la plus grosse
& grande, laquelle on dit que Pharaon auoit faict
bastir pour son Mozolée ou sepulchre : en montant dedans auec des flambeaux à nos mains (parce
qu'il n'y a point d'autre air) nous trouuasmes vne belle grande chambre toute de porphire, tant haut que
bas : à sçauoir le plancher d'enhaut, celuy d'embas &
les murailles, & a de longueur douze ajambées, & six
de largeur, presque au milieu de ceste chambre il y a
vn tombeau de Porphire tres-beau, qu'on dit que
Pharaon auoit fait mettre pour y estre enseuely, mais
Dieu luy fit voir que les propositions des hommes
meschants sont bien souuent renuersées par sa tou-
te-puissance : car il n'eut pas l'honneur d'y estre enseuely : mais bien dans les ondes de la mer rouge en
poursuiuant le peuple de Dieu. En descendant plus
bas de cette chambre, il y a vne autre chambre tout
de mesme : Mais toute remplie de meschantes
pierres, où souuent couchent les Arabes coureurs,
& aucuns disent que c'estoit pour mettre le corps de
la femme de Pharaon. Toutesfois ie m'en rapporte,
parce qu'il n'y a point de tombeau.

　　　Que si elle eust esté noyée auec son mary ou depuis

puis fa mort elle euft efté par punition diuine mife
autre part, fon tombeau feroit refté vuide comme celuy de fon mary, que fi elle euft efté enfeuelie la tombe y feroit auffi, & pleine de fes os : car de dire que
l'on l'aye trâfporté, il eft quafi impoffible, l'on auroit
auffi toft emporté celuy de Pharaon, c'eft feulement
ma conception : mais il vaut mieux fuiure celle des
autres, & croire que lors que Pharaon mourut, la Piramide n'auoit pas efté acheuée par le dedans.

En redefcendant encore plus bas vous trouuez
dans vn coing vn grand puits qui a vn grand conduit
foubs terre, graué dans le Roc, lequel va rendre à plus
de huict cens pas de là par deffoubs la Pyramide, où
il y a vne ftatuë de pierre toute d'vne piece, taillée de
Roc, au milieu d'vne pleine fablonneufe, laquelle
ftatuë eft plus groffe que vingt hommes enfemble &
haute d'vne picque, qui reprefente vne femme de   Statuë
puis le ventre iufques au haut de la tefte, & le refte du   repre-
bas s'en va eftendant en bas en arriere comme d'vn   vnef.m.
cheual, duquel on ne void que le dos vn peu efleué   me.
de terre, & le vulgaire dit que lors que Pharaon voû-
loit perfuader quelque chofe à fon peuple, il le faifoit
affembler à l'entour de cefte Idole, & ayant abouché
vn homme de fa volonté, il le faifoit défcendre par
le puits de cefte Pyramide fans eftre veu, & venant
par deffoubs terre dans cefte ftatuë, il parloit au peuple & luy perfuadoit de faire le vouloir de Pharaon,
& les pauures gens croyans que c'eftoit cét Idole qui
parloit l'adoroient comme vne Diuinité, voilà ce que
i'en ay appris, & de fait i'ay veu tout proche de ladite

I

Idole, par vn endroit rompu, le Canal soubz-terrain
qui vient iustement de la Pyramide audit lieu: Mais
ie n'ay peu remarquer que la statuë fust creuse pour
y cacher vn homme, ny que sa bouche fust ouuerte
pour donner passage à la voix de l'homme enfermé,
qui autrement seroit estouffé: toutesfois il peut auoir
quelque finesse ou ressort que ie n'ay peu cognoistre, on en croira à discretion, quoy qu'il y ait de l'apparence à ceste histoire, car on n'auoit pas faict cette
grosse figure sans subiet, ny le grand Canal qui vient
ainsi soubz terre.

Quand nous eusmes consideré le dedans de la dite
Piramide nous voulusmes voir ce qui se peut voir du
dehors, & pour cela nous montasmes iusques au sommet d'icelle, ce qui se fait facilement à qui a le courage, & qui ne s'esblouït point de monter si haut: car
les pierres n'estant point enduittes par dehors, ains allant tousiours en estrecissant comme des escalliers,
l'on monte tout au tour: Mais il faut souuent grim-
per sur des pierres qui viennent iusques à la ceintu-
re: estant dessus la pointe ie voulus voir la verité de
deux choses que quelques personnes disent auoir
veu en faisant le voyage du Caire. La premiere si la
cime de la Piramide est couuerte d'vne pierre seule
sur laquelle quatorze hommes peuuent tenir à l'aise,
& veritablemét i'auois ouy dire qu'il y auoit pour tenir dix ou douze hommes: mais que la pierre soit d'v-
ne piece, cela n'est pas, car il me semble que i'y en
ay compté sept, ou bien ils veulent dire que c'est vne
piece de sept morceaux: ce qui me faisoit croire que

la Piramide n'a iamais esté acheuée, & qu'elle deuoit monter iusques à estre pointuë, & estre couuerte de sa clef ou chapiteau.

La seconde chose qu'on escript, c'est qu'vn homme estant en haut, en tirant vne flesche il ne la sçauroit pousser ny faire choir qu'au milieu des marches de la Piramide, ie l'aduoüe si c'est vn homme qui n'aye guere de force, mais ie sçay auoir ietté vne pierre qui a presque esté sur les dernieres marches. Veritablement ie croy bien que si vn homme estant en bas à vn coing de la Piramide vouloit auec vne flesche tirer à l'autre coing, qu'il ne pourroit pas.

Ie croy estre obligé à refuter encore vn autre mensonge qui sera trop facilement conuaincu de ceux mesmes qui n'ont iamais veu ceste Piramide, apres que ie leur auray mis la raison pour laquelle il ne peut estre comme ils escriuent à l'estourdy, ils disent que les Piramides sont si hautes que le Soleil leur fait ietter l'ombre plus d'vn quart de lieuë loing, & les pauures gens me feroient quasi dire qu'ils n'ont iamais esté en ce pays d'Egypte, où le Soleil en son midy, battant quasi à plomb sur ~~le zenit~~, ne fait pas vn pouce d'ombre à cette grande piramide, ainsi que ie fis *la teste* voir à ceux qui estoient auec nous, & le mesme Soleil n'est pas leué deux heures, que desia il commence à faire fort peu d'ombre c'est bien la verité que cette piramide est haute, mais non encore si haute que ie les ay creuës.

Ceste-cy de Pharaon a deux cens trente six pierres à monter, dont la plus part sont de trois pieds de hau-

teur, les autres de deux pieds & demy, & de deux
pieds,& quelque six ou sept d'vn pied, il y en a peu
qui ayent trois pieds & demy,ie prends le tout l'vn
portant l'autre à deux pieds & demy, ce seroit cinq
cens nonante pieds de hauteur, ou enuiron, en somme pour le iuger à l'œil elle ne paroist auoir gueres
plus que les tours de nostre Dame de paris, & tout
ce qui est d'admirable en cette fabrique n'est pas la
gentillesse de l'artifice, mais la quantité & grosseur
des pierres qui sont assemblées l'vne sur l'autre en
cette fabrique: car ie croy qu'il y en a suffisamment
pour faire & bastir vne ville entiere,non des plus petites,ainsi le croyét ceux qui l'ont veuë comme moy.

Sepul-
tures des
Rois.

Il y a deux autres Piramides proche de celle cy,basties
par diuers Rois pour leurs sepultures, & dont on ne
peut trouuer la porte pour y entrer, comme nous
la recherchasmes à vne d'icelles,il y a de l'apparence
que la grande quantité du sable que le vent a chassé
contre la bouche de ceste entrée auec quelques
rompeures de pierre qui de haut sont glissées en bas.
Pour la plus grande de ces deux icy, on ne m'a peu
dire qui estoit le Roy qui l'auoit fabriquée : mais la
plus petite, l'on m'a dit que l'on tenoit par tradition
& par les histoires du pays que ce fut vn Roy qui l'a-
yant fait commencer n'ayant plus moyen de l'a-
cheuer,à raisõ qu'il ne sçauoit plus d'où faire venir
des pierres,n'y en ayant point en tout ce quartier là
de propre pour cela : sinon de petites pierres dont ils
pauent leurs maisons. Ne sçachant plus que faire,
ayant vne tres-belle fille il la mit deuant la porte de

cefte Pyramide, & la proftitua à tous les Princes, Seigneurs & gentils-hommes, moyennant la promeffe
qu'ils luy feroient de faire venir tant de pierres qu'il
voudroit, & par ce moyen il acheua cefte Pyramide.
Voyez où l'ambition conduit vn homme quãd elle
le poffede. A cofté de ces Pyramides il y a vn frontif-
pice d'vne grande gallerie baffe ou grotte d'vn efta-
ge de haut, & tout cela eft long, & d'vn Roc tout d'v-
ne piece, quãd vous entrez là dedans vous voyez de
belles & grandes falles percées à iour dans le Roc
mefme, & pres de chafque falle, d'autres beaux ca-
binets, & tant le plancher que le paué d'embas &
les murailles de dedans, tout cela dis-ie eft d'vne piece caué dans le Roc, poly quafi comme le iafpe: il y a
quelques vnes de ces falles aufquelles le plancher eft
fait comme en folliueaux de bois en forme de Palmiers, & neantmoins tout cela eft taillé dans le Roc,
& femble que cela vient d'eftre faict, ie trouue cela
plus beau que les Pyramides, quoy qu'au dehors cela ne paroiffe rien, & m'affeure que la plus part de
ceux qui vont voir les Piramides ne prennent pas garde à cela, ou n'y veulent pas aller.

Tout autour de ces Pyramides & de cefte gallerie fe voyent force tombeaux vn peu releuez comme les noftres, la bouche defquels eftant ouuertes
l'on defcend dans de belles caues taillées encore
dans ce Roc, comme i'en vis vne qui auoit efté ouuerte, & dans ces caues on mettoit les corps enbauf- Sepul-
mez, felon la couftume des Egyptiens, fort fuperbe- tures
mẽt cõme ie les ay veus, & on appelle cela Mommies. des E-
gyptiẽs.

I iij

Enuirõ encor vne lieuë à cofté de ces Pyramides nous en voyons d'autres , où il y a comme vn
petit village, où il y a encore grande quantité de ces
fepultures, & celles-là font ouuertes pour la plufpart,
d'où on tire tous les iours des Mommies ou corps
enbaufmez. Nous n'y voulufmes point aller, nous
contentans d'auoir veu des corps & membres entiers tirez defdits fepulchres, n'y ayant rien à voir que
des caues à demy pleines de fable, & quelques membres difperçez çà & là parmy le fable, comme i'en ay
apporté quelques-vns pour faire voir, où la chair &
les ongles des pieds & des mains eft encore entiere,
mais fort noirs à caufe des baufmes dont ces corps e-
ftoient oints; & remarquez la fumptuofité & fauffe
pieté de ces anciens en leurs fepultures.

La fomptuofité , entant qu'apres auoir oints les
corps de baufmes & de parfums, voire qu'en ayant
emply le corps. apres auoir tiré les inteftins, ils couuroient & enueloppoient lefdits corps d'vne toile
embaufmée, puis frottoiét encore cette toile de baufme , & autres liqueurs aromatiques , & remettoient
vne autre toile ferme par deffus, laquelle eftoit toute dorée & polie auec mille gentilleffes , & fur la face
eft encore vn mafque de mefme eftoffe tout do.é, &
tient auec le refte ; les yeux du mafque refpondent
droit aux yeux du mort, fi iuftement qu'ils tiroient
les fourcils & les paupieres hors, qu'ils doroient encore, de forte qu'il femble que ce foit vn corps tout
d'or, i'en ay veu vn d'vne grande femme tout de la
mefme façon, & auffi beau que s'il venoit d'y eftre

appliqué. Les marchands François de ces quartiers-là m'ont dit qu'il y a vn an qu'ils trouuerent le corps d'vn Roy tout de la mefme façon, & qui auoit encore fa couronne d'or en la tefte, mais de fort legere eftoffe.

Il n'y a pas lôg temps qu'vn François, feruiteur d'vn marchand de Marfeille, ayant de fortune trouué dans ces Mommies vn corps côme cela, apperceuant dâs fa bouché qu'il auoit vne langue d'or, l'achepta fort peu d'vn More, & fut fi mal aduifé qu'il rompit tout ce beau corps pour tirer cette langue, fans penfer qu'il pourroit bien vendre à quelque Seigneur curieux l'vn & l'autre tout enfemble. Ces corps eftans ainfi embaufmez, & ornez, ils les mettoient dans ces caues ou fepultures, & les couuroient au lieu de cercueil d'vne grande effigie de leur Dieu, faicte de marbre blanc ou de bois felon leur qualité, & laquelle eftoit creufe par deffoubs, & deffus cette effigie il s'y mettoit force lettres, lefquelles eftoient Hierogli-fiques, ie ne fçay ce qu'elles fignifioient, quoy que i'en aye veu de toutes les deux fortes, ie ne fçay fi c'eft leur nom, leur qualité ou autre chofe, voila pour ce qui eft de leur ancienne fomptuofité, voyons leur fauffe pieté.

Leur fauffe pieté fe void trop claire ainfi que ie l'ay veuë en ce que lors qu'ils mouroient, ils ordonnoient que leurs Dieux fuffent enterrez auec eux ; aucuns faifans attacher ces petites idolles fur leurs corps, & autres plus deuotieux faifoient mettre dans leurs corps parmy les baufmes, apres qu'on en auoit tiré

les trippes & ordures, i'ay veu ces Idoles, & par curiosité en ay apporté 4. ou 5. sur lesquelles ily a des lettres
Hieroglifiques que ie n'entends point : les vnes sont
gràdes comme le doigt, les autres vn peu plus gràdes.
Les vnes ont vne forme de crapauts comme i'en ay
veu, les autres d'autres animaux, mais laplusparr ont
forme humaine comme d'vne Religieuse, auec vne
longue & estroitte guimpe soubs le menton qui
tombe sur l'estomac, qui sçait si ceste fausse deuotion de ce peuple infidelle n'a point touché le cœur
de Dieu, & l'aye poussé à se donner luy mesme à nous
en forme visible couuert du voile de la chair, voire
de se donner à nous en forme tres-petite, soubs vne
petite hostie, au sainct & adorable Sacrement de l'Autel, & soubs ceste apparence de pain, veut estre enterré auec nous. Les bons Chrestiens estans prés de
mourir demandent de le receuoir dans leur propre
corps, & ainsi enseuelir leur Dieu auec soy, mais apres
auoir desia tiré de leur ame toutes les trippes toutes
les ordures des pechez, & l'auoir embausmée de mille
& mille sortes d'affections, vers sa diuine & puissante
Maiesté.

    Pour reuenir à nos Idoles ie croy que ce pourroit
bien estre de ces Idoles, dont le petit Ismaël se ioüoit
auec Isaac, luy apprenant à en faire & idolatrer. L'Escriture de la Genese, disant qu'il luy apprenoit à iouër
souuent, l'Escriture par ce mot de iouër entend parler de la Sodomie ou fornication spirituelle de l'ame.
Ainsi Dieu l'appelle-il par toute l'Escriture. *Tu forni-
cata est cum amatoribus verumtamen reuertere.*

                                     Et

Et ce pouuoit estre encore de ces Idoles (mais faites d'argent, ou autre metail) dont se plaignoit Michéas au liure des Iuges, que des soldats voleurs luy auoient emporté. En fin l'on void par là comme en ces quartiers ils auoiét quátité de ces Idoles en leurs maisons.

Mais il faut que ie vous confesse ma curiosité. C'est que voyant qu'il y en auoit aucunes faictes en crapaut, vaches & autres bestes, ie ne peůs me tenir de m'enquerir d'vn François, homme sage, d'honneur & qualité, qui depuis vingt ans faict sa demeure dans le païs, s'il ne me pourroit donner raison de ceste diuersité de figures, & d'Idoles, & Dieu voulut que ie m'adressasse à vn homme qui ayant eu la mesme curiosité auoit fait cette recherche, pourquoy il me dit auoir leu dans vn autheur, dont il n'auoit plus le liure, & dont il auoit oublié le nom, que lors que le Roy Pharaon & sa suitte fut submergée dans la mer rouge, le bruit en estant venu en Egypte, ceux qui pour quelques empeschemens que ce peust estre, auoient esté diuertis d'y aller, commencerent à louër Dieu de les auoir pourueuz de telles occupations, & mesme firent dresser des Idoles & statuës, des choses, apres quoy ils estoient occuppez, les adorant, & tenant comme Dieux, les remerciant de ce que par leur moyen ils auoiét esté preseruez de ce mal-heur, de sorte que celuy qui pour auoir esté occuppé à garder les vaches, auoit manqué de suiure Pharaon, faisoit dresser vne Idole de ceste vache, celuy qui possible s'estoit amusé à prédre des grenoüilles ou tuer quelque serpent ou crapaut & n'auoit presté l'oreille à l'appel de

K

pharaon, faisoit eriger vne statuë de ces animaux, &
ainsi celuy qui estoit empesché à la compagnie d'vn
homme ou d'vne femme, de là vient vne grande a-
bondance & multitude de Dieux.

Si des aueugles payens donnoient autant d'honneur aux creatures, qui par accident les auoient de-
liurez de mal-heur, que ferons nous à ceux qui par
acte de volonté nous communiquent des biens en si
grande abondance, ie m'asseure que si nous auions
les yeux de la foy ouuerts, nous ne remercierions
pas moins Dieu des dangers dont il nous deliure
continuellement, que pour les biens qu'il nous donne à chasque momẽt: De là nous apprenons encore
le gré que nous deuons aux predicateurs, & à nos
bons amis & superieurs, qui par les aduis & bonnes occupations qu'ils nous donnent, quoy que ra-
uallez en apparence, nous preseruent par ces moyens
de ne point tomber dans les precipices de tout mal.

De l'autre costé de la ville du Caire neuf sur le
chemin de Hierusalem enuiron à trois quarts de lieuë
de la ville, il y a vne mestairie où l'on tient que la
Vierge bien heureuse se reposa quelques iours, venãt
de Hierusalem auec l'Enfant Iesus & Ioseph, & y a
on fait vne petite salle, dans laquelle est enclose vne
fontaine où la Vierge lauoit les drappeaux de son
Fils Iesus, & cependant qu'elle les lauoit elle le reposoit sur vne pierre de iaspe, grande de deux pieds en
carré, qu'on a esleuée & enchassée dans vne petite fenestre de ladite muraille, deuant laquelle les Mores
& les Turcs portent tant de respect, qu'ils y entretien-

ment vne lampe : la verité est que sitost qu'on entre
dans ce lieu, l'on se sent saisi d'vne certaine deuotion
pleine de reuerence, & d'vn sentiment qui ne se peut
dire, & encore plus quãd on approche la bouche pour
baiser ceste pierre, sur laquelle ont reposé les diuins
membres de Dieu, fait homme pour les hommes:
Nous beusmes par deuotion de ceste eauë apres a-
uoir fait nos prieres en ce lieu, ceste eau est excellente : Derriere ceste sallette, vous entrez dans le
iardin où est vn vieux figuier qui a son tronc diuisé en deux, & dans le principal il y a vn trou au
milieu, où l'on peut cacher vn enfant. On dict
que la Vierge estant là, & entendant vn peu de bruit
à l'entour, craignãt qu'on ne cherchast son Fils comme Herodes le cherchoit de vray vers la palestine, en
s'approchant de ce figuier il s'ouurit en cét endroit
pour faire place à l'Enfant, & conseruer la vie au Dieu
Incarné qui luy conseruoit la sienne comme il luy
auoit donnée, ie pris quelques figues vertes de cét arbre, & du bois par deuotion, comme aussi quelques
petits citrons verds, dont les arbres de ce lieu estoient
chargez; c'est le iardin le plus beau & le plus abondant en fruicts qui se puisse voir, & la quantité de
iasmin odoriferant qui croist là dedans, rend ce lieu
si parfumé qu'il semble vn Paradis terrestre, au milieu duquel la fontaine susdite va courant par quantité de petits fossez pour l'arrouser & le feconder.

Dans le mesme iardin, vn peu plus bas est vn petit iardinet tout seul, enclos d'vn petit muret de terre,
où estoit la vigne de baufme, mais le iardinier me dict

qu'il y a bien douze ou quinze ans qu'il n'y en a
plus, ie luy demanday la cause pourquoy on l'a-
uoit arrachée, ie ne sçay comme il l'entendoit, il suffit que i'ay veu qu'il n'y en a plus.

Vn peu plus loing dans les champs enuiron à cinq
cens pas de là, il y a vne eguille ou vne pyramide, de
porphire qui est tres-belle, elle a bien dix-huict pieds
de hauteur, depuis la terre iusques au sommet,
sans ce qui est caché dans la terre, & est toute es-
cripte de Hieroglifique, c'est encore à ceste eguille
où l'on voit la hauteur que le Nil a creu chasque année, l'eau debordant par tout ceste pleine, laisse sa
marque lymonneuse au lieu iusques où elle a monté,
& de la hauteur de l'eau, les laboureurs iugent l'a-
bondance de l'année.

I'ay oublié à dire, que dans la ville du Caire neuf
il y a vne chose bien digne de remarque pour nous
autres François, c'est qu'à la pluspart des maisons an-
ciennes, l'on void sur les portes vne forme de Calice
ou Ciboire, depeint auec vne hostie cóme carrée dessus, & deux torches allumées aux deux costez, pour
memoire disent-ils que sainct Louis Roy de France
à son retour en la terre Saincte, ayant besoin de leur
secours pour viure son armée, & n'ayant dequoy les
payer, il laissa en la ville de Damiette le sainct Ciboire en hostage auec le sainct Sacrement, en attendant le payement qu'il leur feroit, & ce Ciboire
estant porté de Damiette au Caire comme en la ville capitalle de l'Egypte, & où demeure le Bacha, ils
firent depeindre ce gage sur la porte de leurs mai-

fons, pour dire qu'ils tenoient cela de la France, voilà ce qu'on m'en a dit.

Aux enuirons du Caire il y a encore trois chofes tres-dignes à voir que le temps ne nous permit de voir.

La premiere eft le mont Sinay, où Dieu donna la
Loy à Moyfe auec les deferts, où les Ifraëlites auoient
planté leurs pauillons, & adoroient le veau d'or. A
cinq iournées du Caire, eft la tant renommée, &
fameufe ville de Thebes, où il ne refte que mafures
& force vieilles antiquitez, dont ie me fuis rendu auffi
fçauát par ceux qui les ont veuës, que fi i'y auois efté:
A l'entour de la ville font les deferts de la Thebayde,
où eftoient autrefois tant d'Hermites & faincts Her-
mitages, que vifita fainct Hierofme.

La troifiefme eft à deux iournées du Caire, c'eft le
defert d'Egypte, où eft la grotte de fainct Paul, où
fainct Anthoine le vifita, le Monaftere de fainct Ma-
caire, où il y a encore quelques Religieux Grecs, qui
viuent à ce que l'on dit fort aufterement, fpecialement au Monaftere de Nitrie dont fainct Hierofme
fait tant mention dans la vie des Peres, & qui eftoit
vn fi beau Monaftere, de tout cela eftant fi proche
& quafi fur le lieu ie me fuis informé de plufieurs
chofes & particularitez.

Apres auoir efté vnze iours au Caire nous en
partifmes le neufiefme iour de Iuillet au matin, &
nous mettans encore fur le Nil dans vne petite barque, nous arriuafmes en la ville de Damiette le douziefme du mois, & puis que nous fommes encore

K iij

sur le fleuue du Nil, il ne faut pas oublier de dire comme il abonde en Cocodrilles qui sont tres-dangereux,
& mangent beaucoup d'hommes qui ne sçachans
pas ce danger, pensent cheminer sur la riue de ce fleuue, & prend-on fort souuent de ces animaux.

Astuce des Cocodrilles.

Quand ce mal-heureux serpent ou Dragon veut
prendre quelque homme qui chemine sur la riue,
ou quelque Chameau qu'il void boire au bord de
l'eau, si tost qu'il l'apperçoit, il se plonge dans l'eau, &
vient entre deux eaux sans estre apperceu, iusques au
lieu où est l'homme ou le Chameau, puis sortant tout
d'vn coup il se iette à son Col, & l'accroche de ses dés
& le tire dans l'eau, l'estrangle, & le mange, & plusieurs marchands François qui estoient au Caire qui
en voyent tous les iours prendre, disent qu'ils en ont
veu, ausquels ayant ouuert le corps on leur a trouué
encore des bras & des iambes de femmes & d'hommes, voire des chemises & des bagues qui n'estoient
encore consommées.

DAMIETTE.

L A ville est bastie sur le fleuue du Nil
qui passe tout deuant la ville, & luy sert
de port. Ceste ville est frontiere & derniere d'Egypte de ce costé cy, comme
Alexandrie l'est d'vn autre. En ceste vil-
le, il n'y a rien de remarque, sinon qu'elle est agrea-
blement située, & enuironnée de fort beaux iardins,

il y a quelques Chreſtiens Grecs, mais pas vn ſeul
Romain, il n'y a qu'vne petite Egliſe pour eux, voilà
tout à peu pres ce que i'ay peu remarquer de particulier de l'Egypte.

Maintenant en general ie diray que c'eſt vn tres-
bon & beau païs, eſt tres-abondant en bled, en len-
tilles, ſucre & melons, en concombres & oignons,
auec mille autres ſortes de legumages, comme auſſi
de lin & de chanvre à faire de la toille: on m'a dit que
ſi ce païs eſtoit le moins du monde cultiué, que ſeulement en ſucre, il fourniroit toute la Chreſtienté,
ce qui contrepointe fort ceſte bonté, eſt qu'il eſt fort
ſubiet à la peſte, ſpecialement apres que le deſbord
du Nil eſt ceſſé qui eſt vers le mois de Ianuier où Fe-
urier, & la peſte commence à regner depuis le mois
de Mars iuſques à la ſainct Iean : en fin iuſques à ce
que la goutte ſoit tombee, c'eſt vne roſée qui tombe imperceptiblement vers le dix huictieſme de Iuin,
laquelle eſtant tombée, iamais plus aucun n'eſt touché de peſte, & ceux qui le ſont pour lors n'en meurent pas, ains gueriſſent, vertu admirable que Dieu
donne à ceſte roſée pour guerir ce peuple bleſſé,
& preſeruer les ſains ; vous pouuez penſer auec
quelle impatience eſt attenduë ceſte roſée, comme
ſans comparaiſon les Peres du Lymbe, & le monde
attendoit autresfois le Verbe, diſant *Rorate cæli de*
ſuper. Nous ſommes arriuez en Egypte iuſtement à la
deſcente de ceſte roſée, mais parce qu'elle deſcend
ſi inſenſiblement, qu'à peine peut-on ſçauoir ſi elle
eſt deſcenduë ou non, parce que : *Sicut ſtillicidia*

stillantia descendit super terram, oubien, *Sicut ros hermon
qui descendit in Sion.* Sçauez vous ce que font les habitans du pays pour sçauoir quand elle sera descenduë
à ce que par apres ils puissent librement sortir & conuerser auec les empestez sans crainte, cecy est presque incroyable, & du tout admirable, & aurois peine
à le croire si gens d'honneur & de croyance, qui demeurent au pays ne m'en auoient asseuré : me disant
que cela estoit ordinaire , & pratiqué tous les ans
de la pluspart, & outre qu'on me le dist à Heracite, on
me le confirma encore au Caire, & n'y auoit que trois
iours que cela c'estoit fait quand nous arriuasmes à
Heracite. Aussi le Consul ne s'enhardit de sortir de
sa maison pour la premiere fois (depuis trois mois
qu'il estoit enfermé) pour nous venir voir, voilà donc
ce qu'ils font.

Quelques iours ou sepmaine auant le temps qu'ils
sçauent à peu pres que doibt venir ceste rosée qu'ils
appellent la goutte, ils prennent vn gros morceau de
terre dans les champs, & le portent dans leurs maisons. Tout ce qui y est ils le pesent tous les iours , le
pesant de nouueau pour voir s'il n'est point plus pesant, & voicy comme ils cognoissent que la rosée est
tombée, c'est que ceste rosée penetrant inuisible-
mét en ceste terre, elle l'imbibe, l'enfle, l'apesantit, de
sorte que quand ils la trouuent plus pesante beaucoup que l'ordinaire, ils se resiouissent, & voyent par
là que la goutte est tombée, & dè tant plus ceste terre est pesante, & enflée de rosée de ceste goutte, plus
doit estre haute le futur desbordement du Nil, &
par

par confequent, de tant plus la terre doit eftre plus fructueufe cefte année-là.

Voila la plus noble conception du monde pour le myftere de l'Incarnation du Verbe, que ie ne veux oublier d'efcrire, pour m'en reffouuenir en temps & lieu à mon contentement. Perfonne ne peut douter que par les fainctes Efcriptures, le Verbe Eternel ne foit appellé rofée ~~Roynlle~~. *Rorate cæli de fuper*, qu'il ne foit appellé goutte, Dieu promettant qu'il defcendroit comme vne petite goutte diftillante, *Sicut ftillicidia ftillantia fuperterram.* Perfonne ne doute non plus que la Vierge ne fuft appellée terre, & qu'elle ne fuft cette terre fur laquelle cefte rofée ou goutte deuoit defcendre. *Benedixifti Domine terram tuam, &c. Terra dedit fructum fuum, veritas de terra orta eft.* Chacun fçait encore qu'auant la cheute de cette goutte, & defcente de cefte rofée, tout le monde eftoit empefté. *Omnis terra corruperat viam fuam*, & puis le peché auoit fon regne, & n'y auoit homme ny medecin qui le peuft guerir que cefte feule goutte, le Verbe du Pere tombant au feing de Marie. C'eft pourquoy tous les hommes crians au Ciel demandant cefte goutte. *Rorate cæli de fuper, &c.* Mais parce qu'il deuoit tomber imperceptiblement que perfonne ne le pourroit apperceuoir, fainct Ioachim & faincte Anne parente de Marie Mere de Iefus, prennent cefte petite piece de terre benifte, & choifie de Dieu, pour la manifeftation de fa mifericorde fur les hommes, ils le tirent à l'efcart & la portent dás le Temple la voüant à Dieu dés l'aage de trois ans, eftant dans ce Temple auec

L

les autres Vierges , chacun la voyant tous les iours
balançant sa dignité à la balance de son iugement.
n'y voyoit rien de particulier, ne la voyoit point enflée ny plus pesante que l'ordinaire. Là dessus en fin
espousée elle est ~~mariée~~ à Ioseph: Mais il vint yn iour benit entre les autres que Dieu ayant pitié des clameurs de
son peuple & de leurs lágueurs il enuoya cette rosée,
*Descendit de cælis & incarnatus est ;*laquelle rosée descendit inuisiblement & si doucement que si tost.
que ceste benite terre eust fait ouuerture de son
cœur par cét acte de sa volonté, disant *fiat mihi secun-*
dum verbum tuum. Alors dis-ie sans aucune ouuerture
corporelle de ceste terre, cette rosée & goutte la pe-
prenant netra tellement que ~~penetrant~~ la possession de la plus
intime partie de son cœur , & de son corps, elle se
trouua & se sentit tout incontinent pleine & enflée de cette diuine rosée; & le premier qui eut la cognoissance de cela fut Ioseph qui la voyoit plus souuent, par lequel *inuenta est habens de spiritu sancto,* &
luy qui ne sçauoit pas le mistere ne sçachant qu'en
iuger , il la voulut delaisser en cachette. *Voluit occulte*
dimittere eam, iusques à ce que l'Ange eust affermy son
esprit, l'asseurant que c'estoit la goutte qui estoit descenduë du Ciel, & qui estoit attenduë de tous les
hommes: *Quod in ea natum est de spiritu sancto est.* Si tost
qu'auiour de Noel les Anges cogneurent que cette
rosée estoit tombée, ia espanchee en Bethleem, aussi tost ils sortent du Ciel, & ne craignent plus de conuerser auec les hommes empestez; ils vont voir les pasteurs, & crient ie vous annonce vne grande ioye. *An-*

nuncio vobis gaudium magnum, voila les pasteurs qui sortent de leur contrée & viennent, disans, allons & voyós ce Verbe qui a esté fait. *Eamus & videamus verbum quod factum est*, les Rois en font autant, & enfin c'est vne resioüissance commune des Anges & des hommes.

Cecy se peut encore entendre & appliquer au sainct Sacrement; l'Hostie auant la consecration est cette terre que le Prestre a choisie dans la Sacristie, dans laquelle lors qu'il a consacré descend inuisiblement, & sans ouuerture la rosée du Ciel, Iesus-Christ: toutefois on ne peut cognoistre s'il est plustost descendu en ceste Hostie qu'en vn autre, sinon en la mesurant, c'est pourquoy nous qui mettons du pain commun, tel qu'est ceste hostie auant la consecration dans la balance de nostre corps, sentons bien la difference qu'il y a de l'vn à l'autre lors que nous auons mis vne hostie consacrée dans la mesme balance: car si nous la pesons bien, & nous rendons attentifs par intrauersion à la pesanteur, & la dignité d'icelle, nous la sentons bien plus pesante & qu'elle a plus de force de tirer nostre cœur à la deuotion, sentiment qui nous doit resiouyr, & donner esperance de santé, & depuis qu'vne ame a receu ceste rosée depuis qu'elle est tombée en elle. Elle peut auec moins de danger conuerser auec les mondains empestez, car ceste communion luy sert de preseruatif.

Le dixneufiesme iour de Iuillet nous partismes de Damiette, & nous embarquasmes pour aller à Iaffa apres auoir attendu huit iours la commodité d'vne

L ij

barque eſtant encore là dans la barque, nous y cou-
chaſmes deux iours & deux nuicts ſur le port, puis e-
ſtans partis nous ne fiſmes qu'vne lieuë ou deux ſur
le Nil iuſques à lemboucheure du fleuue, où nous
demeuraſmes dix iours en attendant le calme pour
paſſer ce faſcheux paſſage, où il y a ſi peu d'eau que les
barques ny germes n'y peuuent paſſer lors qu'elles
ont leurs charges ordinaires, ains il les faut deſchar-
ger dans des germes, puis aller rechercher de l'autre
coſté: la raiſon de cecy eſt que le fleuue coullant dans
la mer, & la mer pouſſant auec les vagues lors qu'il
fait vn peu de vent tramontane, elle amaſſe comme
vn rampart de ſable: Nous paſſaſmes ce meſchant
paſſage le premier de Iuillet, & en trois iours de nauigation nous priſmes terre à Iaffa.

ENTREE DE LA TERRE SAINCTE.

IAFFA eſt vn petit port de mer qui n'eſt
pas trop propre pour les grands vaiſſeaux, c'eſt le port de Rama, autrefois on le nommoit Ioppé: il n'y reſte
qu'vn ſeul chaſteau ſur la montagne, &
faut que ceux qui abordent là, couchent à l'abry de
ceſte montagne, & ſe campent contre de vieilles caues qui reſtent d'atiquité. C'eſtoit autrefois vne ville,
& ce fut où Ionas s'embarqua pour aller en Tarſe.

Ce fut où ſainct Pierre reſſuſcita vne fille, & où il
venoit aucune fois preſcher tout ce pays iuſques à

Rama, & Rama eſt du Bachalie de Gaza où Samſon emporta les portes, & eſt terre des Philiſtins.

Rama eſt vne petite ville où eſt la maiſon de Ioſeph d'Arimatie, où il logeoit les pauures pelerins, là eſt encore l'Egliſe des quarante Martyrs, & logeaſmes là.

Lida eſt à coſté, d'où eſtoit ſainct George.

HIERVSALEM.

Ovs arriuaſmes en la ſaincte Cité de Hieruſalem le deuxieſme iour d'Aouſt iour de noſtre Dame des Anges à dix heures du matin. Nous partiſmes de Hieruſalem le 12. iour d'Aouſt auec le Cady de la ville, & vinſmes coucher à Bir, c'eſt à quelque quatre lieuës de Hieruſalem, en vn village où la Vierge & ſainct Ioſeph s'apperceurent qu'ils auoient perdu Ieſus, d'où ils retournerent le cherchant.

Le lendemain nous arriuaſmes en Samarie qui à preſent ſe nomme Neapely en Latin, & en François Naplouze, ſelon le mot Moriſque, là ſe void le puits & la fontaine de la Samaritaine : Le puits eſt tout remply de terre par les Mores, mais la fontaine qui eſt vn peu plus proche de la ville eſt encore fort belle pour l'eau, mais toute ruinée pour ce qui eſt du tour, & encore les femmes & les filles Samaritaines y puiſent de l'eau, bien qu'elle ſoit à vn demy mille de la ville. *Samarie.*

L iij

Pres du puits est le mont Garizin, duquel disoit la Samaritaine à nostre Seigneur, *in monte hoc adorauerunt patres nostri*: Nos peres ont adoré ce lieu.

Le lendemain nous apperceusmes le mont où Moyse mourut à la bouche de Dieu le laissant à la seneftre, & vinsmes coucher à vn village nommé Genim dans vn vieil chasteau qui sert de Carauaffara où nostre Seigneur guarit les dix lepreux. *Cum ingrederetur quoddam castellum occurrerunt ei decem viri leprosi.*

Le lendemain iour de l'Affomption nostre Dame nous partismes apres minuit pour pouuoir venir dire la Messe à Nazaret, nous passasmes sur le bord des monts Gelboé où furent tuez Saul & Ionatas; puis la grande pleine d'Esdrelon, *in campo magno Esdrelon*, dit l'Escriture, au milieu de laquelle passe le Torrent de Cisson: il y a vn petit pont, mais il n'y a presque point d'eau sinon en hyuer.

Tout en suite nous passasmes aupres du mont Hermon, à la pente duquel est bastie la ville de Naim, & le mont Tabor tout proche, nous laissasmes cela à la dextre, & à la fenestre plus efloigné le mont Carmel, & montasmes la montagne pour trouuer Nazaret, montagne qui est cruellement difficile à monter. Nous arriuasmes dans la saincte maison de Nazaret où demeuroit la Vierge lors que l'Ange Gabriel la salüa, & y fusmes d'assez bóne heure pour dire la Messe le iour de l'Affomption de la Vierge, ayant passé tout le iour & le lendemain audict lieu de Nazaret pour faire nos deuotions & visiter les lieux circonuoisins, comme la montagne de la precipitation, & le

lieu où Iesus mangea auec ses Apostres, apres la Resurrection. Nous en partismes le dixseptiesme du
mois, & à trauers chemin nous arriuasmes pres la ville où Ionas le Prophete est inhumé. De là nous fusmes le mesme iour à Tyberiade, voisine de Betziada
d'où estoit sainct Pierre, sainct André, sainct Philippe
& quelques autres Disciples de Iesus. Ceste ville
est sur la riue de la mer Tyberiade : elle est au pied
d'vne haute montagne où nostre Seigneur prescha
les huit beatitudes.

En suite du riuage de la mer pour venir à Capharnaum nous passasmes par vne grande pleine comme
prairie, mais fort cultiuée, au milieu de laquelle y a
vne tres-belle fontaine, vn grand bassin plain d'eau,
qui par de petits fossez & ruisseaux va porter l'eau,
& feconder toute ceste pleine comme fait le Nil en
Egypte : c'est le lieu où Iesus-Christ fit ce beau miracle de la multiplicatió des pains, où il fit asseoir tout le
monde sur le foin, il n'y a point de prairie que celle
là en tout le pays. Passant plus auant au bout de la mer
Tyberiade à six ou sept mille delà, nous abordasmes
à Capharnaum qui est dans le coing de la mer.

Aupres de Capharnaum, à costé nous passasmes
par le chasteau de Magdalon, appartenant à la Mag-
deleine, & dont son nom deriuoit comme de sa sei-
gneurie, montant les montagnes, suiuant le Canal du
Iourdain qui vient dans la mer Thyberiade, nous venons à la montagne de Dotaire, passant au pied d'i-
celle, ce fut là où Ioseph trouua ses freres qui pais-
soient leurs trouppeaux, encore y a il en tous ces

quartiers force Pasteurs qui couchent, & demeurent
nuict & iour dans ces montagnes & vallons, gardans des Buffles, Chameaux, cheures, & moutons:
au haut & sommet de cette montagne: est la Cisterne
où ses freres le cacherent & d'où ils le tirerent pour
le vendre aux Ismaëlites, les Turcs y ont vne belle
Mosquée.

Passant plus auant nous arriuasmes en la ville de
Sephet, d'où estoit Esther, c'est vne fort belle ville, il y
a vn fort beau chasteau.

Tout en suitte de la mesme montagne est la ville
de Bethulie d'où estoit Iudith: Nous laissons cecy à
main droitte venant à Saïde, & tout vis a vis est la ville de Tobie nommée Nephtalim qui est sur la plus
belle & fructueuse montagne qui se puisse voir. Tout
ce pays est fort bon & delicieux, mais toutes montagnes & valons cultiuez à la Mosaïque.

Vne grande iournée & demie au deça, nous
trouuons vne ville sur vne montagne quasi inabor-
dable nómée Sarphaut, autrefois nommée Sarepta,
c'est où ceste veufue Sydonienne logea Helizée, & où
la Chananée vint aborder Iesus-Christ, au moins
tout proche.

A vne lieuë & demie au de là, nous trouuasmes
la ville de Saïde ou de Sydon, où nous mismes pied
à terre pour nous arrester au logis du Consul de
France, en attendant le fauorable passage de quelque Vaisseau François qui nous voulust porter en
quelque ville Chrestienne pour venir à Rome.

Nous fusmes trois iours à venir de Nazaret à Saïde

de, de forte que partant de Nazaret le dixſeptieſme
d'Aouſt nous arriuaſmes aux portes de Saïde le dix-
neufieſme dudit mois : Mais parce qu'il eſtoit pres de
minuit, & que les portes eſtoient fermées, il nous falut
encore coucher à l'ordinaire, c'eſt à dire ſur la terre,
choſe qui me couſta vn peu plus que les autres d'auparauant, à raiſon que i'eſtois tout trempé, eſtant peu
auparauant tombé par fortune, pres d'vn pont, dans
vne petite riuiere où ſe deſcharge vn bras du Iourdain, & fallut que mon habit ſe ſeichaſt ainſi ſur moy,
& tout cela ne fut rien, car noſtre Seigneur ſçait
bien comment contenter d'vne autre façon, pour
charmer ſes petites images, d'incommoditez, ne les
voulant nommer telles eſtant trop peu deuant ſa
Maieſté.

Apres auoir eſté quelque temps à Saïde, mon
compagón & moy payaſmes le tribut à la viuacité de
l'air, car nous fuſmes tous deux vn peu malades, ce
qui arriue à la pluſpart de ceux qui abordent de nouueau en ce lieu, mais le mal ne vous dure que trois
iours.

Eſtant vn peu conualeſcens, & voyant que noſtre
vaiſſeau de long-temps attendu ne partiroit encore
ſitoſt nous reſoluſmes à mettre dix iours à nous aller
promener iuſques à ceſte tát fameuſe, & renommée
ville de Damas, nous fuſmes trois iours à y aller, &
trois iours à retourner par vn autre chemin.

M

NOSTRE EMBARQVEMENT DE
Sydon pour reuenir en la Chreſtienté.

NO v s partiſmes de Saïde enuiron le vingt-vniesme de Septembre, & vinſmes touſiours par vent contraire.

La premiere terre que nous trouuaſmes fut l'Iſle de Cypre que nous laiſſaſmes à la main droicte. Les deux principales villes qui ſont en ceſte Iſle ſont Famagouſte, & Nicotie : mais Famagouſte eſt vne des principales, & premiere forteresse de l'Empire du Turc : Apres auoir paſſé Cypre, nous auoiſinaſmes Satalie, puis abordaſmes la Candie tout du meſme coſté que Cypre.

Depuis le Cap de Candie où ſe commence le grand golphe de Veniſe, il s'eſleua vn ſi furieux vent, de Tramontane, qu'il nous porta malgré nous à la coſte de Barbarie, du midy, que nous auions à la ſeneſtre, & de là vn autre vent nous rapporta de l'autre coſté vers Cefalonigs en la Morée, où nous eſtions le iour de ſainct Denis neufieſme d'Octobre, de ſorte que la furie du vent nous fit trauerſer toute ceſte plage de mer en moins de rien, & vinſmes à Zante & Corfou de la Morée, forteresse des Venitiens.

Le douzieſme d'Octobre nous euſmes vne grande & furieuſe fortune, qui nous dura depuis le midy iuſques au lendemain matin, durant laquelle nous nous diſpoſions à la mort au mieux que nous pou-

uions, mais noſtre Seigneur nous preſerua de ce peril, & abatit la furie du vent.

Le treiſieſme Octobre nous arriuaſmes & abordaſmes la terre Chreſtienne, au Royaume de Sicile en
la ville de Sarragoſſe, autremét Syracuſe, lieu de martyre, & de la naiſſance de ſaincte Luce Vierge : mais
comme nous fuſmes arriüez au port lors que le Pilote voulut ietter les anchres, vn vent contraire ſe
leua de dedans le port, & en moins de rien nous en
chaſſa plus de deux lieües loing.

Chaſſez de Sarragoſſe nous coſtoyaſmes le riuage de Sicile, & trouuaſmes vne autre petite ville nommée la Gouſte, puis la ville de Catanée, d'où eſtoit ſaincte Agatte, & où elle fut martyriſée, ceſte ville eſt au
pied du mont Gibel, autrefois nommé des Poëtes le
mont Ethna, lequel par ſes flammes cótinuelles qu'il

Mont
Ethna.

iette, donne vne cótinuelle alarme à Catanée, laquelle encores depuis quatorze ans a penſé eſtre ſuffoc-
quée, & entierement perduë, mais deliurée par les
prieres de ſaincte Agatte, en memoire dequoy tous
les ans depuis au iour que l'on porte ſa chaſſe en proceſſion generale, & ſolemnelle, les filles qui ne ſont
point mariées y aſſiſtent auec les pieds nuds.

Finalemét nous vinſmes au port de Meſſine, où noſtre Seigneur nous fit la grace de mettre le premier
pied ſur la terre Chreſtienne, dót nous rendiſmes infinies graces à ſa bonté, de ce qu'apres tant de hazards euitez, il nous faiſoit ceſte faueur de nous voir
en ſeureté.

Meſſine eſt vne tres-belle ville, & capitale de Sicile, où ie ne remarque pour memoire de pieté que l'Eglise de sainct Iean Baptiste, où furent pris & martyrisez par vn Pirate, sainct Placide, & ses compagnós Religieux de l'ordre de S. Benoist, & le Canal de mer qui passe deuant, & separe la Sicile de la Calabre, ce fut ce Canal que passa sur son manteau, le B. sainct François de Paule Estant là, l'occasion se presentant que le vice Roy de Sicile (nommé le Prince Philibert, fils du Duc de Sauoye, & qui estoit general des Galeres du Roy d'Espagne) alloit faire son entrée dans la ville de Palerme, luy mesme nous conuia de nous mettre dans ses galeres, ce que nous fismes, & allasmes passer la feste de Toussaints à vne meschante petite ville qui n'est pas loing, nommée Melasse.

En cette ville de Melasse, est le premier Monastere de l'ordre des Peres Minimes, que le B. Pere sainct François de Paule commença luy mesme de ses propres mains à bastir, & les peres nous firent voir trois ou quatre grosses pierres que le sainct posa luy mesme : ils gardent encore à vne calotte du sainct, par laquelle nostre Seigneur fait beaucoup de miracles. De là nous passasmes à Palerme.

Palerme est la plus agreable ville que i'aye veu en tout mon voyage, & vn peuple fort courtois & debonnaire, nous vismes toutes les magnificences que l'on fit à l'entrée du vice-Roy, & demeurasmes là vn mois, durant lequel nous fusmes voir à deux lieuës de là vne petite ville comme sainct Denis en France, nommée mont-Real, où il y a vne superbe Eglise, dont tout le lambris est ouuragé & doré, &

le paué à la Mosaïque, de figures, de petites pieces ra-
portées, de diuerses couleurs. Ils disent que ceste Eglise fut bastie par les Normands, c'est pourquoy ils
font tres-grand estat des Normands en ceste petite
ville là.

Mais ce qui y est de plus remarquable pour moy
qui suis bon François, & qui agreera à tous ceux qui
me ressêblent, c'est que dans ceste Eglise fut apporté
de Barbarie le corps du B. sainct Louis, l'honneur
de nos Rois, & fut mis dans vn tres-beau sepulchre
de porphire, qui est dans vne des Chapelles qui sont
à costé du grand Autel, & contre la muraille de l'E-
glise, d'où la deuotion de nos Rois derniers, l'ayant
voulu retirer, ils firent vn change de Reliques, & me
fut monstré vne espine entiere de la Couronne de
Iesus-Christ, & de la vraye Croix, & autres Reliques
de la saincte Chapelle de Paris, qui furent données en
eschange du corps qui fut aporté à sainct Denis. Il
est vray que les Siciliens ont retenu les entrailles d'iceluy, qu'ils conseruent dans ce tombeau de porphire,
sur lequel sont escrittes ces paroles en lettres dor.

Hic iacent viscera Sancti Ludouici Regis Franc.

Et ce qui m'apporta de la confusion voyant ce sacré tombeau, fut de voir la grande deuotion, & le
concours iournalier de personnes qui viennent
accomplir leurs vœux à ce sacré monument, où ils
disent qu'il s'y fait des continuels miracles, & en France, où nous auons le corps, à peine le peuple François sçait-il qu'il y est, ny où il est: vous voyez tous
les matins le peuple à l'entour de ceste tombe, la teste

appuyée deſſus, raſchant de la toucher des lieux où ils ſentent douleur : il eſt vray qu'il y deuroit auoir touſiours vne lampe ardante deuant le corps de ce ſainct que nous auons en France, & voudrois auoir eſté la cauſe de ce bien, pour l'honneur encore que ie porte à la ſaincte memoire de noſtre Prince qui en porte le nom, & en ſuit les vertus.

Au bout d'vn mois, nous euſmes encore l'occaſion des galeres de Naples qui retournoient, nous nous miſmes dedans, & allaſmes à Naples: de Naples nous vinſmes par terre à Rome: de Rome à noſtre Dame de Lorette, puis à Ancone: d'Ancone à Venize, de Venize, à Milan, à Turin, à Lyon, & finalement à Paris.

IE n'ay point voulu parler des Saincts lieux en leur endroit, & suiuant l'ordre de mon voyage, d'autant que ie me suis reserué toutes les particularitez desdits lieux en quatre traictez separez, diuisez par Classes, que ie vous veux deduire tout au long, & le tout suiuant les passages de la saincte Escriture, ce que i'ay trouué plus à propos pour la commodité du lecteur.

DESCRIPTION
DES LIEVX SAINCTS
ET PLVS MEMORABLES DV
Leuant selon que ie les ay veus,
le tout diuisé en quatre
Classes.

PREMIERE CLASSE.

EN la premiere, ie traicteray des lieux où il s'est faict choses remarquables depuis la Creation du monde iusques au Deluge.

SECONDE CLASSE.

En la deuxiesme, des lieux où se sont passez telles choses depuis le Deluge iusques à l'Incarnation du Verbe.

TROISIESME CLASSE.

En la troisiesme, des lieux où se sont operez les misteres de nostre Redemption, & où le Verbe fait Chair, a fait quelque action ou miracle, ou sa B. Mere.

QVATRIESME CLASSE.

Et finalement en la quatriesme, des lieux que les Apostres ou autres saincts ont honorez de leur presence, ou par miracles, depuis la Conception de sainct Iean Baptiste.

N

Premiere Claſſe.

DES LIEVX OV A ESTE FAICT
des choſes particulieres & remarqua les
auant le Deluge.

A foy que ie profeſſe m'apprenant
que toute la premiere action que
Dieu fit iamais au dehors, pour faire
monſtre de ſa toute-puiſſance, fut
la Creation du Ciel & de la terre, qui
n'eſtoient point auparauant. Auſſi m'apprend-elle
qu'apres auoir orné le Ciel de ces deux beaux flambeaux, le Soleil & la Lune, auec vn million d'Eſtoil-
les. Apres auoir annobly l'air de mille eſpeces d'oy-
ſeaux : la mer d'vne infinité de poiſſons, tapiſſé la
terre d'vne infinie varieté d'arbres, de plantes & de
fleurs, & garnie de nombre ſans nombre d'animaux:
en fin au ſixieſme iour il forma vn homme ou vne ſtatuë de terre, à laquelle ayant donné la vie par vn ſou-
fle, il donna le nom d'homme pour eſpece, & d'A-
dam pour ſa perſonne; des Flancs duquel il tira vne
coſte, dót il forma vne femme, qui fut nommée Eue.
De tout cela nous ne ſommes point en queſtió, mais
bien de ce qui ſuit: à ſçauoir du lieu où Adam fut creé.
Tout le monde eſt d'accord que le lieu où Adam a
eſté creé eſt Hebron au champ Damaſcene, qui eſt
aſſez pres de Bethleem, il n'y a pas quatre heures

de chemin&,non trop loing de Bethleem est le *Fons*
signatus & hortus conclusus.

Adam estant creé fut porté de Dieu en vn lieu de
delices , qu'on appelle le Paradis terrestre.

Sçauoir si ce lieu est maintenant habité.

Ie dis qu'ouy, & qu'il n'en faut point douter, puis
que tout l'Orient estant habité,il n'y a rien en l'Ecri-
criture qui prouue le contraire.

Que si vous me dites que cela ne peut pas estre,
pour deux raisons. Premierement, parce qu'Adam
en ayant esté chassé,Dieu mit vn Cherubin à la porte,
qui auec vn glaiue de feu en dénioit l'entrée, & que
par consequent il ne peut pas estre habité: Secondement, parce qu'estát la creance du vulgaire qu'He-
noc & Helie sont au paradis terrestre , & que s'ils
estoient en ce lieu habité, on les verroit(ce qu'on ne
fait point) donc il n'est point habité.

Ie pourrois respondre à la premiere, que si Dieu
mit vn Cherubin à la porte ou entrée de ce lieu, ce
n'estoit pas pour en interdire l'entrée à tous les des-
cendans d'Adam, mais bien pour sa personne & sa famille, à cause qu'il l'auoit prophané par son peché,
l'Escripture ne repugne point à ce sens.

Ie respondrois encore fort bien à la seconde,que
quand bié le lieu sera habité,cela n'épeschera pas que
Dieu n'y puisse conseruer ses deux Prophetes Enoc,
& Helie,ou les rendant inuisibles à tous les hommes,
ou les laissant visibles,mais incogneus,tout cela n'im-
plique point de contradiction : outre que l'escriture

ne dit pas expreſſément que Dieu les a enleuez, &
mis au Paradis terreſtre, mais ſeulement qu'ils ont
eſté enleuez auec Dieu, & qu'ils n'ont plus paru.

En quel lieu eſt ce Paradis terreſtre.

Tous ceux qui ont eſcript du Paradis terreſtre, l'ont
mis où ils ont voulu, en faiſant comme d'vn eſcabeau,
les vns le mettant en la Paleſtine, autres en Syrie, autres ſur le fleuue du Nil, & les autres ſur le Gange.

Pour moy qui m'en ſuis voulu meſler auſſi bien
que les autres, à mon premier retour de l'Orient, i'ay
adheré à ceux qui le plaçoient dás la Syrie, & luy aſſi-
gnois la pleine où eſt à preſent la ville de Damas, &
en donnois de ſi bónes preuues que ma péſée n'a pas
eſté des moins puiſſantes, ſur laquelle quelques Eſcri-
uains ont bien daigné ietter l'œil: entre leſquels a
eſté vn de nos Peres nommé le R. P. Iaques Bolduc,
dans ce petit, mais excellent traitté qu'il a fait intitulé
Eccleſia ante Legem; traitté que tout homme de lettre
deuroit auoir leu trois ou quatre fois, pour auoir
vne ouuerture tres-grande, voire parfaite au vray
ſens de l'Eſcriture: il rapporte donc là dedans la pen-
ſée que i'auois alors, de laquelle ie ſuis bien changé, à preſent que i'ay penetré plus auát dans l'Orient,
neantmoins elle eſt touſiours tres-veritable pour le
lieu où Adam, Eue & leurs enfans ont demeuré apres
le Paradis, & où ils ſont morts, qui n'eſt pas peu, comme vous verrez que ie confirmeray tout ce qu'il en a
eſcript. Mais pour le lieu veritable du Paradis, ie re-
cognois ma faute, auec celle de beaucoup d'autres
qui m'ont precedé.

Les premiers qui ont failly, font ceux qui le mettent en la Paleftine, Syrie & Egypte, où il n'y a
aucun fleuue de ceux qui font nommez de l'Efcriture, ny autres que le fleuue du Nil.

Les feconds font ceux qui veulent trouuer les quatre fleuues, apres auoir pris l'Euphrate & le Tygris
qui diuifant la Mefopotamie & l'Arabie, s'en retour-
nent en Egypte, qui eft au Midy, pour prendre le
Nil, & puis s'en vont aux Indes Orientales dans le
Royaume de Mogor prendre Ganges; & parce qu'ils
voyent qu'ils ne fe nomment pas Phifon & Geon,
ainfi que l'Efcriture les nomme, ils font contraints,
de dire que ces deux ont changé de nom, que le Nil
fe nómoit Phifon, & le Ganges, Geon, faifans vne mil-
liaffe de meditations fans fondement. Pour prouuer
cela, ie ne veux point enfoncer cefte matiere, ne voulant parler que comme fimple hiftorien, par affirma-
tion; & dis que par tout où nous trouuerons nos quatre fleuues, & les proprietez que leur donne le texte
de la Genefe, là nous deuós conftituer le paradis terreftre: Or eft-il que ie les trouue tous coniointemét dás
la Mefopotamie, Caldée, ou Affyrie, il faut donc que
ie croye qu'il eftoit en ces quartiers: Auffi l'Efcriture
dit-elle qu'il tiroit vers l'Orient, & c'eft le lieu mefme
où les hommes apres le Deluge ont commencé de fe
vouloir eftablir, le voyant fcitué à l'auantage, à fçauoir en la terre de Sennaor, d'Huilat, Caldée, ou autrement Affyrie, où fut commencée la tour Babylo-
nique.

Ce qui me le fait croire, eft que là aboutiffét tous ces

fleuues, & font comme vn corps, qui se separe en
quatre membres, comme en deux bras, & deux
iambes, & se vont ietter dans la mer dans le sein Per-
sic, pres la ville de Balsora, i'ay passé & repassé l'Euphrate & le Tygris, qui se ioignét au dessus de Babylone, lesquels deux sont nómez dans la Genese:pour les
deux autres branches, Gehon, & Phison, ie ne les ay
pas veuës:n'y ayant que deux iournées de nauigation
sur les deux premiers, ioints ensemble, iusques en Balsora, ceux qui ont fait le chemin m'ont dit qu'apres
auoir nauigé sur l'Euphrate & Tygris conioints, ils se
viennent à diuiser en deux autres branches, & font
vne petite Isle vers ledit Balsora. Il est bien vray qu'on
dit que comme les fleuues inondent souuent, minent la terre, & changent de lict, ils se sont quasi
vnis, au moings leur vnion continuë-elle plus loing
qu'elle ne faisoit autrefois. Quoy qu'il en soit, il suffit qu'il faut que tous ces quatre se ioignent en vn
corps en quelque endroit, puis que l'Escriture le
dit:& par consequent ayant veu les deux susnommez
Euphrate & Tygris, nommez *flumina Babilonis*, &
iceux se ioignans comme ie vous dis, puis se rediui-
sans, il ne faut point aller chercher, ny le Nil en Egypte, ny le Gange aux Indes, puis que pas vn d'iceux ne
se ioint à ces deux, & n'en approche de deux cens
lieuës pres. Ces deux autres branches donc sont le
Phison, & Geon.

  Il vous sera plus aisé à croire, si vous y trouuez les
proprietez que la Geneze leur donne, elle dit que l'vn
de ces fleuuës enuiróne vne terre qui porte l'or: tres-

fin, & moy ie fçay fort bien que ces fleuues defbor-
dent, & iettent du fable doré fur la terre, que les pauures gens ramaffent, & le védent à des marchands or-
pheures qui le purifient : & quand tous ces fignes
manqueroient, il faut neceffairement que nous nous
attachions aux fleuues, puis que nous les trouuons. Et
quand on n'en trouueroit qu'vn de ceux qui font
nommez, il faut que cét vn nous conduife neceffairement aux autres, puis que felon l'Efcriture ils doiuent remonter en vn lict, ou corps, difant *inde diui-*
ditur in quatuor capita ; que de là il fe diuife en quatre
chefs, ou membres. Regardez dans les cartes des vieilles Bibles Françoifes, & vous verrez que d'autres perfonnes deuant moy, ont tiré le pourtraict de ce Paradis de la façon : du refte vous en croirez ce qu'il vous
plaira, chacun abonde en fon fens, ie m'affeure pourtant que les bons efprits ne reietteront point ma
penfée, que ie foubmets au iugemét, & à la correction
de ceux qui ont plus veu, & mieux remarqué que
moy. Parlons maintenant du lieu où a demeuré
Adam & fa famille, apres auoir efté chaffé hors de ce
lieu.

OV EST-CE QV'ADAM A DE-
meuré au fortir du Paradis terreftre.

L vint demeurer à fept ou huict iournées du
Paradis és enuirons de la ville de Damas, qui
eft encore vn autre Paradis terreftre, beau
par excellence, & du depuis fes enfans ont auffi de-

meuré en ce lieu, & c'eſt ce que ie m'en vais prouuer
en pourſuiuant touſiours les lieux nouueaux de noſtre voyage és lieux ſainéts.

En ce lieu où ie dis, qui eſt à vne demie iourneé de
Damas, il y a vne haute montagne toute de marbre
blanc, mais montagne fort perilleuſe à monter, tant il
y a des endroits difficiles & ſans pâte, où vous n'auez
que pour mettre le pied, lequel manquant, ou bien
quelque eſblouïſſement vous prenant, vous vous pre-
cipitez. Il y a vn an qu'vn preſtre Grec mourut au
milieu de la montagne, le cœur luy ayant manqué, &
eſt enterré au meſme lieu, nous la montaſmes donc
auec beaucoup de peine au plus chaud de l'Eſté &
à midy. Eſtant au ſommet, il y a vne belle petite plaine & de beaux arbres, & vne petite Cauerne, où l'on
tient par tradition, qu'Abel & Caïn (enfans d'Adam)
ſe retiroient pour aller ſacrifier à Dieu, ſi cela eſt ne
iugerez vous pas qu'Adam, Eue & ſes deux enfans,
demeuroient en ces quartiers.

La verité de ce que deſſus ſe prouue, premierement
par les veſtiges & monumens de l'antiquité Chreſtienne, & puis ſecondement par vn miracle continuel qui ſe fait là.

Pour le premier, il y a ſur ledit mont, aupres de
la ſuſdite cauerne vne grãde ſepulture que les Turcs
tiennent auec reſpeét, où l'on tient que repoſent les
corps d'Abel & de Caïn, & pour monſtrer que les anciens Chreſtiens l'ont creu ainſi par l'antique tradition, ils y ont baſty vne fort belle Chapelle carrée, toute de marbre blanc aupres de cette grotte, & par
l'eſcriture

l'efcriture qui eft fur vn pilier, qui eftoit la fepulture
des deux freres , fe trouue que les Chreftiens l'ont
fait en l'an deux cens, depuis Iefus-Chrift, vous voyez
comme ce ne font point refueries. Or comment eft-
il arriué que ces deux corps ayent peu eftre enfemble, oyez la tradition qui eft vray femblable.

Les deux freres offrans fouuent à Dieu les facrifices de leurs biens, & luy en payant le tribut, & la de-
cime, le recognoiffant comme leur Seigneur, Caïn
comme laboureur, offroit des gerbes de bled, & Abel
comme pafteur , offroit des moutons , & quand ils
vouloient facrifier, ils fe retiroient à l'efcart, & mon-
toient fur cefte belle montagne la plus haute de toutes celles d'enuiron, & là ayant eftendu leur facrifice
& mis deffus des buchettes des arbres qui font en ce
lieu, ils attendoiét que Dieu enuoyaft vne flamme du
Ciel pour brufler l'holocaufte: fur cefte attente, il arri-
uoit que Dieu enuoyant le feu du Ciel fur les victimes d'Abel, il monftroit qu'il auoit fon prefent agreable , & qu'il le regardoit d'vn bon œil ; mais il n'en
faifoit pas ainfi à Caïn, par où Caïn cogneut que
Dieu ne fe plaifoit point en fon prefent, ce qui le mit
tellement en ceruelle , & luy fit conceuoir vne telle
enuie contre fon frere, qu'il luy dit vn iour *Egrediamur*
foras, mon frere fortons d'icy, venez auec moy, il le
mena donc à l'efcart au bas de la montagne dans la
pleine, où s'efleuant contre luy, il le tua.

En confirmation de cecy l'on me monftra le lieu
où il fit ce fratricide, & commit ce grand crime ; il y
a pour remarque quatre petits pilliers. Abel ayant

O

esté trouué mort par ses pere & mere, son corps fut
porté sur ceste haute montagne, iugeant qu'il estoit
à propos que ce corps, côme vne saincte victime fust,
posée, & ensepulturée deuant les yeux de Dieu, au
mesme lieu où il auoit coustume de sacrifier ses
agneaux. Depuis ce coup, Caïn viuant vn long-
temps vagabond sur la terre, pour punition de son
méfait, & faire penitence de son delict, fut payé de
la mesme monnoye dont il auoit payé son frere;
car il fut tué par son parent Lamech, lequel allant à la
chasse, & aueugle qu'il estoit, tirant contre vn buisson
où son conducteur luy faisoit croire qu'il y auoit
quelque beste fauue, à cause que ledit buisson re-
muoit fort, decochant son arc, & tirant vne fleche
contre, & à l'aduenture il tua Caïn, qui se reposoit en
ce lieu, & non vne beste, dôt Lamech fut fort marry;
mais le coup estant fait on trouua à propos de porter
son corps auprès de celuy de son frere, comme on
croit qu'ils sont, & comme nous auons veu leurs sepultures.

　　Le miracle continuel qui se fait en ce lieu, espaule, & appuyé fort ceste tradition, qu'Abel sacrifiat
en ce lieu, & par consequent qu'il demeura en ce
quartier : le miracle est admirable, ie ne l'ay pas veu,
pour ne m'estre peu trouuer au temps, & iour qu'il se
fait, ie le tiés neatmoins à peu pres aussi veritable que
si ie l'auois veu, m'ayant esté asseuré de plusieurs personnes du pays, & mesme de plusieurs Chrestiens, &
vn bon vieil More qui entretient ce lieu m'a iuré ce
que vous allez entendre.

Il nous monftra vn gros oliuier fur cette montagne pres de la Cauerne,où facrifioit Abel, duquel oliuier l'extenfion des racines, & double reproduction de nouuelles tiges, monftroit affez l'atiquité, qu'il eft des premiers arbres que Dieu fit produire à la terre, & qu'Abel prenoit des rameaux d'iceluy pour mettre fur les victimes, pour receuoir le feu du Ciel, & brufler fon facrifice. En memoire dequoy nous gardons reueramment l'huile que nous faifons tous les ans des oliues de cét arbre, & en meflós vn peu parmy l'autre huile de la lampe que nous entretenons en ce lieu fainct, où toutes les fepmaines nous voyons vn grand miracle. C'eft que le Ieudy au foir ie viens mettre de l'huile fufdite dans cette lampe, & puis m'enuais fans l'allumer, & le Vendredy ie ne manque point de la trouuer allumée, le feu du Ciel ne manquant point tous les Vendredis, le matin ou la nuit, de defcendre fur cefte lampe & l'allumer. Comme anciennement il tomboit en ce lieu fur le facrifice d'Abel, tous les habitans de ce village pres, tant Chreftiens qu'autres vous le iureront comme moy.

Ne font-ce pas là des tefmoignages bien irreprochables pour la preuue de cefte mienne opinion, à fçauoir qu'Adam, Eue, & leurs enfans demeuroient en ce quartier.

Vous le croirez encore plus promptement, quand ie vous diray que le fepulchre d'Eue noftre premiere mere, eft voifin de ce lieu enuiron d'vne iournée, où pourtant nous n'eufmes le loifir ny la commodité d'aller me contentant de fçauoir où il eftoit.

Pour le sepulchre d'Adam, beaucoup de diuerses opinions se trouuët parmy les Peres & Historiens, les vns disant qu'il est en Ebrom où il fut creé, & les autres disent qu'il fut enseuely sur le mont de Caluaire. Pour moy ie me tiens à trois choses: La premiere est à la pieuse creance du Cardinal Baronius dans le premier de ses Annalles, qui croit Adam estre enterré sur le mont de Caluaire, respondant amplement à toutes les obiections contraires, & specialement à ceux qui fondez sur l'Escriture, trouuent qu'Adam est enseuely en Ebrom, où sont les corps d'Abraham, Isaac & Iacob. Et prouue brauement ce grand Cardinal que cét Adam n'estoit pas nostre premier pere, mais vn Geant qu'on nomme de ce nom : La deusme chose à quoy ie me tiens, est l'ancienne tradition de toute la Palestine qui tient ceste opinion: La troisiesme chose de laquelle ie me rends plus fort, est de ce que mes yeux ont veu, à sçauoir le lieu où toute la tradition tient que le chef d'Adam fut trouué: c'est au mont de Caluaire à la pente du mont, iustement au dessoubz du lieu où Iesus fut crucifié, & la fente qui se fit au roc pres de la Croix du mauuais larron, lors que les pierres se fendirent à la Passion, durant l'expiration du Sauueur du monde, vient iustement respondre sur le sepulchre d'Adam, & cette fente va encore si bas dans le mont, que l'on n'y void point de fonds, c'est vne abisme, où vous voyez que le plus esloigné de ce lieu de delices, fut Adam.

Tout ce que dessus estant descrit simplement & naïfuement, n'attend autre chose de l'esprit du Le-

éteur qu'vne liberté de croire ce qu'il luy plaira, & de
pancher ſa croyance où il voudra, il n'y a rien d'obligation de la foy: Ie l'ay ainſi dilaté ſur la creance que
i'ay eüe, qu'aſſez d'eſprits curieux ne s'ennuyront pas
de le lire ainſi ſimplement & veritablement deduit
ſelon que ie l'ay veu, vn predicateur le peut propoſer
en puplic en la chaire de verité, apres ceſte aſſeurance
que ie luy iure de ma fidelité.

Mais qu'il ne manque pas d'en tirer les conceptions que le ſainct Eſprit formera dans ſon ame, ſpecialement ſur les ſepultures d'Adam & de celles de ſes
deux enfans Caïn & Abel. Pour celle d'Adam, le criminel, auec Ieſus, le iuſte en meſme lieu ſur vne
montage de Caluaire, ie luy en ouuriray la porte au
traicté du mont de Caluaire, & de la crucifixion, pour
la ſepulture de Caïn le criminel, auec Abel le iuſte, en
meſme lieu, ſur vne meſme montagne: ie le prie de
remarquer que le iuſte Abel a eſté vne figure du iuſte
Ieſus, & qu'en iceluy l'ombre correſpond dignement
à la verité: Abel n'eſtoit pas l'aiſné, ains Caïn, auſſi Ieſus n'eſtoit pas le premier Adam, il n'eſtoit que le ſecond: Caïn qui eſtcit l'aiſné fut criminel, & tua ſon
frere, ainſi Adam qui eſtoit le premier, fut criminel,
& par ſon crime, fit mourir Ieſus le puiſnay qui eſtoit
iuſte: Abel ſe retiroit ſur vne montagne pour ſacrifier à Dieu des agnelets, & puis luy meſme fut enſeuely ſur la montagne; auſſi Ieſus eſtant nouuellement nay ſur la montagne de Bethleem, offrit au
Ciel vne victime d'agneaux, les Innocens, deſquels
chante l'Egliſe *vos prima Chriſti victima, Grex Immacu-*

O iij

lorum tenet, *&c.* O vous petits innocens, petits agnelets, premiere victime de Chriſt, &c.

Quand Abel offroit les agnaux, il ſe mettoit à l'eſ-
cart, non ſeulement ſur ce haut mont : Mais encore
plus caché dans cette grotte, dont i'ay parlé cy-deſſus
où deſcend ce feu du Ciel. Auſſi quand on offroit ces
petits innocents à Dieu, Ieſus qui les offroit par les
mains des ſoldats, n'eſtoit pas ſeulement ſur la montagne de Bethleem, mais retiré & caché dans vne
grotte qui eſt ſur ladite montagne, enuiron à cent
pas du lieu où il eſt nay, ou à deux cens pas comme
vous verrez dans la vie de noſtre Seigneur.

Apres que le iuſte Abel eut ſacrifié, il fut luy meſme ſacrifié, & porté mort ſur la montagne, & auſſi
à la fin Ieſus fut ſacrifié ſur le mont de Caluaire, &
preſenté mort aux yeux de Dieu, des Anges, des Demons & des hommes.

Qu'Abel ait eſté tué auec vn baſton d'oliuier, il
eſt aiſé à croire, puiſque prenant comme ſon frere
des baſtons de cét oliuier qui eſt ſur le mont ſuſdit,
ayant pris ſubieĉt de ſa rage contre ſon frere, ſur ce
que le feu ne deſcendoit point ſur le bois de ſon ſa-
crifice, tout en cholere ſur le champ il prit vn de ſes
baſtons qui demeuroient ſans bruſler, & deſcendant
du mont en tua ſon frere. Ainſi vous feray-ie voir à la
paſſion comme noſtre Seigneur a eſté tué par le baſton d'oliuier, la Croix eſtant de ce bois au moins ſelon la tradition du païs.

De plus, vous pourrez remarquer, que comme le
feu deſcend toutes les nuits du Ieudy au Vendredy,

au lieu du facrifice d'Abel, cela monftre que c'eftoit
en ce iour de Vendredy, du Ieudy au Vendredy qu'il
faifoit fes facrifices, & par confequent qu'en ce iour
il fut facrifié luy mefme, puis que fur le fubiet de fon
facrifice il fut tué ; ainfi noftre Seigneur accomplif-
fant la figure, a fait fon facrifice de la nuict du Ieudy
au Vendredy, voicy comment.

La nuict Abel faifoit fon facrifice, non fanglant,
mais bruflé, où le feu defcendoit fur la victime preparée , & le Vendredy au iour il fut luy mefme facrifié.
Ainfi le Ieudy au foir à la Cœne commença Iefus, le
facrifice de fa paffion, non fanglant, mais de feu , lors
que prenant le pain comme vne matiere preparée,
pour l'holocaufte, leuât les yeux au Ciel, & l'offrant au
Pere Eternel, auec le bois, & la Croix , inftrument de
fes prochaines douleurs, auffi toft il n'eut pas ouuert
fa bouche diuine, que d'icelle comme d'vne fournaife celefte fortirent ces quatre flammes. *Hoc eft corpus
meum*, lefquelles paroles eurent tant de pouuoir, qu'elles confommerêt toute l'holocaufte du pain, & y refta
fon Corps precieux : c'eftoit donc vn facrifice non de
fang, mais de feu & d'amour, qui fe fit la nuict du
Ieudy au Vendredy, comme fit Abel, lequel feu, comme celuy là continuë de defcendre fur ce mont, & al-
lume la lampe preparée : ainfi ce feu diuin continuë-
il de defcédre tous les iours fur nos mótagnes, fur nos
Autels, & fur les Hofties qui font comme lampes preparées pour le receuoir, auquel facrifice de la Meffe
nous faifons mention de celuy d'Abel. *Munera pueri
tui* Abel.

Finalement le Vendredy au iour , Abel fut luy
mefme facrifié d'vn facrifice fanglant , & auffi Iefus-
Chrift le Vendredy fut crucifié , & fi le fang d'Abel fe
faifoit entendre d'vne voix muette, iufques au Ciel,
& aux oreilles de Dieu, le fang de Iefus ne le faifoit pas
moins, auec cefte feule difference, que celuy d'Abel
crioit vengeance contre fon frere, & celuy de Iefus
crioit, Pere pardonnez leur, car ils ne fçauent ce qu'ils
font.

Voila les fruicts qu'vn Predicateur peut tirer de ce
que deffus & peut auoir des conceptions beaucoup
plus releuées, comme auffi fur tous les autres poincts
de noftre defcription: mais il me fuffit luy en auoir
ouuert la porte, & puis que i'ay parlé de noftre pere
Adam, & du lieu auquel Dieu le mit apres l'auoir créé,
à fçauoir le Paradis terreftre, & que i'ay commencé
à fournir fur ce fubiet quelques conceptions dans
l'efprit d'vn Predicateur, ie ne veux manquer à luy faire part d'vn fecret que Dieu m'a appris en ces lieux,
à la veuë du fruict dont mangea Adam, & de l'arbre
qui le produit.

Nous croyons & fçauons tous, que noftre Dieu
ayant mis & colloqué Adam dans ce beau lieu, &
luy ayant tiré vne femme de fon cofté, durant vn
doux fommeil qu'il luy donna, il leur monftra les
fruicts de ce iardin , dont ils pouuoient manger, en-
referuant feulement vne forte, & vn arbre, duquel
il leur deffendit de prendre , & duquel pourtant il
mangea, tenté qu'il fut de la beauté de ce fruict, &
de la douceur qu'il s'imaginoit qu'il y auoit, *videns*
                                                    quod

quod effet pulchrum vifu & delectabile guftu. Voyant, dit
l'Efcriture, qu'il eftoit beau à voir , & delectable au
gouft : Et ainfi tranfgreffant le Commandement de
Dieu, il fe rendit de ce coup *homiparrideicide*, caufant
la mort à vn homme qui eftoit fon Pere, & fon Dieu,
deftinant Iefus à la mort ; c'eft pourquoy l'Efcriture
dit que l'Agneau fut occis, & tué dés l'origine du móde : *Agnus occifus eft ab origine mundi*, & à peine ce pauure miferable euft il peché, fe rebellant contre le vouloir de fon Dieu, qu'il fentit auffi toft fon payement,
& l'effect de ce morceau : car auffi toft il commença à fentir vne humeur maligne , qui fe gliffant dans
les os, fembloit auoir efmeu tous fes membres, qui
commencerent à fe rebeller contre la raifon. Chofe
qui le rendit fi honteux, à caufe qu'il eftoit nud, que
n'ayant aucune eftoffe pour fe couurir, luy & fa femme, prirent chacun vne fueille de figuier pour fe
ceindre, & couurir. *Confuerunt fibi folia ficus, & fecerunt
fibi perifmata*, & firent comme des calfons, voila l'hiftoire : voyons maintenant les mifteres , & fecrets cachez là deffoubz, qui poffible n'ont iamais efté efclai-
rez de la maniere que vous les entendrez, & quoy
que ie ne fois pas feul qui ait veu ce que ie vais vous
dire, fi eft ce que ceux qui l'ont veu n'y ont pas pris
garde, ou l'ont mefprifé, ou n'ont voulu prendre la
peine d'en faire part à leurs amis.

Ie veux donc vous declarer quatre chofes.

La premiere , quel eftoit le fruict que mangea
Adam.

P

La deuxiefme, quelles eſtoient les fueilles dont il ſe couurit.

La troiſiefme, quelle eſt la nature de l'arbre.

La quatriefme, comment eſt-ce qu'Adam par la morſure du fruict condamna l'Agneau à la mort, pour verifier ce paſſage, *Agnus occiſus eſt ab origine mundi*, l'Agneau a eſté tué dés l'origine du monde.

Pour l'eſpece de ce fruict il n'y a rien d'aſſeuré entre les Docteurs, les vns diſent que c'eſtoit vne poire, les autres vne pomme, & autres vne figue, ils ſont ſeulement d'accord en cecy, à ſçauoir que le mot de pomme, dont vſe l'Eſcripture en cét endroit, diſant qu'il mangea la pomme, ſignifie toute ſorte de fruict. C'eſt auſſi en quoy ie veux eſtre d'accord auec eux, & non en autre choſe, ſinon que puis que ce mot de pôme ne me determine aucun fruict, & laiſſe à ma liberté de croire pieuſement que ce ſoit auſſi bien vne figue qu'vne pomme, telle que ſont celles que nous appellons de ce nom : Ie dis que ie crois pieuſement que c'eſtoit vne figue, deux choſes me le font croire: La premiere eſt, la creance de tout le peuple de ces païs là, qui tiét par tradition que ce fut vne figue, mais eſpece toute differente de nos figues, & en appellent l'arbre figuier d'Adam : La deuxiefme eſt, que ce fruit eſt tel que l'Eſcripture deſcrit : le fruit que mangea Adam eſt beau à voir, & delectable au gouſt, à voir il eſt de la façon d'vn œuf, & jaune comme l'or ; au gouſt il eſt doux comme ſuccre, auec vn certain petit relief de miel.

Pour les fueilles de figuier dont se couurirent A-
dam & Eue, chacun en parle à sa fantaisie, mais il
n'y a homme au monde tant sçauant soit-il, qui me
puisse monstrer comment d'vne seule fueille de figuier il peust faire vn calleson, où s'il en prit plusieurs,
auec quoy ils les cousirent, n'y ayant encore ny fil ny
esguille : si auec des joncs ou oziers, il estoit impossi-
ble d'assembler ainsi tant de fueilles qu'il falloit, sans
qu'elles se rópissent : Mais ostons cét empeschement,
& disons qu'ils prirent chacun vne fueille seule de ce
figuier dót il mangea le fruict, lesquelles fueilles font
telles, qu'elles m'estonnoiét de les voir, elles ont pres
d'vne aulne de long, & pres de demy aulne de large,
aduisez si vne seule ne suffit pour ceindre vn hóme,
& luy seruir d'vn calleson, qui luy tombe de la cein-
ture pres des genoux; auriez vous cópris cela si ie ne
vous auois dit ce que dessus, & quant à ce que l'Escripture dit en plurier des fueilles, qu'ils prirent des
fueilles de figuier, il faut l'entendre ainsi : Adam &
Eue ayant honte de leur nudité, prirent des fueilles
de figuier, eux deux prirent deux fueilles de figuier,
dont Adam en prit vne, & Eue l'autre, puis qu'vne
seule suffit, ou si vous aimez mieux croire qu'ils en
prirent chacun deux il n'importe, c'estoit pour leur
en faire quasi vne tunique, la liant par le costé auec
quelque brin d'herbe ou de jonc, n'estant pas
comme les petites fueilles des autres figuiers communs.

Pour la nature de l'arbre il n'est pas haut d'vne

lâce,& pas plus gros que la jambe, & m'a-on dit qu'il
ne porte qu'vne année fon fruict, puis il meurt, mais
voicy comme il fe conferue & perpetuë, & chofe digne d'eftre fceuë d'vn efprit curieux, qui en pourra
tirer d'excellentes conceptions.

C'eft que le fruict eftant meur, & penchant de fa
branche, il iette & laiffe tomber de fon œil vne larme comme vne perle claire, mais onctueufe, laquelle tombant à terre, produit racine, & germe vn autre arbre qui dés l'année prochaine produit fon
fruict, ainfi dés autres apres luy, de forte que chafque figue, iettant leur larme produifent foubz l'arbre
plufieurs reiettons, dont le iardinier couppe ceux
qu'il veut,& conferue les plus beaux, meditez ie vous
prie fi en la nature infenfible vne telle larme peut
produire vn arbre, & cét arbre tant de fruict, comme
il les porte par gros boucquets ainfi que treffes d'oignons, on fe doit eftonnner fi en la nature raifonna-
ble, nous difons qu'vne feule larme d'vn penitent luy
apporte tát de fruict & de graces comme en la Magdelaine il fe void, voila ce qui fe peut dire de l'arbre,&
de fa nature.

Difons encore feulement vne chofe qui refte a y
confiderer, en declarant la maniere comment l'A-
gneau fut tué dés le commencement du monde, &
ce fera le plus beau.

Pour la maniere d'entendre ce paffage, *Agnus occifus eft ab origine mundi*. Nous fómes tous d'accord qu'il
peut eftre interpreté en toutes ces deux manieres.

La premiere, que l'Agneau a esté occis en destin, ou destiné d'estre occis, ou d'estre crucifié dés l'origine du monde. Archetippe dés l'origine de Dieu, dés que Dieu est Dieu : C'est à dire dés l'Eternité : Mais apres la preuision de la coulpe d'Adam, sans laquelle le Verbe ne fut pas mort, quand bien il se fust incarné, car *per peccatum mors.*

La seconde, que l'Agneau, le Verbe a esté tué & crucifié en projet & figure dés l'origine & commencement de ce monde elementaire, incontinent apres qu'Adam fut creé, qui fut la derniere piece que Dieu crea en ce mode, nous sommes d'accord de ces deux interpretatiós, & concluons sur ceste derniere, disant qu'il fut crucifié en projet, dés le commencement & la naissance de ce mode cy creé, & laissons l'increé qui est Dieu. Mais quand on nous demande quel estoit le projet, ou quelle estoit la figure de la crucifixion de nostre Seigneur, en ce commencement du monde, & immediatement apres le peché d'Adam, nous ne sommes plus d'accord, les vns disant que la couuerture qu'Adam prenoit des fueilles de figuier, desseignoit l'Incarnation du Verbe, qui couuroit sa maiesté d'vne meschante fueille, d'vne meschante chair, laquelle par Iob est comparée à vne fueille d'arbre, *contra folium quod vento rapitur ostendis potentiam tuam :* Seigneur, si tu propose de me chastier, c'est vouloir esprouuer ta puissance sur vne vile fueille d'arbre qu'vn petit vent emporte. Ceux qui disent mieux sont ceux qui disent que la figure de l'occi-

P iij

fion de l'Agneau Iefus, fut les peaux d'Agneaux, donc
Dieu vn peu apres des fueilles de figuiers couurit les
corps nuds de nos parens, leur monftrant par là qu'à
caufe de fon peché il faudroit vn iour que le Verbe
Eternel fe fift Chair, & à guife d'vn innocét Agneau,
qu'il fuft efcorché de coups de fouëts, de clouds, d'efpines, de lance, & de coups de cordes, pour couurir
leur honte, leurs pechez, & la rebellion de leurs
membres exterieurs, & de leurs appetits defreglez, in-
terieurs. C'eft vne conception que celle-là, & que i'ay
toufiours fuiuie & prefchée, & la peut-on toufiours
bien fuiure.   Mais il me femble que cette action de
Dieu, à fçauoir cette couuerture de peaux n'ayant
efté faicte dés l'origine du monde, ains apres auoir
vfé leurs fueilles de figuier, & apres eftre fortis du Paradis terreftre, puis que quand il en fut chaffé, il cria,
Timui eo quod nudus effem, i'ay eu crainte de vous mon
Dieu, parce que i'eftois nud refpondit il à Dieu, qui
luy demandoit, Adam, où es-tu : cela monftre qu'il
n'eftoit donc pas encore couuert, & que par
confequent ce ne fut pas dés l'origine du monde.

Mais entendez elucider ce paffage, & prenez gouft
à cecy, ie m'affeure que vous en receurez de
grandes lumieres pour entendre l'Efcripture, comme à tout ce que i'ay dit cy-deffus.

Sçachez donc, que dans les figues dont i'ay dit
que mangea Adam, nommées par tout l'Orient,
figues d'Adam, dont il y en a grande quantité vers

l'Orient, Paleſtine & Egypte, il s'y void repreſentée
la figure de la Croix d'vne façon admirable :
Car le fruict eſtant de couleur, blanc jaunaſtre,
ou jaulne blanchaſtre, la Croix qui eſt dedans eſt
de couleur de bois, & eſt en cette maniere auec
ſa fueille.

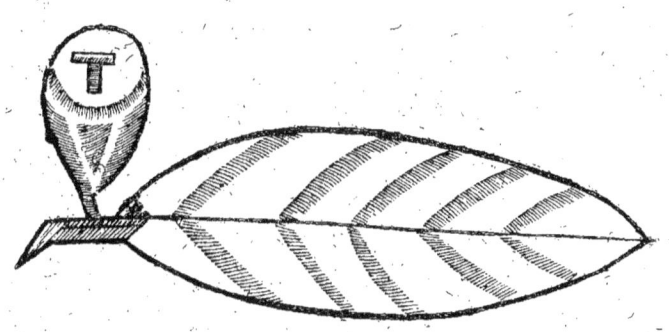

Par où vous voyez qu'Adam n'eut pas pluſtoſt
emporté auec ſes dents, le morceau & la bouchée
de la figue, qu'il vit deuant ſes yeux le principal inſtrument du ſupplice de l'Agneau, à ſçauoir la Croix
comme deſſus vous voyez, de ſorte que nous pouuons dire que les dents d'Adam ont ſeruy de hache
pour fabriquer la Croix, ſur laquelle deuoit eſtre attaché l'Agneau, & ainſi eſt eſtimé l'auoir tué de volonté, par ſa morſure, par la tranſgreſſion du commandement de Dieu.

Ne voyez vous pas mieux maintenant comme dés
le commencement & origine du monde, auant meſme qu'Adá fuſt couuert de peaux d'agneaux, la mort
& le ſupplice du Verbe qui ſe deuoit incarner, fut

projettée & designée en cette figure deuant les yeux
d'Adam.

O Adam! si vos yeux furent ouuerts, alors que
vous eustes mordu dans ce fruict, selon la promesse
que le serpent vous auoit faicte, disant, *Aperientur ocu-
li vestri.* Que dites vous alors qu'ayant arraché le morceau, vous vistes cette croix grauée dans l'autre morceau, qui vous restoit és mains. C'est là le bel effect
du peché, que fait la creature, qui peche mortelle-
ment, de desseigner la mort de son Createur, &
fabriquer la Croix sur laquelle il mourroit encore
vne fois s'il estoit encore à mourir, c'est ce qu'il dit
luy mesme, *super dorsum meum fabricauerunt peccatores.*
Les pecheurs en commettant leur peché, ils fabri-
quent vne Croix pour charger encore sur mon
dos.

Ce qui est d'admirable en ce fruict, c'est qu'à chasque rouelle que vous en tranchez, tousiours vous
trouuez la Croix dessoubz, cela ne vous fait-il pas
mieux entendre le passage de S. Paul qui dit : *Rur-
sum crucifigentes filium Dei in vobis metipsis,* Reiterat encore par chaque morceau, par chaque peché mor-
tel, par chaque contrauention au precepte diuin,
la crucifixion du Sauueur, luy fabricant vne nouuelle
Croix, comme par chaque morsure ou coupure de
ceste figue, vous descouurez vne nouuelle Croix.

Tout ce que dessus n'est-il pas digne d'estre notté,
& contenter vn esprit deuotement curieux, & cu-
rieusement deuotieux, ouy certes.

Sur cela ie mettray fin à la premiere partie, & Classe

ſe de noſtre Hiſtoire, qui a eſté vn peu plus longue
que ie ne pretendois. Cauſe pourquoy ie m'en vais
abreger la ſeconde, n'eſtant auſſi bien que de baſtons
rompus, n'y ayant pas beaucoup de telles remarques
à faire, ſinon des ſeuls lieux ſainɛts, que Dieu m'a fait
la grace de voir, pour m'en reſſouuenir à l'aduenir, &
en faire part à mes amis, & ainſi leur faciliter l'intelligence de la Bible, & pour cela ie ſuy l'ordre d'icelle,
rafraichiſſant l'Hiſtoire dans l'eſprit du Lecteur, &
pour ayder les Religieux, & filles Religieuſes à leur
meditation.

Seconde Claſſe.

DES LIEVX OV SE SONT FAICTES
choſes remarquables, depuis le Deluge, iuſques à l'Incarnation
du Verbe.

LA generation d'Adam eſtant vne fois
chaſtiée des excez de ſes crimes, par vn
deluge, & cataclisme d'eau. Le iuſte Noé
& ſes enfans ayans éuité ce chaſtiment
par la miſericorde de Dieu, qui luy donna l'inuention de faire vne Arche ou Nauire, le Deluge eſtant ceſſé, & ja ſes enfans commençans à peu-
pler la terre, il y en eut quelques-vns de ſi effrontez,
que de propoſer de baſtir vne tour, qui allaſt iuſ-

Q

ques de là les nuës, pour se garantir d'vn second
naufrage, au cas que Dieu vouluſt vne autre fois pu-
nir leurs coulpes, comme celles de leurs deuanciers:
Mais leur inuention, & attentat reſta vain, parce que
Dieu confondoit leurs langues, & ainſi fit ceſſer la
pourſuitte de leur ouurage. La tradition du Leuant
tient que l'Autheur de ce preſomptueux deſſein
nommé Babel, & que les Maures nomment Nem-
brout, faſché de ſe voir fruſtré de ſon attente, ſe retira
de ce lieu, & vint habiter à huict ou dix iournées, au
deça à vne iournée & demie de Damas, en vne petite
ville nommée Betimes, où il mourut, i'ay veu ſa ſepulture; c'eſt comme vne chambrette ſans couuerture,
haute de quatre pieds, tout de marbre blanc, les Maures, habitans du village, m'ont dit qu'ils trouuent touſiours ſes os hors de terre, & qu'elle ne peut ſouffrir
celuy qui auec vne tour imaginée, vouloit ſuperbe-
ment monter au Ciel, ils ne font autre choſe que ietter force pierres deſſus pour les couurir, quand ils
font ainſi ſortis. Et de fait i'ay veu vn monceau de
pierres mal agencées ſur ladite foſſe, qui monſtre
qu'on y en iette ſouuent; ſi cette hiſtoire eſt vraye,
ie n'en ſçay rien, ie dis ce que i'ay entendu, & veu,
la ſeule beauté & antiquité de la ſepulture, me fait
croire qu'il y a quelque perſonne de remarque, &
dont l'antiquité a faict compte.

　　Ie vais maintenant parler de tous (au moins d'v-
ne bonne partie) des Prophetes, & ſaincts du vieil Teſtament, & des lieux où ils ont fait quelque choſe, où
bien du lieu où ils ſont enterrez.

I'ay dit à l'autre traité, que ie n'ay pas esté en Ebrom, mais ie ne lairray de vous dire, qu'estant au voisinage, i'ay apris qu'on y void les sepulchres d'Abraham, Isaac, Iacob, & Rebecca.

D'Abraham i'ay veu le lieu, où l'on dit que trouuant trois Anges, il en adora vn seul, figure d'vne seule diuinité, qui doit estre adorée en Trinité de personnes : en vn autre lieu en la plaine de Damas, où il demeura long-temps, on nous a monstré aussi le lieu où il offrit son fils Isaac en sacrifice, & disent-ils que ce fut sur le mont de Caluaire, où fut depuis offert Iesus pour nostre redemption, & parce qu'on ne peut represéter ces deux mysteres sur vn mesme lieu, on a fait vne voute sur le mont de Caluaire au dessus du trou de la Croix, sur laquelle voute y a vne Chappelle, tenuë par l'Euesque des Abissins, au milieu de laquelle contre terre est vn petit tableau de petits personnages de bois, grauez au burin, qui represente le sacrifice d'Abraham, & ce tableau est couuert d'vn voile, ie l'ay baisé & reueré, mais ie ne puis croire cela : car l'Escriture dit que ce fut sur le mont *Moria* où fut basty le Temple du depuis.

D'Isaac, ie n'ay rien veu sinon ce mesme lieu où il fut offert.

De Iacob, iay passé sur le pont où il rencontra son frere Esau, lors que fuyant sa fureur il diuisa ses troupeaux & sa famille en deux bandes. C'est à vne bonne iournée de Saïde, allant en Damas par la source du Iourdain. De Bethleem, sur le chemin de Ierusalem, il fit bastir vne petite ville qui se nommoit la

Q ij

ville de Iacob, où il voulut demeurer depuis, & où
il ne reste que quelques fondemens, il se void encore
le lieu d'vne porte d'icelle, & vne meschante petite
tour.

Sepul-
chre de
Rachel.

Assez pres de ce lieu est vne fort belle sepulture,
en forme de dosme, où est enterré la belle Rachel, les Mores tiennent ce lieu reueremment, & y
a vne petite Mosquée, & pour y loger vn Santon ou
Deruich.

A costé de ce lieu, & tout pres, il y a encore les vestiges d'vne petite ville, nommée Rama, pour laquelle ville l'Escriture dit (parlant de la mort des
petits Innocés) *vox in Rama audita est, &c.* l'on a entendu vne voix à Rama, & vn pleur & cry tres-grand de
Rachel, plorant ses enfans, & n'a point voulu estre
consolée, parce qu'ils ne sont plus. Chaque Predicateur, ou la pluspart se mettent en peine d'esclaircir ce
passage, qui est fort obscur, à qui n'a veu le païs, les Autheurs mesme en escriuent diuersement, specialement sur la difficulté qu'il y a de sçauoir en quelle ville de Rama fut ouye cette voix, y ayant vne autre
Rama, où i'ay esté aussi qui est pres de Gaza, & fait la
frontiere de la terre des Philistins d'auec la Iudée ou
Palestine: laissons là les disputes, & vous seruez hardiment de la suiuante interpretation, car ie m'asseure
que vous la iugerez estre passable, & ne croyez pas
que l'Escriture entende parler de ce Rama dernier,
essoigné d'vne iournée du sepulchre de Rachel, car
mesme il ne s'appelle Rama que par corruption, ains
il est appellé des habitans du païs Ramlaj, & quand

il feroit appellé Rama ou Raamata, laiffons-le là, & interpretons ainfi le paffage.

Tandis que les foldats d'Herode couroient par les villes & villages voifins de Bethleem, pour tuer les petits Innocents, eftans dans cefte ville de Rama, qui luy eft voifine, & voifine du fepulchre de Rachel, tandis qu'ils commettoient leur maffacre, efgorgeans les enfans à la mammelle de leurs meres, & que les enfans rendoient par leurs playes fur les mammelles des meres, le fang qu'ils en venoient de fuccer, parmy les cris pitoyables des petits enfans, & les lamentables hurlemens des meres, *vox in Raama audita eft*, vne voix lamentable plus haute que les autres, fe fit entendre dans cette defolée ville de Raama, laquelle voix eftant apperceuë fortir du fepulchre de Rachel, tout proche, on iugea que c'eftoit la voix dicelle Rachel, *plorans filios fuos*, laquelle fe ioignant à la voix des meres, ploroit auec elles fes enfans en qualité de fiens proches, les tenans pour tels, puis qu'eftât enfeuelie fur leur terre, à la porte de leur ville, elle eftoit comme leur tutelaire, leur patrone, & leur mere. *Et noluit confolari quia non funt*, & les cris, & hurlemens qu'elle faifoit retentir par deffus ceux des meres & des enfans, eftoient comme d'vne femme qui voyant fes larmes infructueufes, fans efpoir de pouuoir par icelles, faire reuiure les corps de fes enfâs defia morts, ne veut admettre aucune parole de côfolation. *Noluit confolari quia non funt*, en vn mot fes cris eftoient comme d'vne mere defefperée, parce que ja fes enfans eftoient efgorgez. Vn Predicateur peut à

Maffacre des Innocents.

Q iij

mon aduis tirer d'icy vne conception qui n'eſt pas
trop commune, ny a meſpriſer, lorsqu'il preſche au
iour du ſainct, Patron ou Patrone de quelque ville
dont le corps & la chaſſe y eſt gardée, monſtrant au
peuple par la ſuſdite figure de Rachel enſeuelie pres
des murs de Rama, comme leſdits ſaincts prennent
tellemét à cœur nos aduerſitez, qu'ils les eſtimét leur,
& en font leurs plaintes pour le peuple, aux oreilles de
Dieu, ne ceſſant de prier, & ne voulant receuoir aucunes paroles de promeſſe, iuſqu'à tant qu'ils obtié-
nent pour leur peuple ce qu'ils demandent, quand ils
le iugent conforme au vouloir de Dieu : on peut
monſtrer auſſi que s'ils eſtoient capables d'eſtre priuez de leur alaigre repos, pour quelque deſaſtre arriué à leurs enfans, & Citoyens, ce malheur leur arri-
ueroit lors qu'ils voyent que les ſoldats d'Herodes,
eſclaues du Diable, ont egorgé quelques-vns d'i-
ceux, & qu'ils ſont damnez, il ne ſe pourroit con-
ſoler : *Quia non ſunt*, parce qu'il verroit que toutes ſes
larmes, ny tous les fleuues du móde, ne ſont capables
d'eſteindre les flammes infernalles où ils bruſlent, *&*
non ſunt, & ſont comme s'ils auoient perdu l'eſtre
que Dieu leur auoit donné : car ils l'ont rendu ſi mi-
ſerable, que leur eſtre eſt pire que le non eſtre, ainſi
que Ieſus diſoit de Iudas, *melius ei erat, ſi natus non fuiſ-*
ſet.

　　Zabulon fils du ſuſdit Iacob, a ſa ſepulture tout aupres de la ville de Saïde dans vn petit iardin, où les
Mores ont fait vne petite Moſquée, à guiſe d'vn petit
hermitage, auec vne petite chambre où demeure

vn Deruich c'eſt à dire vn de leurs Religieux.

Ioſeph qui eſtoit vn autre fils de Iacob, allant chercher ſes freres en Dothaim par le commandement
de ſon pere Iacob, les trouua en ce lieu, qui gar-
doient leurs troupeaux, & ſitoſt qu'ils l'eurent apperceu (eux qui ne le pouuoient voir de bon œil, parce
qu'il eſtoit le plus chery de leur pere) ils dirent, voicy
le ſongeur qui vient, prenons-le, & le tuons, ce qu'ils
ne firẽt pourtant pas, mais ils l'empriſonnerent dans
vne vieille ciſterne ſeiche, qui eſt au haut de ceſte
montagne, où à preſent i'ay veu vne belle Moſquée
que les Turcs y ont faicte.

Apres l'auoir vn peu tenu là dedans, ils virent
qu'au bas de la montagne paſſoient des Iſmaëlites,
marchands, qui alloient en Egypte, auec des chameaux chargez d'eſpiceries & parfums, auſquels ils
vendirent leur frere, qui par eux fut mené en Egypte
en la ville du grand Caire, & le donnerent à Pharaon,
qui apres quelque temps le fit ſon Vice-Roy : là ſont
encore les greniers qu'il fit faire pour amaſſer les
bleds, neceſſaires pour nourrir le Royaume durant
les ſept ans de famine qu'il auoit prophetiſé deuoir
arriuer, encore y en garde - on touſiours pour quatre ou cinq ans.

Le port par où nous abordaſmes la terre ſaincte
fut là où le Prophete Ionas s'embarqua, il ſe nommoit Ioppé, & maintenant Iaffa, c'eſt de la terre
des Philiſtins pres de Gaza. Eſtant embarqué la tem-
peſte s'eſleuant les mariniers croyant que cét homme leur portoit mal-heur, ils le ietterent en la mer, où

vne baleine le receut dans son ventre, puis le vomit
fort loing de là, entre Tir & Sidon. En fin apres que
ce Prophete eut vescu long-temps au seruice de Dieu,
mourant, il fut enterré en vne petite ville, qui est sur
la pente d'vne montagne, entre Nazaret & Betsaya, à
quelques trois lieües de Nazaret.

Tobie.   I'ay veu la ville de Tobie, nommée Nephtaly,
qui est assez pres du mont Dothaim, vn peu au
deça, venant vers Saïde, c'est vne ville sur vne haute
montagne qui est tres-agreable, & toute pleine de
beaux arbres ayant vn vallon tres-fructueux.

Esther.   Esther femme du Roy Assuerus, estoit à ce que l'on
dit d'vne ville qui est tout vis à vis de Nephtaly, qui
se nomme Sephet, comme vous verrez dés le commencement du liure de Tobie : cette ville de Sephet
est vne tres-belle & grande ville, bastie le long d'vne
montagne, où il y a vn tres-beau chasteau, & c'est la
ville la plus belle qui soit sur le domaine de l'Hemir
de Sayde, qui est vn Prince souuerain.

Iudith,   Iudith qui coupa la teste à Holoferne, estoit de la
ville de Bethulie, laquelle ville est tout pres de Sephet,
& tout en suitte de la mesme montagne venant vers
Saïde. L'on void encores au bas de la ville, les beaux
Canaux & conduits de pierres, par lesquels les fontaines venoient dans Bethulie : mais tous rompus comme Holoferne les fit rompre, pour faire manquer
d'eau dans la ville, & la faire rendre, comme elle fut
preste de ce faire, si la valeureuse Iudith n'eust couppé la teste à ce Tiran, ceste petite ville est quasi toute
destruite.

Samson

Samſon eſtoit natif de Nazaret, où i'ay eſté: mais Samſon.
il n'y en a aucune remarque, i'ay veu ſeulemét le lieu
où il fit vn ſi bel exploit de ſes forces , & où par cét
effort il baſtit ſa ſepulture, c'eſt Gaza , ville & chaſteau, qui eſt de la terre des Philiſtins, voiſine de la
mer, & non loing de Ioppé, ou Iaffa: ce fut en ce lieu,
où ayant de ſes bras eſbranlé toutes les colomnes
d'vn beau Palais, il fit tomber la maiſon, & luy demeura enſeuely ſoubz les ruines, où il eſt encore; &
m'a-on dit que l'on n'a encore iamais cherché ſon
corps là deſſoubz. Ceſte ville, & le chaſteau d'icelle,
eſt la reſidence du Bacha de ce pays de Gaza, c'eſt vn
beau pays plat, qui dure depuis Iaffa iuſqu'à Ramlay
ou Rama, où ſe commence la Paleſtine.

Abacuc le Prophete fut porté d'vn Ange par vn Abacuc.
cheueuil iuſques en Babylone de Perſe, en ceſte maniere. I'ay veu le champ où trauaillant, & portant à
manger aux moiſſonneurs, il fut pris par cét Ange, &
porté par vn cheueuil en ladite Babylone, pour ali-
menter de cette portion le bon Prophete Daniel, qui
eſtoit dás la foſſe aux Lyons, ce champ eſt entre Hieruſalem & Bethleem, tout voiſin de la fontaine des
trois Rois. Or notez que de ce lieu où il fut pris iuſques en Babylone de Perſe, il y a pres de deux cens
lieuës, fort peu moins.

Iſaïe le Prophete eſt enſepulturé au lieu où il fut Iſaïe.
martyriſé & ſié par le milieu, c'eſt au bas de Hieruſalem, aupres du iardin des Rois de Hieruſalem, nommé en l'Eſcriture *Hortus Regius.*

Hieremie nous a laiſſé les memoires de ſes dou- Hieremie.

R

loureux reſſentimẽs en la grotte, où il compoſa les lamentables regrets qu'il faiſoit ſur le futur deſaſtre
de l'infidele Hieruſalem, qui deuoit mettre à mort
l'Autheur de la vie, cette grotte eſt preſque à la ſuitte
du mont Oliuet, au milieu de la deſcente de la mon-
gne, en vn lieu d'où il voyoit toute la ville à ſon ai-
ſe.

Zacharie.   Zacharie le Prophete eſt enſeuely au bout de la
vallée de Ioſaphat, allant vers le champ achepté des
deniers de la vente de Ieſus; ſa ſepulture eſt tres-belle
& faicte en mode de Chappelle ou couppe, toute taillée de roc, & ſemble eſtre d'vne piece.

Moyſe.   Moyſe, le grand meſſager de Dieu, & general de
ſes armées, conſtitué le Dieu de Pharaon par le Dieu
viuant, comme eſtant l'inſtrument des prodiges,
dont ſa diuine Maieſté vouloit chaſtier Pharaon &
ſon peuple rebelle : & pour d'vne autre part honorer
& fauoriſer les Iſraëlites, pour cela diſ-ie il deſireroit
bien vne longue deſcription de ſes faits ſur-humains.
Mais Dieu n'a pas permis que i'aye veu le mont Sinay, qui eſt le lieu principal où il reſte des veſtiges de
ce ſainct meſſager de ſes volontez.

    Moyſe eſtant deuenu grand, & ayant eſté choiſi
de Dieu, pour retirer les Iſraëlites de la cruelle ſerui-
tude, en laquelle ils eſtoient detenus par Pharaon, a-
pres qu'il eut conduit & gouuerné long-temps ce
peuple dans les deſerts d'Arabie, qui ſont au pied, &
enuiron le mont Sinay; en fin luy deuenant vieil, il ſe
retira ſur vne haute montagne qui eſt vers Samarie,
où eſtát aagé de ſix vingts ans, il expira à la bouche de

Dieu, comme dit l'Escriture.Les Mores ont tant de
deuotion à ce lieu, qu'ils y ont basty vne fort belle
Mosquée tout au haut d'icelle montagne,c'est au delà du Iourdain , car il ne passa point pour cause qu'il
douta, frappant la pierre , & n'entra point en la terre,
promise,ains la veid seulement.I'ay aussi passé dans le
champ , où les explorateurs que Moyse enuoya,
nommez Caleb & Iosué,trouuerēt cette grosse grap-
pe de raisin qu'ils porterent sur vn leuier , c'est assez pres d'vne belle petite ville, où il n'y a à preset que
des Chrestiens Grecs & Armeniens,laquelle se nomme Boutielle , assez pres de Bethleem, allant vers les
montagnes de Iudée , & deserts de sainct Iean, tout
est remply de vignes en ce lieu, qui est assez mal plai-
sant, pour estre entre les montagnes.

Les Iuges d'Israël ont leurs sepultures à quelque
deux lieuës de Hierusalem, ce sont sepultures en ceste sorte. Dans vn grand champ de vignes,vous verrez de grosses pierres de Roc,qui ayans la pluspart de
leurs corps caché soubz terre , en font sortir dehors
enuiron gros comme six ou sept tonneaux, plus ou
moins. Or à vn des costez de cette roche, il y a vn
beau frontispice de porte, & vne belle porte toute
taillée d'vn bel artifice, & entrans là dedans vous
trouuez vne belle chambre taillée dans ce Roc,à l'entour de laquelle vous voyez des rangées de trous ou
fenestres, profondées en long, iustement comme
pour y poser la chasse de quelque sainct dedans, &
c'estoit le lieu pour mettre vn corps dedans, chacun
les mettant ainsi comme dans vn four. De cette

R ij

chambre vous entrez encore dás vne autre toute de
mefme. Apres cela vous defcendez par vn grand trou
taillé dans le mefme Roc, dans d'autres chambres
qui font encore foubz celle-là, où il y a encore force
fepultures : bref c'eft vn lieu où on fe perdroit fi on
n'auoit vne guide, encore que vous ayez vn flambeau. Et dans ce champ vous trouuez vne quantité
de tels rochers, dans aucuns defquels il y a ainfi des fepultures.

Les Rois d'Ifrael auoient leurs fepultures vn peu
plus pres de Hierufalem, qui font tout de mefme
façon, à ce que l'on m'a dit, n'y ayant voulu aller,
me contentant d'auoir veu celle-cy : il eft vray qu'on
dit que la porte de cette cauerne eft plus belle que
celle des fepultures des Iuges.

Helie. | Helie le Prophete a honoré de fa prefence plu-
fieurs endroits où la tradition tient qu'il a fait penitence, & mené vie hermitique & religieufe : i'ay efté
fur vne haute montagne, au deffus de la ville de Sidó,
laquelle montagne on appelle le mont fainct Helie,
fort honoré des Chreftiens Maronites, & mefme
des Schifmatiques, en laquelle ils tiennent qu'Helie
demeura fept ans, & cómença à faire penitence, de là
il s'en alla pres de Hierufalem, enuiron vne grande
lieuë fur le chemin de Bethleem, où il demeura encore quelque temps fur vne montagne, fur le chemin, auquel lieu il y a vne fort belle Eglife tenuë par
les Armeniens, & au bas de la montagne y a vne
chofe tres-digne d'eftre veuë & fceuë d'vn chacun.
C'eft qu'il y a vne groffe pierre qui eft à fleur de terre,

comme vn paué, fur laquelle ce fainct Prophete couchoit, ne voulant poir t de lict plus molet, fur laquelle pierre i'ay veu à mon grand contentement tout le
corps du Prophete graué deffus, comme fur de la cire. Dieu ayant permis que cette pierre & ce roc obeït
au corps de ce fainct homme, qui pour eftre obeïffat
fans rebellion à fa diuine Maiefté, faifoit election d'vn
lict fi rigoureux. Le Prophete ayant efté encore
quelque autre temps en ce lieu, il s'en alla en Damas,
& fe retira plus folitairement dans vne petite cauerne qui eft dás vn roc à trois-quarts de lieuës de la ville
de Damas, en vn lieu nommé Iobé : i'ay defcendu
dans ladite cauerne qui eft comme vn caueau, on y
defcend par vn trou, où à grand peine peut on paffer,
il n'auoit autre lumiere là dedans que par cette entrée, & par vne petite feneftre, qui eft vn trou au haut,
percé dans le roc, où il n'y a que pour paffer le poing,
& c'eftoit par où tous les iours entroit vn corbeau, qui
par le commandement de Dieu, luy apportoit vn
pain, mais il falloit que le pain ne fuft pas bien gros,
d'autant que comme i'ay dit, le trou eft fort petit.
Les Iuifs poffedét ce lieu, où de long temps ils ont fait
baftir deffus vne fort belle & grande Sinagogue, dans
laquelle vn Iuif de ce lieu m'entretenant, me conta
deux chofes dignes de remaque de ce lieu, fi elles font
vrayes, ie les donneray pour le prix qu'elles m'ont cou-
fté. La premiere eft, qu'en cette petite grotte d'Helie, où il ne fçauroit tenir quinze hommes à genoux,
ils y tiennent ordinairement deux cens hommes, lors
qu'ils s'y affemblent pour y faire leurs prieres. Si cela

R iij

eſt, c'eſt vn miracle pareil à celuy qu'on tient qui ſe
faiſoit au Temple de Salomon, où il tenoit miracu-
leuſement beaucoup plus de peuples qu'il n'eſtoit
capable de tenir: La ſeconde choſe de remarque, c'eſt
qu'il n'y auoit pas long temps qu'vn Bacha de Damas,
eſtant en cholere côtre iceux Iuifs, voulut abatre leur
Sinagogue, & voulut luy meſme donner les premiers
coups de pic pour commencer à rompre les piliers
qui la ſouſtiennent dedans: il donna à vn pilier où il
fit vn petit creux, & voyant qu'il n'en pouuoit venir
à bout, il va à vn autre, où en ayant fait autant, les deux
bras luy demeurerent en l'air, ſans les pouuoir mou-
uoir. Ce que voyant il commença à demander par-
don à Dieu de ſa temerité, & confeſſant que ce lieu
eſtoit ſainct, propoſant de quitter ſon fol deſſein,
auſſi toſt les mains & bras retournerent en leur premiere ſanté & liberté, ie m'en raporte à ce qui en eſt:
il eſt vray que i'ay veu les coups de pic commencez
dans leſdits piliers, qui reſtent pour remarque. En fin
noſtre bon Prophete ayant veſcu ainſi quelques années menant vie Hermitique, ſe reſoluant de mener
vne vie reguliere, monaſtique, & de communauté,
il quitta cette grotte, & s'en alla vers la Galilée ſur vne
haute mótagne, qui regarde le mont Tabor de loing,
aſſez eſloigné; Eſtant ſur cette montagne, il aſſembla
auec luy quelques enfans des Prophetes, & viuoient
auec Helie, comme des Religieux auec leur Abbé,
& ſuperieur: Il n'y a ſur cette montagne autre remarque de luy, qu'vne grotte & vne forme de
beau monaſtere qui y a eſté autre fois. C'eſt d'où les

Carmes & Carmelites tirent leur nom & origine.
Helie ayant seruy Dieu quelques années en ce gen-
re de vie, prit vn iour vn de ses Disciples plus fauory
que les autres, nommé Helizée, & le menant promener vers le iardin il fut enleué de Dieu dans vn
Chariot de feu, & sa diuine Maiesté le cóserue encore viuant au lieu où il luy plaist qu'il soit, nous ne sça-
uons pas où.

D'Elizée seruiteur du susdit Elie, ie n'en sçay rié, sinó Elizée.
que i'ay veu vn lieu pres de la ville de Sarphant, à vne
lieuë & demie de Saïde, où l'on dit qu'il couchoit lors
qu'il venoit voir Helie son maistre demeurant en
ces quartiers, & ce lors que la nuict le surprenoit, &
ne pouuoit d'vne traite arriuer au mont où estoit
son dit maistre.

Giezi seruiteur d'Elizée est enterré dans vne fort Giezi.
belle sepulture toute proche les murs de Damas, pres
la porte par laquelle on sort pour aller à Iobé, dont
i'ay parlé cy-dessus:pres de sa sepulture y a vn palmier
haut & grand à merueille.

Saül & Ionatas son fils ayant vne grosse armée contre vn peuple ennemy, & estant dans la grande pleine du champ Esdrelon, vers le mont Tabor & Carmel, entre l'vn & l'autre, sur les monts Gelboé qui
est dans cette pleine, ils furent tuez dessus par mal-
heur, cause pourquoy maudissant ces montagnes disoit, montes Gelboé, *nec ros, nec pluuia veniam super vos,*
ô malheureuses montagnes de Gelboé! que iamais
rozée ne pluye ne tombe dessus vous, puis que vous
auez succé le sang de ces deux miens parens & amis

Saül & Ionatas. Plusieurs ont creu que depuis ces
paroles, & cette malediction de Dauid, il n'est iamais
creu d'herbe sur ces mötignes: mais il me séble qu'elles estoient herbuës comme les autres, & mesme ie
suis asseuré que le bout est cultiué & labouré, lequel
est fort bas, où il y croissoit du fenouil sauuage, ce
me semble; les paroles de Dauid estoient vne impre-
cation seulement pour exagerer son sentiment.

Dauid.   Dauid Roy, estoit de la ville de Bethleem, il fut
esleu fort ieune à sa presentatió pour combattre contre Goliat, dans la valée du Terebinthe que i'ay
veuë, qui est à quelque trois petites lieuës de Herusa-
lem, ou enuiron, & dans cette valée il tua Goliat
d'vn coup de pierre qu'il luy ietta auec vne fonde,
puis luy couppa la teste : où vous noterez, que tant
les hommes que ieunes garçons de ce pays, se seruent
encore de fondes pour armes aussi bien que de fles-
ches, & sont fort à droits a rüer des pierres auec. La valeur de ce berger luy ayant fait auoir la bonne grace
du Roy Saül, luy fit encore auoir sa fille en mariage,
& depuis la reprobation de Saül il fut esleu, & sacré
Roy d'Israël; estant Roy il se pleut tant en Hierusalem
qu'il y fit bastir vne petite ville, au mont Sion, qui est
iustemenr vne Citadelle que l'Escriture appelle *Ciuitas Dauid.* Elle estoit sur le bord des murs de la ville, &
son Palais estoit tout sur le bord du vallon, qui sert
de fossé, & les fenestres regardoient sur les iardins
Royaux qui sont à ce fonds, & regardoient droit à
plomb dans la maison, & iardin de Bersabée, qui fut
cause que regardant vn iour par ses fenestres, il la
veid

veid nuë se bagner dans vne grande mare ou piscine,
où encore à present il y a vn peu d'eau : cette ville &
chasteau de Dauid est maintenant toute ruinée,& est
à present hors la ville, & tout le mont Sion aussi.

Tout proche de Bethleem, Dauid fit encore faire
vne fort belle Cisterne pour la commodité de la ville, & est taillée dans le roc ,ou pour mieux dire c'est
vne tres-grande Cisterne, laquelle au dehors de terre fait trois bouches , comme des bouches de puits,
vn peu plus basses & petites; ce fut de l'eau d'icelle,de
laquelle voulant boire vne fois estant en l'armée, il
dit, ô qui me donneroit à present de l'eau de la Cisterne de Bethleem pour estancher ma soif! à l'heure mesme ,trois genereux soldats fendant l'armée
des ennemis, qui estoit campée en vn valon prés
du sepulchre de Rachel,ils luy allerent querir de cette eau, laquelle ayant és mains il ne la voulut boire, ains la sacrifiant à Dieu auec sa soif, il la jetta en
terre, disant :ja à Dieu ne plaise que ie boiue le sang
de trois si braues soldats, ouy c'est leur sang & leur
vie,puis qu'ils se sont mis au hazard de la mort, pour
vne si courte volupté dont ie voulois iouïr. Ce bon
Roy & Prophete estant mort,fut inhumé sur le mont
de Sion qu'il auoit tousiours tant aimé : si que nous
pouuons dire de luy les paroles qu'il a dites en vn
sien Pseaume , parlant de Dieu. *Factus est in pace eius,*
& habitatio eius in Sion. Il a voulu que son dernier repo-
soir fust en vn lieu de paix , & sa derniere habitation
enSion. C'est au lieu où nostre Seigneur fit la Cœne,
où le sainct Esprit descendit, où la Vierge est morte,

S

& où maintenant on enterre les Chrestiés Romains,
au moins hors de la maison. C'estoit le Conuent des
Peres Cordeliers, mais depuis peu les Mores l'ont pris
& en ont fait vne Mosquée.

Absalon. Absalon fils de Dauid, fit faire de son viuant vne
tres-belle & somptueuse sepulture, faite en forme d'v-
ne Chappelle, & en dome, la pluspart taillée dans
vn haut roc qui s'estoit trouué là, tout pres de celuy
de Zacharie le Prophete, au bout de la valée de Iosaphat, mais il n'y a pas esté mis, car il fut enseuely
soubz vn monceau de pierres.

**Salo-
mon.** Salomon fut encore fils de Dauid, auquel Dieu
ayant commandé de bastir vn Temple, il fit cette
fabrique si somptueuse, dont parle tout le monde,
lequel Temple ayant esté ruiné plusieurs fois, il n'en
est rien resté du tout sinon trois choses.

La premiere est, les murailles & portes du grand enclos, ou de la cour, qui enuironnoit tout le pourpris
du lieu, comme la porte spacieuse où sainct Pierre guarit
le boiteux, & les autres pareilles.

La seconde est, le Temple des Vierges qui est à vn
bout de la cour, & est comme vn Conuent de Reli-
gieuses, ce fut où on tient que la Vierge Marie fut
presentée à Dieu ; i'en parleray en son lieu.

La troisiesme chose, ie ne l'ay pas veuë, mais vn
vieil Iuif des plus hommes de bien que ie croy estre
en eux, nommé Sabath, me dit qu'il me feroit voir
si ie voulois, vne chose digne d'estre veuë à vn
Predicateur comme moy, & qui n'estoit remar-
quée de personne des Pelerins : c'est dit il vne gros

fe pierre comme colorée & marbrée, que ie croy eftre reftée feule de noftre Temple ancien, laquelle les Turcs ont meflée parmy les autres de leur Téple, & eft à vn coin de muraille, fur laquelle font grauées ces trois lettres Hebraïques חבי, beth, thet, iod, qui fōt Bethi. C'eft à dire *domus mea*, ma maifon, il eft à croire dit il que cette pierre fut fur vne porte du Temple, Dieu difant par icelles paroles au peuple: c'eft icy ma maifon, à ce qu'on s'y comportaft fagement & religieufement : ie ne l'ay pourtant pas veuë, & n'y fongeay pas du depuis.

Fin de la feconde Claffe.

S ij

Troisiesme Classe.

DES LIEVX OV SE
SONT PASSEZ LES
MYSTERES DE L'INCARNATION,
vie, miracles, mort, Resurrection,
Ascension de Iesus, & la Mission du S. Esprit.

AVEC VN DISCOVRS CONTENANT
vn abregé de la genealogie de nostre Seigneur, commençant
à son grandpere Ioachim, sa grand mere saincte
Anne, sa mere Marie, & son pere
nourricier Ioseph.

E terme estant accomply, & le temps
arriué, auquel Dieu auoit determiné
faire briller les esclats de sa misericorde,
& se faire voir aux hommes, comme vn
modelle & prototipe, sur lequel tous
eussent à regler leur vie desreiglée, il fit naistre au
monde deux personnes sainctes, comme pierres fon.

da mentales de ce grand œuure, dont l'vn se nommoit Ioachim, & l'autre Anne sa femme, qui dás leur
mariage deuoient produire vne fille, laquelle deuoit
fournir de matiere pour rendre ce Dieu visible.

Ce Ioachim estoit vn homme natif d'vne petite
ville proche de Nazaret, qui s'appelle Cephora, &
auoit en propre vne petite maison dans la ville de
Nazaret.

Anne sa femme, estoit natifue de Hierusalem, où
elle auoit en propre vne tres belle maison, qui n'est
pas trop esloignée du Temple de Salomon, Ioachim
ayant pris Anne pour sa femme, il quitta son païs de
Galilée, où est Nazaret & Modim, & s'en vint demeurer sur le bien de sa femme en cette maison de Hierusalem, possible pour estre plus proche du sainct
Temple, & là leur deuotion & pieté merita sur le de-
clin de leur aage, vne petite fille qu'ils nommerent
Marie, laquelle estoit esleuë de toute Eternité pour
estre la plus noble fille, femme & mere, qui eust iamais esté sur la terre. Puis que c'estoit pour estre Mere de celuy qui d'vn seul mot a creé Ciel & terre. Cét
Enfant n'eut pas plustost atteint l'aage de trois ans,
que ses pere & mere la presenterent à Dieu en son
sainct Temple, & peu de temps apres on dit qu'ils
moururent tous deux, & leurs corps furent ensepul-
turez honorablement en la valée de Iosaphat, l'vn
tout pres de l'autre : i'ay dit la saincte Messe sur le sepulchre de saincte Anne Mere de la petite Marie. On
a pourtant enleué leurs corps des sepulchres, celuy de
Ioachim a esté porté à Venise (ce me semble) & celuy

d'Anne en vne ville de Prouence nommée Aar, où
il est tenu en grande veneration des Prouençaux qui
l'inuoquent en leurs besoins, auec tres-grande foy,
specialement les Mariniers, en tesmoignage dequoy
ie vous prieray de vous donner la patience de lire le
miracle que ie vais reciter, que i'ay veu de mes
propres yeux.

Estant sur la mer, tout proche de Smirne en Asie,
le Lundy gras de l'année passée 1622. le Tonnerre e-
stant tombé dans nostre Nauire, où il tua deux Mathelots, & en blessa quatre ou cinq, il y en eut vn qui
estát en haut sur les antheines pour ployer les voiles,
fut emporté du foudre, & enleué en haut, quasi iusques aux nuës, ce luy sembloit, d'où estant retobé sur
les antheines, sans tomber bas, ny en mer, fut encore vne autre fois emporté d'vne viue secousse, durant laquelle il inuoqua tout haut saincte Anne, faisant vœu de ne manger iamais de chair le Mardy, en
memoire d'elle, si elle le preseruoit de ce danger e-
minent : aussi-tost il retomba à bas sur le tillac du
Nauire sans estre en rien offensé du Tonnerre, ny
sans estre en rien estropié, ains seulement vn peu e-
stourdy ; & autres infinis miracles qu'elle fait
en ces quartiers-là, monstrent assez la deuotion que
ce peuple luy a.

NAISSANCE, VIE, MORT ET
assomption de Marie, fille de Ioachim & Anne, & Mere de Iesus.

LA petite Marie fille de Ioachim & Anne, dont nous auós parlé cy-deſſus, naſquit en Hieruſalem, à ce que la tradition nous apprend, & dans la maiſon que i'ay dite eſtre du patrimoine de ſa mere ſaincte Anne. I'ay entré dans cette maiſon, & dans la chambre où naſquit cette heureuſe fillette: les anciens Chreſtiens ont tenu cette maiſon en ſi grande reuerence, qu'ils y ont baſty vn Monaſtere de Religieuſes de l'Ordre ſainct Benoiſt, où ces bonnes Vierges ont demeuré long-temps, comme au Palais de la Roine des Vierges. Mais les mal-heurs du temps nous ayant deſrobé la terre ſaincte pour la mettre és mains du Turc, l'on en a chaſſé les Vierges, & y a-on mis des Religieux Santons Turcs, qui ſont encore en ce ſainct lieu, & le tiennent auec reuerence, ſans auoir ruiné, ny le dortoir, ny le Cloiſtre, ny l'Egliſe, ſinon qu'ils s'en ſeruent de Moſquée.

Marie ayant trois ans, ſes parens penſerent d'en faire vn preſent à Dieu, ils l'amenerent au Temple, où ils la laiſſerent auec quantité d'autres petites fillettes qui eſtoiét inſtruites là dedans, & trauailloiét pour l'ornement, & entretien du Temple. Et notez que ce Temple où eſtoient offertes, & où demeuroient les

Vierges n'eſtoit pas le Temple de Salomon où
l'on faiſoit les ſacrifices & prieres puplicques, ains
vn autre corps de logis à part, au bout de la grand
cour, dans laquelle le Temple eſtoit baſty. Et ce
lieu de Vierges eſtoit comme vn Monaſtere où elles
eſtoient retirees du commun.

La ieune fillette Marie, ayant veſcu là dedans comme vne Religieuſe, auec vne pureté Angelique, &
apres auoir ſeruy à ſes compagnes, d'vn modelle
tres-parfait de ſimplicité, de candeur, de pudicité,
d'innocence, de charité, & d'humilité. Ayant atteint
enuiron l'aage de quinze ans. On traitta de la marier,
& parce que la plus commune tradition tient que
ſes parens eſtoient morts tous deux, & qu'elle eſtoit
orpheline. Les preſtres comme tuteurs de celles qui
eſtoient telles, eurent le ſoin de la pouruoir commodément, & pour ce faire accepterent vn honneſte
homme, de bonne vie, & d'aage mediocre, nommé Ioſeph, entre tous ceux qui ſe peurent pre-
ſenter, & ne me puis perſuader qu'il fuſt choiſi, à cauſe qu'on vit fleurir vne houſſine qu'il tenoit en ſes
mains; car outre que l'Eſcriture ne dit point cela ny
la tradition du païs, il me ſemble que c'eſt croire trop
de leger, que Dieu ait eſté faire ce miracle ſans aucune neceſſité euidente; mais ie croiray bien pluſtoſt
qu'ils eurent eſgard à ces trois choſes. La premiere,
que cét homme eſtoit de la lignée de Dauid, comme
la fille. La ſeconde, que cét homme eſtoit de Nazaret, où il auoit vne maiſon, & ſa boutique de Charpentier (comme ie l'ay veuë) & la fille y ayant auſſi vne
                                            maiſon

maifon du cofté paternel (qui eft celle que les Anges ont portée à Lorette) eftant efpoufez enfemble,
leur bien fe conferueroit mieux, & finalement c'eft
que la fille ayant fes tantes en Galilée non loin de
Nazaret, Marie Salomé & Marie mere de fainct Iacques, le voifinage luy apporteroit de la confolation.

Somme qu'elle eft Efpoufée à Ioseph, lequel fi toft
qu'il l'euft efpoufée il l'emmena en fa ville de Nazaret, où vous noterez qu'eftás arriuez elle ne fe logea
pas, & ne demeura pas fi toft en la maifon de Ioseph
fon efpoux, ains en la fienne qu'elle auoit d'heritage
de fon pere, qui eft celle que les Anges ont portée à
Lorette, comme i'ay dit : La raifon pour laquelle ils
ne demeuroient pas enfemble, eft que la couftume
des Iuifs eft telle, & m'a-on dit qu'elle eft encore
au païs, qu'vn homme ayant efpoufé vne fille, elle demeuroit deux ou trois mois en fiançailles, feparée de
luy, & au bout du terme, ils conuenoient enfemble en mefme maifon, & confommoient le mariage.

Or durant cette feparation, & auparauant que
ces Efpoux facrez conuinffent enfemble en mefme
maifon, la nouuelle Efpoufée Marie eftant vn iour
en oraifon feruente dans fa chambre, vn Ange vint
qui luy annonça la nouuelle de l'Incarnation du
Verbe, & ce fut dés le commencement qu'elle arriua
à Nazaret, toute nouuelle Efpoufée.

Eftant donc à Nazaret, en ce mois d'Aouft mil
fix cens vingt-deux, i'ay appris que la tradition du
pays eft que Marie eftoit en priere dans fa chambre cy-deffus defcrite, & que faifant fon oraifon

T

à la mode des Iuifs (elle dis je qui en effect eſtoit
Iuiſue) ainſi que nous liſons en la Bible , que faiſoit Daniel durant qu'il eſtoit captif en Babilone,
à cauſe que le ſainct Temple de Hieruſalem eſtoit
vers l'Orient : Tandis qu'elle eſtoit dans ladite
chambre, tournant la face & iettant les yeux vers
l'Orient, voila qu'elle apperçoit vn Ange en forme
d'vn ieune homme qui entre par icelle, & la ſalüant
par ſon nom, luy donne nouuelle de la prochaine
Incarnation du Meſſie, tant deſiré d'elle & de toute
ſa Nation, & de plus que Dieu l'auoit choiſie pour
en eſtre la Mere, cela troubla vn peu cette ieune
fille, à cauſe que comme diſent les Peres, elle auoit
fait veu de Virginité, & elle ne ſçauoit pas encore
comment elle pourroit deuenir Mere & reſter Vierge. C'eſt pourquoy elle dit à l'Ange au milieu de ſon
trouble, & d'vne voix honteuſe & pudique. *Quomo-
do fiet iſtud* , comment eſt-ce que cela ſe pourra faire:
Mais eſtant aſſeurée de l'Ange, que cette Conception eſtant d'vne matiere ſurnaturelle , qu'elle ne
ſouffriroit aucun detriment en ſa Virginité. Elle ſouf-
mit ſa voloté à l'ordónance diuine, diſant voicy la ſer-
uante de Dieu, qu'il me ſoit fait ſelon ta parole, ô Ange & meſſager du Tres-haut, & n'euſt à peine cóſen-
ty à la volonté deDieu, qu'elle ſe ſentit enceinte, & có-
ceut en ces flancs le reparateur de la coulpe d'Adam.
    Ce fut donc en cette heureuſe maiſon où le Verbe
s'incarna & ſe rendit Fils de Marie, ce fut là où l'Ange
Gabriel luy vint annoncer cette bonne nouuelle dés
le cómencement qu'elle fut eſpouſée, auát qu'elle de-

meuraſt auec Ioſeph ſon Eſpoux, auant diſ-je qu'ils
conuinſſent enſemble en vne meſme maiſon.

Ce fut finalement de ceſte maiſon, d'où (ſi toſt
qu'elle fut acertenée par l'Ange, que ſa couſine Elizabeth ja vieille, eſtoit enceinte de ſix mois) elle ſe
partit ſoudain pour l'aller viſiter és montagnes de
Iudée. *Abiit in montana cum feſtinatione in ciuitatem Juda,*
& viſitauit Elizabeth, où il y a trois iournées & demie
de Nazaret ; car il falloit qu'elle allaſt de Nazaret à
Genim, de Genim à Samarie, de Samarie à Bir, de Bir
en Hieruſalem, & de Hieruſalem és montagnes de
Iudée. I'ay faict ce meſme chemin, qui eſt fort pierreux
& difficile, vne ieune femme comme elle ny pouuoit pas aller à pied ny ſeule, elle pouuoit auoir vn
aſne ou chameau, & vne feruante auec elle, car ie ne
croy pas que Ioſeph ſon eſpoux y allaſt, puis qu'elle
n'eſtoit pas encore ſous ſa tutele & puiſſance, ioint
que l'Eſcriture n'en faict aucune mention, comme
par apres elle faict mention qu'il la mena en Beth-
tleem, où elle accoucha, qu'il la mena au Temple,
offrit l'Enfant Ieſus, qu'il fut auec elle en Egypte, &
qu'il la mena encore en Hieruſalem, lors qu'ils y perdirent l'Enfant aagé de douze ans : la ieune femme
Marie s'en alla voir ſa couſine, & demeura là l'eſpace
de trois mois, comme dit l'Euangile, iuſques à ce que
ſa couſine fuſt accouchée du petit S. Iean : Ie remets
au traité de ſa vie à vous décrire ce lieu icy.

Les trois mois expirez l'Enfant eſtant nay, & la
ſaincte Vierge Marie ayant rendu tous les ſeruices à
elle poſſible à ſa couſine Elizabeth, elle s'en retour-

T ij

na à Nazaret, là où le temps estant expiré de ses fiançailles ou espousailles, & le terme estât escheu auquel
elle & Ioseph deuoient conuenir & demeurer ensemble , l'Euangeliste sainct Luc dit que , *antequam
conueniffent*, auant qu'ils conuinssent & demeurassent
ensemble, *inuenta est in vtero habens de spiritu sancti*,
Ioseph la pensant saluër & la coniouïr de son retour,
ou demander des nouuelles de sa cousine, il fut eston-
né qu'il apperceut que durant les trois mois de son
voyage , son ventre s'estoit vn peu enflé, & qu'elle
estoit enceinte : affaire qui luy donna plus à penser
qu'à dire , ignorant ce qui s'estoit passé entr'elle &
l'Ange, auant mesme qu'elle partist de Nazaret pour
aller voir sa cousine. Ce pauure homme se retire à sa
maison, tout pensif là dessus, de croire que ceste sienne nouuelle Espouse Marie eust fait bresche à son
hóneur, & luy eust máqué de fidelité, son esprit auoit
bien de la peine à faire ce sinistre iugement d'elle;
d'ailleurs, de s'aller imaginer que ce fust par vn miracle du Ciel, & qu'elle fust ainsi deuenuë enceinte sans
accouplement d'homme (ne sçachant pas ce qui s'e-
stoit passé apres le coloque de l'Ange) ce n'estoit pas
vne chose si commune pour aller penser cela. Cependant auec tout cela il voyoit bié qu'elle estoit enceinte A quoy se resolut-il, de l'accuser aux Prestres de la
Loy , comme adultere , non seulement il luy
eust fait perdre son honneur, mais elle eust esté la-
pidée, la Loy la condamnoit à cela: non il estoit trop
homme de bien pour luy iouër ce mauuais tour,
l'Escriture le dit en sainct Mathieu, *Ioseph cum esset vir
iustus*

iufques au Soleil leué du iour, cette colomne ne manque iamais à fuer des groffes gouttes d'eau, & mefme
lors qu'il doit arriuer quelque grande affaire à l'Eglife. Outre que le R.P. Iacques Religieux Obferuantin,
tres-homme de bien, Superieur de ce lieu, qui y demeure auec vn autre Religieux feulement, m'a iuré
ce que deffus, Dieu a voulu que i'y fois arriué le iour
de l'Affomption de noftre Dame au matin, pour y
dire la Meffe, comme ie fis, & quoy que la grande
fueur fufdite fut ja paffée, fi la colomne eftoit elle encore toute humide, ce qu'elle n'eftoit pas le lendemain que i'y dis encore la Meffe.

Le fecond miracle, ou pour mieux dire la deuxiefme forte de miracles qui fe continuë en ce lieu, eft fur
les creatures raifonnables, ce qui me le fait croire, eft
la grande deuotion que les pauures Chreftiens Schifmatiques ont en cette place, voire mefme les Mores
& Arabes, qui pour toutes leurs maladies viennent
en ce lieu, & prennent de la terre de ce cabinet, fe
frottent le dos & la tefte côtre cette colomne qui eft
au milieu, & font trois tours alentour, & difent qu'ils
gueriffent de leurs maladies, fpecialement les femmes
groffes qui ne pouuant y venir, enuoyent vn cordon
pour ceindre ce pillier, & puis s'en ceignét elles-mef-
mes, & difent qu'elles accouchent heureufement, &
quafi fans douleur, i'ay veu toutes ces deuotions de
ce peuple, qui me font croire que c'eft le lieu où
noftre ieune Efpoufe Marie fut heureufement en-
groffie par l'operation du fainct Efprit, qui fut en elle vn œuuré, qui ne pouuoit proceder que d'vn bras

T iij

tout puiſſant, comme la Vierge meſme, le chantoit
tout haut, diſant, *Fecit potentiam in brachio ſuo.* Il a monſtré icy la puiſſance de ſon bras.

Et ſi vous me demandez pourquoy les Anges
n'ont pas auſſi bien emporté le cabinet où elle eſtoit
lors qu'elle conceut Ieſus, & tout le reſte de la maiſon, comme ils ont fait la chambre. Ie vous reſpon-
dray en premier lieu qu'ils ont emporté la plus digne, car la ſeule Vierge alors auoit honoré ce cabinet de ſon attouchement & preſence viſible, & non
le Verbe ſi nouuellement fait Chair, qui ne touchoit
que les entrailles de ſa Mere, mais cette chambre-cy
a eſté honorée du toucher de tous les deux : ils y ont
couché, beu, & mangé, & cheminé l'eſpace de
vingt-cinq ans, depuis leur retour d'Egypte.

En ſecond lieu, ie reſponds qu'il eut fallu que les
Anges euſſent emporté vn Rocher, & vne piece de
la montagne, à la pante de laquelle eſt baſty Nazaret,
attendu que cette petite ville eſtant fort mal baſtie,
à la pante de trois ou quatre colines. La moitié des
chambres ſont cauées dans les montagnes, & pa-
roiſt ſeulement dehors la face des maiſons auec vne
chambre, telle eſtoit celle que les Anges ont emportée, laiſſant le reſte des chambres enfermees ſoubz le
roc.

Ce fut donc en cette heureuſe maiſon où le Verbe
s'incarna & ſe rendit Fils de Marie, ce fut là où l'Ange
Gabriel luy vint annoncer cette bonne nouuelle dés
le commencement de ſon mariage, auant qu'elle de-
meuraſt auec Ioſeph ſon mary, auant diſ-je qu'ils

conuinffent enfemble en vne mefme maifon.

Ce fut finalement de cette maifon, d'où (fi toft
qu'elle fut acertenée par l'Ange, que fa coufine Elizabeth ja vieille, eftoit groffe de fix mois) elle fe partit foudain pour l'aller vifiter és montagnes de Iudée.
*Abijt cum feftinatione in monte Iudeæ, & vifitauit Eliza-
beth*, où il y a trois iournées & demie de Nazaret,
car il falloit qu'elle allaft de Nazaret à Genim, de Genim à Samarie, de Samarie à Bir, de Bir en Hierufalem, & de Hierufalem és montagnes de Iudée. I'ay
faict ce mefme chemin, qui eft fort pierreux, &
difficile, vne ieune femme comme elle n'y pouuoit
pas aller à pied, ny feule, elle pouuoit auoir vn afne
ou chameau, & vne feruante auec elle, car ie ne croy
pas que Iofeph fon mary y allaft, puis qu'elle n'eftoit
pas encore foubz fa tutelle, & puiffance, ioint que
l'Efcriture n'en faict aucune mention, comme par
apres elle faict mention qu'il la mena en Beth-
léem, où elle accoucha, qu'il la mena au Temple,
offrit l'Enfant Iefus, qu'il fut auec elle en Egypte, &
qu'il la mena encore en Hierufalem, lors qu'ils y perdirent l'Enfant aagé de douze ans : la ieune femme
Marie s'en alla voir fa coufine, & demeura là l'efpace
de trois moys, comme dit l'Euangile, iufques à ce
que fa coufine fuft acouchée du petit fainct Iean : Ie
remets au traité de fa vie, à vous defcrire ce lieu
icy.

Les trois mois expirez l'Enfant eftant nay, & la
faincte Vierge Marie ayant rendu tous les feruices à
elle poffible à fa coufine Elizabeth, elle s'en retour-

na à Nazaret, là où le temps eftant expiré de fes fiançailles ou efpoufailles, & le terme eftât efcheu, auquel
elle & Iofeph deuoient conuenir & demeurer enfemble, l'Euangelifte fainct Luc dit que, *antequam
conueniſſent*, auant qu'ils conuinſſent & demeuraſſent
enfemble, *inuenta eft in vtero habens de Spiritu ſancti*,
Iofeph la penfant faluër, & la coniouïr de fon retour,
ou demander des nouuelles de fa coufine, il fut eftonné qu'il apperceut que durant les trois mois de fon
voyage, fon ventre s'eftoit vn peu enflé, & qu'elle
eftoit groffe : affaire qui luy donna plus à penfer qu'à
dire, ignorant ce qui s'eftoit paffé entre elle & l'Ange, auant mefme qu'elle partift de Nazaret pour aller
voir fa coufine. Ce pauure homme fe retire à fa maifon, tout penfif là deffus, de croire que cette fienne
nouuelle Efpoufe Marie euft faict brefche à fon honneur, & luy euft manqué de fidelité, fon efprit auoit
bien de la peine à faire ce finiftre iugement d'elle,
d'ailleurs, de s'aller imaginer que ce fuft par vn miracle du Ciel, & qu'elle fuft ainfi deuenuë groffe, fans
accouplement d'homme, ne ſçachant pas ce qui s'e-
ftoit paffé apres le coloque de l'Ange, ce n'eftoit pas
vne chofe fi commune pour aller penfer cela. Cependant auec tout cela il voyoit bien qu'elle eftoit groffe.
A quoy fe refout-il, de l'accufer aux Preftres de la
Loy, comme adultere, non feulement il luy
euft fait perdre fon honneur, mais elle euft efté la-
pidée, la Loy la condamnoit à cela : non il eftoit trop
homme de bien, pour luy iouër ce mauuais tour,
l'Efcriture le dit en fainct Matthieu, *Iofeph cum eſſet vir*
iſtus

istus noluit traducere eam, il s'aduisa d'vn autre expedient:
c'est qu'il se resolut de la laisser, & abandonner occul-
tement, & sans bruit. *Voluit oculte dimittere, illam* : de-
sein, qui veritablement fortifie beaucoup la creance
que i'ay, que Ioseph n'estoit point encore demeurât
auec sa femme, & que tout cela fut fait, *antequam
conuenissent*, auant qu'ils conuinssent ensemble, en
mesme maison. Car s'ils eussent ja demeuré ensemble il n'eust pas peu la laisser si secrettement que toute la ville, & ses parens n'eussent bien veu que Ioseph
ne demeuroit plus auec sa femme, qui eust donné
assez de subject de s'enquerir de la cause, qui ne pouuant estre celée aux Prestres de la Loy, n'eussent pas
manqué de faire mourir cette innocente ieune femme Marie : il n'auoit donc encore demeuré auec elle,
dont se resiouïssant en luy mesme, il dit, comme i'ay
bien attendu ces trois mois passez, sans prendre ma
femme auec moy, ie tascheray de pousser encore le
temps à l'espaule, me faisant naistre des occasions
pour aller trauailler aux champs, ou faire quelque
autre chose, qui me fera iuger du monde excusa-
ble de ne la prendre si tost, en fin ie verray ce qui ar-
riuera de cét affaire.

Sur cette agitation de pensée, Ioseph s'endort, &
voila que dans son sommeil, Dieu luy enuoye vn
Ange pour guarir son esprit de l'inquietude qui l'a-
gitoit, sur le doute de la pudicité de sa femme, cét Ange luy dit, Ioseph, *Noli timere, accipere Mariam coniugem
tuâ, quod enim in ea natum est, de Spiritu sancto est, &c.* Ne
crains point, Ioseph, ne crains point de prendre auec

V

toy Marie ta femme. (Notez ces paroles, ne crains point de prendre ta femme, vous voyez par là, qu'encore qu'elle fust sa femme, il ne l'auoit point encore prise auec luy, & n'auoient point encore demeuré ensemble:) ne crains point de prendre ta femme Marie, dit l'Ange, parce que ce qui est cóçeu en elle, l'Enfant dont elle est grosse n'a point de pere en terre comme les autres : Elle est deuenuë grosse comme tú la vois d'vne façon toute nouuelle, sans preiudice de son integrité Virginale. C'est vn œuure du sainct Esprit, prends la donc hardiment auec toy, & l'Enfant qu'elle aura, tu le nommeras Iesus, qui veut dire Sauueur, parce que ce sera luy qui sauuera tout son peuple du mal-heur de l'Enfer, auquel les pechez le vont precipitant.

Ioseph esueillé de ce songe tout plein de ioye, s'en va trouuer sa femme Marie, l'accepte pour femme, & parce que la maison de sadite féme estoit plus logeable, il logea du depuis là dedans auec elle, se seruant neantmoins de sa maison, à luy, à cause de la commodité de la boutique où il trauailloit tout le iour, de son mestier de charpentier, & reuenoit le soir coucher à la maison de sa femme, couchant à part dans vne autre chambre que celle de sa femme, laquelle chambre est encore demeurée à Nazaret, ie le sçay pour l'auoir veuë.

Depuis cette heure là, le respect que Ioseph portoit à sa femme Marie, estoit si grand qu'il la reueroit plus qu'vn Ange : ne cessant iusques à la mort de benir Dieu, de l'auoir si hautement allié. Ie ne sçay pas combien il vefcut auec noftre Dame, depuis qu'ils eurent retrouué Iefus au Temple, aagé de douze ans, mais ie sçay bien qu'eftant mort il fut enfepulturé en la valée de Iofaphat, auprés de fon beau pere & de fa belle mere, fainct Ioachim, & fainéte Anne, & que fon tombeau ayant efté ouuert par les Chreftiens pour enleuer fes offemens, comme on a fait ceux de fes parens fufnommez, on ne trouua rien dedans, qui nous fait croire pieufement qu'il fut du nôbre de ceux qui reffufciterent, & monterent au Ciel auec Iefus fon Fils, & fon nourriffon.

Et pour reuenir à noftre Dame fa veufue, l'on peut dire que toute la vie qu'elle a menée fur terre, a efté vn continuel martyre d'efprit: ie laiffe à part les apprehenfions continuelles, qu'elle auoit lors qu'elle fçauoit qu'Herode faifoit chercher fon Fils, la peine corporelle qu'elle eut de le porter en Egypte, & puis le rapporter: & me contenteray de vous faire voir deux cruels & fafcheux martires d'efprit, que pour l'amour de fon Fils, elle fouffrit en fa vie, tous deux fur deux montagnes, l'vn fur la montagne de Nazaret en Galilée, l'autre fur la montagne du Caluaire en Iudée.

Celuy de Galilée fut tel, i'ay appris dans Nazaret cette tradition, qu'ils ont là de pere en fils: à fçauoir qu'vn iour Iefus de Nazaret Fils de Marie, ayant prefché dans la Synagogue des Iuifs (ainfi que l'a remarqué auffi l'Euangelifte) & leur ayant defpleu, ils fe mutinerent contre luy, & le pouffant & chaffant ignominieufement hors de la Sygnagogue, ils refolu-

V ij

rent par enfemble de le precipiter, & pour ce faire
l'Euágelifte dit qu'ils le menerent & conduifirent fur
vne montagne. *Supra quem ciuitas illorum erat fundata,*
fur laquelle leur ville de Nazaret eftoit fondée, & en
effect, c'eft vne montagne tout vis à vis des feneftres
de la maiffon où demeuroit noftre Dame & fon Fils,
qui commence à deux cens pas de fa porte, & en y
allât, il ne femble pas que vous montiez, mais quand
vous eftes au bout, là où ils voulurent precipiter noftre Seigneur, c'eft vn effroyable precipice : Or comme ils chaffoient, & pouffoient ainfi deuant eux
noftre Seigneur, auec mille ignominies, & peut eftre
à coups de pieds & de poings, quelques perfonnes
pieufes en vindrét doner aduis à Marie fa Mere, qui
eftoit au logis, laquelle fut auffi-toft efmeuë, & bruf-
quemént laiffant ce qu'elle faifoit, fort en difant ces
mots toute efperduë! ô Iefus! ô mon Fils! où és tu maintenant, & ainfi courant apres ces canailles pour
les r'ateindre, & s'expofer à la mort, pour arracher fon
Fils de leurs impies mains, elle n'eut pas fait cinquante pas fur le commencement du plein de cette montagne, ayant toufiours fon efprit plus loing que fon
corps, qu'elle entend tout à coup vn grand cry de
ioye des voix confufes de toute cette canaille qui tenoient fon Fils, peut-eftre pour luy auoir donné
quelque coup à plaifir, où pour l'auoir fait choir fur
quelque pierre aigue & tranchante, comme la montagne en eft toute couuerte (qui me penferént coupper les fandales fouz les pieds) à ce cry dif-je, l'amou-
reufe Mere s'imaginant que le coup eftoit faict,

qu'ils l'auroient ietté & precipité; l'amour incompa-
rable, par deſſus tout amour de Mere, qu'elle portoit à ce cher Enfant, ſon treſor & ſon Dieu, luy cauſa
en l'ame vne telle crainte & apprehenſion d'en eſtre
deſia priuée, qu'elle tomba, non paſmée, ny eua-
noüye, mais outrée de la douleur & apprehenſiő que
luy cauſoit l'amour, & demeura en ce meſme lieu, lequel lieu a eſté ſi ſoigneuſement remarqué, & ſi religieuſement reueré des premiers Chreſtiens, qu'ils
l'ont tenu comme le lieu du premier martyre de Marie, la premiere martire pour Ieſus, en memoire de
quoy anciennement on y baſtit vn monaſtere de filles Religieuſes de l'Ordre ſainct Benoiſt & nomma-
t'on ce lieu, noſtre Dame de la crainte.

Voſtre eſprit ne s'ouure t'il pas maintenant à l'intelligence de ce beau paſſage de l'Eſcriture, où l'on
attribuë ces epitetes, & ces tiltres à la Vierge, de Mere du bel amour, & Mere de la crainte. *Ego mater pul-*
chre dilectionis & timoris. Puis qu'en effect l'amoureux
Ieſus qu'elle auoit enfanté, luy fit encore enfanter
cette crainte, qui luy cauſant ce martyre d'eſprit, a encore quant & quant accomply cette Prophetie par
le tiltre, qui par inſpiration diuine a eſté donné à ce
Monaſtere.

Il me ſemble que ce doit eſtre vne conſolation
grande à toutes les filles Religieuſes, qui militent ſouz
la Banniere du Pere ſainct Benoiſt, voyant qu'elles
ont eſté les ſeules & vniques heritieres de Marie, Mere de Ieſus, elles ont herité de la maiſon où elle eſt
née en Hieruſalem, du Temple où elle fut preſentée,

& où elle se rédit leur souueraine & premiere sœur &
Abbesse, & puis de ce lieu, où la crainte de perdre Iesus la rédit premiere martyre d'esprit, leur laissant cét
exemple pour vne leçon tres-necessaire, par laquelle
elle leur enseigne (comme aussi à nous tous) de souffrir toutes sortes de peines & de martyres d'esprit,
pour la crainte de perdre Iesus, par vn peché mortel,
parce que le peché mortel precipite Iesus, & le faict
tomber de nostre ame.

Le deuxiesme martyre d'esprit que souffrit nostre
Dame, fut en Iudée sur le mont de Caluaire, lors que
son Fils en Croix, expirant de douleur, elle au pied
de la Croix, expira par amour : car si en ces deux corps
il n'y auoit qu'vne ame, ou bien deux esprits, que l'a-
mour par vne sainte Alchimie auoit reduits en vn:
ou pour mieux dire, si l'ame de Marie estoit plustost
enclose dans le corps de Iesus, qu'elle aymoit, qu'au
sien propre qu'elle animoit, n'est-il pas aysé à croire
que le coup rigoureux de l'impitoyable mort, qui rauit l'ame du corps du Fils, enleua encore par consequent celle du corps de la Mere : & ainsi d'vn mesme
couple Fils & la Mere furent pour nous sacrifiez au
Caluaire, & fut renduë martyre auec son Fils.

Mais comme péu de temps apres la vie fut renduë au Fils pour ne plus iamais mourir, elle fut encore renduë à la Mere pour remourir vne autre fois,
non de douleur, mais de douceur. Apres que son Fils
Iesus fut resuscité, & qu'elle eut le contentemét de le
voir monter au Ciel, elle alla auec les Apostres & Disciples s'enfermer dans le Cenacle sur le mont Sion,

pour attendre en oraifon & prieres, la venuë du fainct Efprit, pour l'aquit des promeffes que leur auoit faites fon Fils, & en effect le receut comme les autres. Où vous noterez en paffant que comme l'amour de fon Fils la rendit deux fois en efprit martire auec douleur, auffi le mefme amour de fon Fils (qui eft le fainct Efprit) la - t'il rendu deux fois fa depofitaire auec douceur, car elle receut deux fois le fainct Efprit. La premiere fois fut lorsque le Ciel enuoya le Verbe en terre, au fein de la Mere pour le rendre mortel, & le couronner d'efpines parmy les hommes, *fpiritus fuper veniet in te, &c.* le fainct Efprit defcendra en toy Marie, luy dit l'Ange, &c. où elle le receut auec ioye. La feconde fois, fut lors que la terre rendit ce Verbe au Ciel, apres l'Afcenfion, au fein, & à la dextre du Pere, luy rendant immortel, & couronné de gloire parmy les Anges, & ce fut au iour de la Pentecofte, dix iours apres l'Afcenfion, que le mefme Efprit defcendit fur elle comme fur les autres : Tout cecy eft plus feant à mediter, que neceffaire d'efcrire, entant que l'Efcriture, ny la tradition n'en difent rien, la feule ame deuote fe les pourra imaginer telles qu'il eftoit feant à la Majefté de fon Fils glorieux de communiquer à la Mere, qui pour l'amour de luy auoit receu de fi rigoureufes alarmes dans fon cœur, & verfé tant de larmes de fes yeux.

Apres qu'elle eut receu le fainct Efprit, elle choifit ce mont de Sion pour demeurer le refte de fes iours, & de fait y fit baftir vne petite maifonnette à cinquante pas du grand Cenacle, qui eft faite tout

comme vn Hermitage, où il y a deux petites cham-
brettes, l'vne où elle couchoit, & l'autre tout à tenant,
où l'on tient que sainct Iean l'Euangeliste luy disoit la
Messe, & la communioit, tant qu'il demeura en ces
quartiers, & apres son depart quelqu'autre des A-
postres ou Disciples.

Cette maisonnette n'est pas restée entiere, la Chappelle est quasi toute ruinée, & n'y reste pas trois pieds
de muraille alentour, qui fait pourtant voir comme
elle estoit, mais la chambre de nostre Dame est seulement descouuerte, & vn peu de pierres ostées. En
somme elle se voyoit fort bien ; ie pensay estre lapidé de femmes & d'enfans, qui crioyent apres moy,
parce que ie desirois par deuotion arracher quelque
pierre de ceste saincte maisonnette, mais ils eurent
beau crier, car i'eus ce que ie desirois.

Cette demeure que la Vierge choisit pour elle sur
ce mót de Sion, & où elle est morte. Nous ouure encore l'esprit pour entendre ces paroles de l'Escriture
que l'Eglise attribuë à cette saincte martyre d'amour,
*& sic in Sion cófirmata sum, & in Ciuitate sáctificata similiter
requieui.* Ie me suis fermée, & arrestée en Sion, y faisant
ma demeure depuis la mort de mó Fils, & mesmemét
dans la saincte Cité, ie suis morte : & à ce que ceux
qui comme moy ont esté en Hierusalem, ayant veu
que ce mont de Syon n'est pas dans la saincte Cité, où
Cité sanctifiée, ne me viennent à dementir, ie les
supplie de croire qu'au temps de nostre Dame, & encore bien long temps apres, ce mont de Syon estoit
enfermé dans la ville, mais apres que les murs de
la

la ville furent demolis par Tite & Velpafien , & lors
que l'on a par apres refait lefdits murs, l'on a retran-
ché ledit mont, & l'a-t'on mis hors la ville:& d'vn autre cofté ont enfermé le mont de Caluaire dedans, di-
minuant la ville d'vn cofté , & l'agrandiffant d'vn autre :la Vierge eft donc morte dans Hierufalem comme elle eftoit née dans Hierufalem, de forte qu'on la
peut appeller fille de Hierufalem.

Peu de temps apres qu'elle & les Apoftres eurent
receu le fainct Efprit , & que defia ils s'eftoient dif-
percez pour la plufpart, il arriua vne rumeur des Iuifs
à l'encontre de fainct Eftienne , fi que vaincus de fes
paroles diuines, ils fe voulurent vanger de l'affront
qu'ils pretendoient auoir receu de luy, de forte qu'ils
le lapiderent , & ie dis cecy hors de fon lieu (fans preiudice de ce que i'en diray en la quatriefme Claffe)
pour faire encore vne belle remarque fur la vie de
noftre Dame. La voicy.

Comme nous eftions au iardin d'Oliuet , on nous
monftra vne place, vn petit coin, où l'on tient par tradition que la faincte Vierge eftoit, tandis qu'on lapi-
doit fainct Eftienne , & prioit Dieu pour luy, ce lieu
eft à vn iet de pierre du lieu où les trois Apoftres dor-
moient tandis que noftre Seigneur faifoit fon oraifon, c'eft pres du iardin des Oliues, & de ce lieu on
void facilement celuy où fainct Eftienne fut accablé
de pierres , dont ie parleray en fon lieu. De forte que
la Vierge facrée voyant ce pauure Martyr accablé
foubz les pierres, elle fe mit à genoux priant fon Fils
de donner courage & confolation à ce fien fidelle

X

Difciple: ô merueilleufe efficace de l'oraifon de la Vierge Marie! qui fçait fi ce ne fut point en faueur de fa priere que Iefus fon Fils ouurit les Cieux, & fe manifefta à ce fidelle tefmoin de fa diuinité humani-fée.

O qu'heureufe feroit la creature qui au milieu de fes tourmens, maladies, afflictions, & tentations, feroit affeuré que Marie la Mere de Iefus prie pour elle, car pour quiconque priera la Vierge, le Ciel ne luy peut eftre fermé.

Ie me fouuiens à ce propos d'auoir vn iour entendu dire à vn Diable qui poffedoit vne ieune femme, ces paroles, comme ie luy monftrois vne petite image de la faincte Vierge, ô la mefchante (difoit ce Demon) elle me rauit tout ce qui eft à moy : elle retire par fes oraifons qu'elle fait à fon Fils, des ames qui e-ftoient ja vn pied dans l'Enfer, & les porte dans le Ciel : Quand vne fois elle reprend le falut de quel-qu'vn de fes deuots, & qu'elle defcouure à fon Fils les tetins & mamelles, defquelles il a fuccé le laict, ce Fils ne luy peut rien refufer. Ie dis tout cecy pour vous rendre plus facile à croire pieufement que ce pouuoit eftre par la force de fes prieres que les Cieux furent ouuerts à fainct Eftienne.

Auffi l'oraifon eftoit vn des principaux exercices que fit noftre Dame, depuis la Pentecofte iufques à fa mort, fi ce n'eft que tous les iours elle ne manquoit point de fortir de la ville par vne porte, & apres auoir vifité à pied tous les lieux des enuirons que fon Fils auoit honorez de fa prefence corporelle, pendant

& vn peu deuant sa Passion, iusques à son Ascension, & elle retournoit en sa chambre au mont de
Sion.

Et vn iour entre les autres, qu'elle faisoit ce sien
pelerinage quotidien, apres auoir visité, & amoureusement baisé les vestiges & marques des pieds, que
son Fils laissa sur le mont des Oliues, à la descente de
la montagne, il y a vn lieu remarqué de l'antiquité,
auquel on dit qu'vn Ange l'aborda, & luy donnant
humblement vne palme en main, luy dict de la part
de son Fils qu'elle s'en retournast à sa maison, & que
le terme de ses iours estoit acheué, qu'il falloit quelle mourust aussi tost, retournant en sa maison auec
sa palme, elle se coucha & rendit son ame entre les
mains de son Fils.

Sainct Denis Areopagite, & Iuuenal Archeuesque de Hierusalem, asseurent que les Apostres furent miraculeusement portez par les Anges en la
chambre de la Vierge, pour assister à ses funerailles,
desquelles ie ne diray que cela.

Si tost qu'elle fut morte, les Apostres accompagnez
d'vn nombre de Chrestiés de la ville, porterent inhu-
mer ce corps Virginal hors de la ville, dans la valee de
Iosaphat, où estoit ja enterrez son pere, sa mere &
son mary, tout proche de la grotte où son Fils fit son
oraison auant sa Passion, auquel lieu les premiers
Chrestiens ont basty vne fort belle Eglise souz terre,
qui est encore tres-entiere, il y faut descendre pres
de cinquante marches, qui ont plus de quinze pieds
de longueur, & en descendant il y a au milieu de l'es-

X ij

calier vne petite niche ou Chappelle à chaque cofté
d'iceluy : à celle de la main droite font les corps de
fainct Ioachim & de faincte Anne, à celle de la main
feneftre eft la fepulture de fainct Iofeph., au bas de
l'Eglife tout deffoubz terre, & où on ne void le iour
que par la porte, & auec des flambeaux ou lampes.

A ce fepulchre les Turcs & Mores ont telle deuotion, que fouuent ils y vont faire leurs prieres, fpecialement les femmes que l'on void à trouppes fortir de
la ville, dés l'ouuerture de la porte pour defcendre à la
valée de Iofaphat, & faire leurs prieres en ce fainct
lieu tant reueré d'elles.

De ce fepulchre la faincte Vierge reffufcita, & fut
par les Anges enleuée dans le Ciel auec fon Fils, ainfi
que croit toute l'Eglife, où vous noterez en paffant
que fon Fils Iefus monta au Ciel du mont des Oliues,
& fa Mere y monta de la valée, car la valée de Iofaphat
eft au bas de la montagne des Oliues.

Voila tout ce que i'ay peu remarquer de particulier fur la vie de noftre Dame, que ie foubmets à la
douce correction de ceux qui auront mieux remarqué que moy, mais au moins pouuez vous croire que
cette defcription des lieux eft au plus naïf qu'il fe
peut, fi ie trompe le Lecteur, il faut que mes aureilles & mes yeux l'ayent efté premierement, voyons les
chofes remarquables fur la vie, mort, & Refurrection
de noftre Seigneur.

LA VIE, MORT, RESVRRECTION,

& Afcenfion de Iefus-Chrift, auec la defcente du fainct Efprit.

ET LES LIEVX APPARTENANS
efdits Myfteres.

E Verbe Eternel, Fils de Dieu, fut faict
Fils de Marie, par l'Incarnation, eftant
conceu dans fes Virginales entrailles,
par l'operation du fainct Efprit, c'eft à
dire d'vne façon fi extraordinaire, &
hors du pouuoir de la nature, qu'elle ne peut partir
que d'vn bras tout-puiffant de l'efprit qui peut tout,
& cela fut en vne fort petite ville de Galilée, nommée
Nazaret, caufe pourquoy l'on appelloit ce Fils de
Dieu, & de Marie, Iefus de Nazaret, prenant pour
furnom le nom de la ville où il auoit efté conceu.

La ieune femme, & Vierge Marie, approchant le
terme de fa couche, l'Empereur Tibere Cefar, fit publier vn commádement, que tous ceux qui eftoient
de la race & famille de Dauid, euffent à fe trouuer à
quelques villes qui leur eftoient affignées; or comme
Iofeph & Marie fa femme eftoient de cette race de
Dauid, & que Bethleem fut la ville qui leur efcheut
comme vne des principales de Iudée, ils s'y en allerent
tous deux, où il y a trois grandes iournées de chemin depuis Nazaret.

X iij

Eſtant arriuez en Bethleem, quaſi des derniers,
& les places eſtant priſes ils n'y peurent loger : ſainct
Luc dit que, *Non erat ei locus in diuerſorio*, il n'y auoit
point de place pour eux dans le diuerſoire.

Pluſieurs croyent que Ioſeph & Marie eſtans arriuez en Bethleem, ils s'en allerent par toutes les hoſte-
leries, de porte en porte, chercher à loger, & que
parce qu'ils eſtoient pauures, & n'eſtoient pas pour
enrichir beaucoup l'hoſtelier par leur deſpence, ils ne
trouuerent aucun qui les vouluſt receuoir, c'eſt tout
d'vn coup commettre deux manquemens en l'explication de ce paſſage, *Non erat ei locus in diuerſorio*. Car
outre qu'ils n'entendent pas le mot *diuerſorium*, ils
mettent encore vn plurier pour vn ſingulier.

Notez donc pour voſtre contentement, que diuerſoire ne veut pas dire vne hoſtelerie : car comme
il n'y en a point en tout ce païs de delà, auſſi y a-t'il apparence qu'il n'y en eut iamais gueres, & qu'ils re-
tiennent encore l'ancien vſage qu'ils auoient, mais en
toutes les villes il y a vn certain diuerſoire, qu'ils appellent à preſent vn Carauaſſara où logét les Cauaranes,
Carauanes ou compagnies d'eſtrangers, ou bien s'appellent vn camp : c'eſt vne petite halle, où il y a vne aſſez belle cour, & à l'entour il y a des eſtables voutées,
ou galeries, & peut-eſtre quelque chábre pour quelque Seigneur, ou pour qui la payeroit bien. En ce
lieu là diſ-je, logent tous ceux qui arriuent de dehors,
hommes, cheuaux, chameaux, aſnes, & mulets, &
tout cela emmy la place, & à l'air, parce qu'il n'y pleut
pas tant qu'icy. Auſſi voyez-vous que ſainct Luc ne

dit pas en plürier qu'ils ne trouuerent pas place dans
les diuersoires, mais *in diuersorio*, dans le diuersoire.
Comme donc Dieu eut permis qu'ils ne se peurent
accommoder auec cette multitude, dont ce lieu re-
gorgeoit, sa souueraine prouidence, n'ayant pas iugé
à propos que cette ieune femme Marie accouchast
parmy vne si grande confusion de peuple & de bestes, Ioseph & elle furent contraints de sortir de la
ville, & d'aller chercher le couuert soubz quelques
masures, ou dans quelque cauerne, de la montagne, sur laquelle la ville est fondée, & Dieu voulut
qu'à la pante de la montagne, ils trouuerét place dans
vne petite grotte ou carriere sousterraine, dans laquelle il y auoit desia quelqu'vn qui aussi bien qu'eux
estoit venu vn peu tard : ils s'accommoderent là dedans, où peu apres la ieune femme Marie sentant
son heure d'accoucher, se tira à l'escart, au bout de la
cauerne, en vn endroit vn peu mieux abrié, auquel
entretenant son esprit sur le desir, sainctement im-
patient de voir de ses yeux, celuy qui estoit desiré depuis tant de siecles, elle fut tout estonnée, que comme le corps de la lumiere se donne entrée dans nos
chambres, nos verrieres estans fermées sans les
rompre, les laissant illezées, ainsi son Fils, cette lumiere diuine qu'elle portoit en son ventre se donna
sortie, & parut deuant ses yeux à terre, sans faire aucune ouuerture à son corps.

Apres que la nouuelle accouchée Marie eut veu,
adoré, & auec toute reuerence baisé ce cher Enfant,
elle l'osta du lieu où elle l'auoit enfanté, qui est où

vous voyez vne eſtoille, au bout de la cauerne, *&*
reclinauit cum in præſæpio. Et le mit dans vn petit coing,
où on deſcend deux ou trois degrez, où il y auoit vn
bœuf & vn aſne, & le mit dans leur mangeoire pour
eſtre echauffé de leur hallaine ; & notez que cette
creiche ou mangeoire eſtoit tout bas contre terre,
parce que cét endroit eſt fort bas ſoubz le roc.

Il y a en cette cauerne deux choſes digne de remarque, la premiere eſt qu'en la place où naſquit Ieſus,
lors qu'o la nettoya, on trouua vne grãde pierre ronde, laquelle pierre eſtant comme pierre marbrée,
ainſi qu'eſt tout le roc, & eſtant de couleur blanche, il
s'y eſt trouué vne veine rouge qui repreſente vne
ieune femme à genoux, toute courbée, & à mains
iointes, qui adore vn petit Enfant qui eſt de trauers
deuant elle. La ſeconde choſe que i'ay veuë digne de
remarque, eſt dans ce petit coing, où eſtoit la mangeoire ou creiche, laquelle ayant eſté portée à Rome en l'Egliſe de ſaincte Marie Majeure, ſaincte Paule en faiſant faire vne autre de marbre blanc, au meſme endroit, il s'eſt trouué dãs vn coſté de ladite mangeoire ou creiche, vne veine toute noire, laquelle
repreſente naïfuement vn homme couché mort, la
main ſoubz ſa teſte, vne grande barbe, & vn grand
capuçon pointu comme les noſtres, ainſi que les portoient les Hermites de ce temps-là, ſur leſquels ſe
regla noſtre pere ſainct François, & tient-on que c'eſt
le vray pourtrait de ſainct Hieroſme ; lequel par deuotion qu'il auoit en ce lieu y finit ſes iours, & fut enterré dans vne autre grotte qu'il fit faire aupres, où
　　　　　　　　　　　　　　　　　　　　　　ſont

font auec luy la fepulture de faincte Paule, de S. Euftochium, & d'vn fainct Eufebe : au bas de la montagne où eft cette grotte, il y a vn beau valon comme
vn pafturage qui va en tournant vn peu, dás lequel,
& enuiron vn quart de lieuë de la grotte, eftoient les
pafteurs, lors que l'Ange leur annonça la nouuelle
naiffance de l'Enfant; auffi fainct Luc dit que ces pafteurs eftoient tout aupres, *erant in regione eadem* : affez pres de ce lieu il y a les ruines du Monaftere de
faincte Paule & d'Euftochium.

Pour reuenir à Marie, noftre nouuelle accouchée,
ie defire fauuer icy l'honneur de fon integrité Virginale, en cét accouchemét, commë i'ay fait en la Conception de fon Fils, & vous donner l'intelligence d'vn
paffage de l'Efcriture qui eft fort mal expliqué & entendu de la plufpart, qui les rend empefchez de ref-
pondre nettement aux Caluiniftes, ennemis de Iefus, & de la pudicité de fa tres-faincte Mere.

L'Euágile de S. Luc, parlát de Iofeph Efpoux de Marie, dit qu'il ne l'a point cogneuë iufques à ce qu'elle
euft enfanté fon premier nay, *Iofeph autem non cognouit
eam donec peperit primogenitum fuum,* donc, difent les he-
rétiques, Iofeph l'a cogneuë par apres, entendant parler de la cognoiffance ou copulation charnelle, à
quoy nos Docteurs refpondent que la confequence
n'eft pas bonne, les vns expliquát ce paffage d'vne fa-
çó, & les autres d'vne autre; mais au nó de Dieu enté-
dez cette tres-veritable explicatió, & fi vous la iugez
telle, donnez-en la gloire à Dieu, & en eftimez dauantage Marie, oyez-la, tout eft fondé fur ce mot de co-

Y

gnoiſtre,& dis tout aſſeurément que par ces mots Ioſeph ne l'a point cogneuë: l'Euangeliſte n'entend
point parler de la cognoiſſance ou approche charnelle, ains de la cognoiſſance, ſpirituelle. Et encore
faut il diſtinguer cette cognoiſſance ſpirituelle, en cognoiſſance infuſe,& cognoiſſance experimentale: cóme qui diroit le Roy cognoſſoit bien vn tel Gentil-
homme par les bons recits que l'on auoit faits à ſa
Majeſté de ſa generoſité, mais il ne l'auoit pas encore cogneu parfaitement, iuſques à ce qu'il euſt veu
dernierement ce braue exploit qu'il fit au ſiege de
la Rochelle. Ainſi Ioſeph auoit bien cogneu la pudicité de ſa femme, par la cognoiſſance infuſe qui luy
fut donnée d'enhaut, & par le bon recit que luy en
fit l'Ange, lors que la voyant groſſe au commencement, & ne ſçachant que penſer d'elle, il demeura
aſſeuré de ſa Virginité en la Conception de l'Enfant:
de penſer neantmoins qu'elle deuſt par apres enfanter d'vne autre maniere que les autres,& que l'Enfant
deuſt ſortir ſans ſe faire aucune ouuerture, le bon
homme ne ſongeoit guere à cela, mais quand il vit
paroiſtre cét adorable Enfant deuant ſes yeux, ſans
douleur ny trauail de la Mere, ſans qu'elle le fuſt
plainte, ny couchée, ſans aucune lezion de ſon integrité, qu'apres l'enfantement, il vit la Mere exempte
des incomoditez & beſoins communs à toutes les autres nouuelles accouchées, alors il cogneut par cette ſcience experimentale les merites & grandeurs de
celle dont il n'auoit eu qu'vne ſcience & cognoiſſance infuſe. Auſſi vn autre Euangeliſte (dit-il) au lieu de

non cognouit eam, il ne l'a point cognuë, il met dif-je
non cognofcebat eam, Iofeph ne la cognoiſſoit pas telle qu'elle eſtoit par cette cognoiſſance experimentale, iuſques à ce qu'elle euſt enfanté ſon premier
nay, & qu'il euſt veu les choſes extraordinaires qui ſe
paſſerent en cét enfantement: car alors ſeulement la
cogneut-il.

Et ce que l'Euangeliſte dit, qu'elle enfanta ſon premier nay, ne contredit point à cecy; ains monſtre par
conſequent qu'elle a eu d'autres enfans apres, car côme la generation temporelle du Verbe Incarné, &
nay d'vne Mere ſans Pere, correſpôd à proportion à la
generatiô eternelle du Verbe incréé, & nay d'vn Pere
ſans Mere; auſſi, côme en cette generation & enfantement Eternel, ſainct Paul ne feint point d'appeller
ce Verbe premier nay du Pere; quoy qu'il n'ait iamais engendré que ce Fils : *Cum iterum introduxiſſet
primogenitum ſuum in orbem terrarum* , ayant derechef
introduit ſon Fils premier nay ſur la terre, anſi ſainct
Luc en cette generation & enfantement temporel,
ne feint-il point de dire de Marie, qu'elle a enfanté
ſon premier nay, quoy qu'elle n'ait iamais eu d'autres
enfans depuis Ieſus.

Y ij

DE LA CIRCONCISION DE
Jesus.

NE nous imaginons pas que ce fut Simeon, ou le grand Prestre qui circoncit nostre Seigneur, non; mais ce fut celuy-là mesme qui luy imposa le nom de Iesus. Or fut-il commandé à Ioseph par l'Ange, dés le commencement de sa Conception qu'il le nommast Iesus, *vocabis nomen eius Iesum.* Disons aussi que ce fut luy qui le circoncit, & puis c'estoit la coustume que le pere ou la mere fist cét office: Simeó ne vit l'Enfant qu'au iour qu'il fut presenté au Temple; quand donc vous irez en Bethleem, & qu'on vous monstrera vn Autel où Simeon circoncit nostre Seigneur, n'en croyez rien, quand mesme quelque voyageur l'auroit escrit dans son liure, c'est ignorance.

DE L'ADORATION DES MAGES.

AV bout des vnze iours depuis la naissance de l'Enfant, il y eut trois Sages personnages, nómez Mages, ou Rois, lesquels aduertis par l'apparitió d'vne nouuelle estoile que cét Enfant estoit nay, ils se partirent de leur païs à la conduitte de cette Estoille : mais comme passant par Hierusalem ils

furent entrez dans la ville, leur estoille disparut, ce
qui les mit bien en peine, toutesfois estans sortis de la
ville, & arriuez à vne belle fontaine, garnie d'vn beau
bassin de pierre, propre pour abreuer les cheuaux, &
que i'ay veuë à vne lieuë de Hierusalem, pour aller
en Bethleem, ils y abreuerent leurs chameaux, &
dromadaires, & s'y rafraichirët, parce qu'en ce païs-là
on ne trouue pas des fontaines partout; à l'instant
voila l'estoille qui se remontra à eux, chose qui les re-
siouït extrememement, & pour cela on appelle cette
fontaine la fontaine des trois Rois, où pourtant il n'y
auoit plus d'eau quand ie la vis.

   Aydez donc derechef de leur guide, à sçauoir l'e-
stoille comme elle marchoit, ils marchoient aussi,
mais estans arriuez en Bethleem, voyans que cette e-
stoille s'arrestoit au dessus de cette grotte, qui est en
haut à la pante de la montagne, ces Rois grimperët
cette montagne, & arriuerent à l'ouueture de cette
grotte, & aussi tost que la saincte Mere de l'Enfant,
cherchee d'eux, les eut apperceùs auec tãt de suite, elle
prit vistement l'Enfant Iesus dans la mangeoire ou
creiche, & s'assisant sur vne grosse pierre assez haute
qui est deuant la creiche, & tout contre n'y ayant
qu'vne ajambée, elle mit l'Enfant sur ses genoux, où
auec grauité le tenant tout debout, le presentoit à
eux pour luy baiser les pieds, & estre adoré d'eux.

DE L'ABSCONSEMENT DE LA
Vierge pour son Fils.

L A tradition du païs, m'a appris aussi bien
que les Euangiles, qu'apres que les Mages furent licentiez de l'Enfant, & qu'au
li eud'aller dire nouuelles de luy à Herode, selon qu'il les en auoit priez, & qu'ils
s'en furent retournez par vne autre voye, ledit Herode soubçonnant de la Naissance de cét Enfant, il
commença à murmurer & à projetter de le faire chercher, ce qu'il ne fit pourtant si tost : cette proposition
d'Herode fut sceuë de Ioseph, & de la nouuelle Mere
Marie, qui fut cause que ne iugeant à propos de ne
demeurer dauantage dans la grotte, elle s'alla cacher
dans vne autre carriere ou cauerne sur la montagne,
à quelque deux cens pas du lieu où elle accoucha;
cauerne dont la bouche est fort petite & difficile à
trouuer, & qui va loing soubz terre, où on ne void
goutte là dedans que par la porte : ceux du pays
tiennent que nostre Dame & l'Enfant demeurerent
cachez iusques au iour, auquel selon la Loy elle l'alla
presenter au Temple, qui fut le iour de la Purificatiõ,
& comme elle ne peut qu'elle n'espandist quelque
goutte de laict dans cette carriere, en allaittant Iesus
son Fils, aussi par reuerence les Chrestiens & les Mores du païs visitent - ils ce lieu, comme i'ay fait, &
prennent de la terre de cette grotte qu'ils appellent

le laict de Marie, qui en effect est blanche comme lait, & en donnent vn peu dás l'eau des nourrices qui ont perdu leur lait, à l'heure mesme le lait leur retourne à la mammelle.

Meditez vn peu les entretiens de cette Mere craintiue auec cét adorable Enfant dans cette cauerne obscure & humide.

DE LA PRESENTATION DE IESVS au Temple.

E terme estant expiré, auquel nostre nouuelle accouchée estoit obligée, selon la Loy de Moyse, de se presenter au Temple, & y offrir son Fils, elle sortit de sa cauerne auant le iour, & du grand matin, & arriua au Temple de Hierusalem, auquel lieu, & à la porte, s'y trouua encore par inspiration diuine, le bon vieillard Simeon, lequel demeurant en vne sienne maison que i'ay veuë à costé du chemin de Hierusalem en Bethleem, & à trois bons quarts de lieuës de Hierusalem, il fallut qu'il partist aussi du matin pour trouuer l'Enfant à son arriuée au Temple, où l'embrassant, & baisant amoureusement, arrousant de ses larmes le visage de l'amoureux Enfant, il protesta tout haut qu'il n'auroit desormais plus de crainte de mourir, puis qu'il auoit veu de ses yeux l'Oingt du Seigneur, tant desiré du monde.

Nostre Dame ayant accomply toutes les cere-

monies declarées par les Euangelistes, elle s'en retourna viftement auec l'Enfant fe cacher à fa cauerne, où
fur le grand chemin de Hierufalem, en Bethleem, il
y auoit vn gros arbre de Therebinthe, foubz lequel
la Vierge fe voulant repofer auec fon Enfant, auffi
toft cét arbre fe baiffa & courba pour faire les hom-
mages à l'Autheur de fon eftre : fi ç'à efté en venant
de Bethleem en Hierufalem, ou en retournant de
Hierufalem en Bethleem, ie ne le fçay pas, mais feulement que l'arbre eft encore tout panché comme il
eftoit ainfi l'ay-je veu, & du depuis noftre Seigneur a
fait beaucoup de miracles par le bois de cét arbre,
c'eft pourquoy on en prend de petits morceaux
qu'on faict enchaffer dans des Croix qu'on garde par
reuerence.

Les Peres Obferuantins qui demeurent en Hierufalem me dirent, eftant là, qu'il y auoit peu de temps
qu'vn Turc eftant monté fur cét arbre, auec vne cerpe pour coupper vne branche pour fouftenir vn fep
d'vne fienne vigne, voifine de là, auffi-toft qu'il mit
la main à la cerpe pour coupper, il tomba à bas, &
s'opiniaftrant, il remonta, & retomba pour la feconde fois, & pour la troifiéfme il fe bleffa, & fe mit à dire tout haut; i'ay tort, i'ay grandement mal faict,
car ie fçauois bien que cét arbre eftoit chofe facrée
à Dieu.

                                                      L A

LA FVITE EN EGYPTE.

ANDIS que Marie estoit en crainte dans la cauerne où elle estoit retournée, les merueilles qui au Temple furent dites de l'Enfant par Simeon, & par Anne la propheteffe furent rapportées à Herode, & Dieu fçait fi cela le mit en ceruelle, craignant que le peuple venant à recognoiftre cét Enfant pour Roy, il ne luy en arriuaft mal. Luy dis-je qui pluftoft que Iefus defiroit prefomptueufement le faire recognoiftre pour le Meffie, attendu, ainfi que les Euangeliftes remarquent tacitement, lors que tout ouuertement ils nous difent qu'il y auoit defia des gens qui faifoient vne fecte qu'on nommoit Herodiens, cette jaloufie & prefomption fut caufe qu'il fe refolut de faire chercher cét Enfant pour le faire mourir, dequoy Iofeph, eftant en fonge, aduerty par vn Ange qui luy commanda de fuir, & de mener la Mere, & l'Enfant en Egypte il exécuta foudain à fon refueil ce commandement, & s'en vont iufques au Caire d'Egypte, paffant tousles deferts d'Arabie, par lefquels il faut porter de l'eau qui veut boire, & y a de Bethleem au Caire par ce chemin, pour le moins quinze bonnes iournées de Chameaux ou mulets ou afnes : penfez quelle douleur au cœur de la Mere, & d'incómodité pour l'Enfant, car il faut coucher emmy les champs, où on fe trouue, & coucher fur la

Z

terre, combien elle s'incommodoit, de peur que le froid de la nuict, & l'humidité de la rosée ne fist mal à ce petit enfançon, elle ne manquoit pas de le presser sur son sein, & le couurant & enueloppant de son manteau, approchoit sa bouche de la face de l'Enfant pour luy eschauffer le visage, ô amour de Mere, & d'vne telle Mere, & pour vn tel Enfant.

Estans arriuez à vne lieuë pres du Caire, en vn lieu que l'on nomme à present la Matarea ou Metairia, la saincte Vierge entendant autour d'elle quelque rumeur de soldats, craignant que ce fust que l'on cherchast son Fils, toute effrayée, elle s'approcha d'vn gros figuier à costé d'vn chemin pour se cacher derriere, en attendant que les hommes fussent passez, mais ô digne miracle, c'est que si tost que l'Enfant approcha ce figuier, cét arbre se fendit, & s'ouurit en deux pour y cacher la Mere, & l'Enfant, i'ay veu le figuier qui dure encore, & est encore ouuert en deux, & estoit tout chargé de fruict, lors que ie le vis, elle demeura là quelques iours aupres d'vne fort belle fontaine, où elle lauoit les petits drapelets de l'Enfant Iesus, & tandis qu'elle les lauoit, & que Ioseph alloit & venoit à la ville prochaine pour acheter quelque petite chose pour leur nourriture, elle assioit l'Enfant sur vne fort belle pierre, qui est maintenant enleuée de terre par reuerence, & mise contre le mur d'vne petite salle qui est là bastie, & dans vne petite fenestre, les Turcs & Mores aussi bien que les Chrestiens ont vne grande deuotion à certe fontaine, & à cette pierre, & y entretient-on vne lampe.

Apres que la saincte Vierge eut demeuré quelque temps là dedás, & qu'elle creut estre hors de sujeçt & de crainte, elle vint dans la ville du grand Caire, qu'elle passa toute, & alla iusques au vieux Caire, qui est tout au bout du grand, & là elle se logea en vne petite maisonnette, & en vne chambre fort incommode, i'y ay entré, & me semble que les Chrestiens Maronites la tiennent, & y entretiennent vne lampe ou deux qui brussent tousiours. Voila donc nostre Seigneur qui est habitant du vieux Caire, qui depuis a esté appellé Memphis, où demeuroit Pharaon, & où demeuroit Ioseph, & où apres eux demeura Moyse, & tous les Israëlites, lors qu'il les déliura de captiuité. Vous pouuez croire que cette demeure de sept ans qu'il y fit, ne fut pas sans benediction pour le païs, dont en voicy vne tres-signalée que i'ay apprise sur le lieu mesme, c'est que le Nil passant deuant le vieux Caire, il se vient estendre & diuiser dans le pays habitable & peuplé, & ce fleuue portant nombre de Cocodrilles qui deuoróient les hommes, femmes, enfans & Chameaux, qui par necessité estoient contraints venir puiser de l'eau, & s'abreuer aux riuages, depuis que cét Enfant diuin eut demeuré en ce lieu, iamais les Cocodrilles n'ont passé sa maison; que si par fortune le vent ou la courante y en a porté quelqu'vn, on m'a dit qu'aussi tost il tourne le ventre dessus, & meurt, puis on le prend.

Z ij

LE RETOVR D'EGYPTE.

EPT ans estans escoulez que nostre Seigneur auoit demeuré en Egypte, l'Ange apparut la nuict à Ioseph, qui luy cómanda de ramener l'Enfant & la Mere en só pays de Nazaret en Galilée, ce qu'il fit de tant plus promptement que l'Ange l'asseura qu'Herode estoit mort, & qu'il n'y auoit plus de hazard pour l'Enfant. Les voilà donc de retour en Nazaret auec la mesme fatigue qu'ils auoient euë en allát, trauersant les mesmes deserts, mais ce fut au grand contentement de leurs parens & amis, qui les venans visiter pour les saluër, & se coniouir de leur arriuée, s'enquerant d'eux des lieux où ils auoient esté, des hazards qu'ils auoient encouruz, & ne se pouuoiét souler de voir ce bel Enfant desia tout grandelet, aagé de huict ans ou enuiron, qui de luy mesme auoit fort bonne grace, & pouuoit rendre responce aux demandes que luy faisoient ses parens & amis de ses Pere & Mere.

DE LA PERTE AV TEMPLE.

V bout de quatre ans qu'ils eurent demeuré en Nazaret, & l'Enfant Iesus ayant attaint l'aage de douze ans, ses parens desirant l'amener en Hierusalem à la feste pour y adorer Dieu,

le remercier de tant de perils eschappez, & de tant de
graces receuës, comme eux faisoient tous les ans,
l'Enfant se perdit si bien de leur veuë, parmy la presse
du peuple, qu'au sortir du Temple ils ne sçeurent
qu'il estoit deuenu, toutesfois *existimantes illum esse in*
comitatu, estimant qu'il auroit suiuy la compagnie de
Carauanne de Galilée, auec laquelle ils estoiét venus,
& qui estoit ja partie deuant eux, ils se persuadoient
qu'ils le retrouueroient au soir au giste commun, en
vne ville nommée Bir, (où nous couchasmes aussi,
venant de Hierusalem en Nazaret,) comme ils venoient: eux ne le trouuant point, ils iugerent qu'il seroit demeuré en Hierusalé, & qu'il se seroit retiré chez
quelqu'vn de leurs parens ou amis ; c'est pourquoy
l'Euangeliste dit que *regressi sunt in Ierusalem* ~~requirentes~~ *requirentes*
~~eu~~, ils retournerét en Hierusalem sur leurs pas, où ils *eum,*
arriuerent d'assez bonne heure, parce que la iour-
née n'est pas longue de Bir en Hierusalem : ils em-
ployerent le reste du iour à chercher l'Enfant parmy
leurs parens & amis, Ioseph le cherchant d'vne part, &
la Mere d'vne autre, mais en fin ils ne le trouuerent
point; ils furent contraints de passer cette seconde
iournée, & dormir en tristesse cette seconde nuit : le
lendemain matin ils eurent aduis de quelqu'vn qu'on
l'auoit veu au Temple auec les autres enfans, qui e-
stoiét au Catechisme de la Loy, qu'enseignoient tous
les iours les Docteurs, Ioseph & Marie y coururét aussi-tost, où ils ne manquerent de trouuer l'Enfant
tant desiré, qu'ils prirent plaisir d'entendre, non pas
prescher en vne chaire, ainsi que croit le vulgaire, &

que le repreſentent aucuns Peintres , mais comme
dit l'Euangeliſte, interrogeant les Docteurs ſur les
points de la Loy , & reſpondant ſi prudemment , &
iudicieuſement aux interrogations qu'ils luy faiſoiét,
que Ioſeph & Marie auſſi bien que les Docteurs, &
l'aſſiſtance du peuple , *ſtupebant ſuper doctrina & reſpon-*
ſis eius, eſtoient eſtonnez de la ſolidité de ſa doctrine
diuine, & ſur la prudence de ſes reſponſes : le Cate-
chiſme eſtant finy, la ſaincte Mere impatiente d'em-
braſſer ſon Fils s'encourut àluy, & l'abordant & baiſant, luy dit, ô mon Enfant! que nous auez vous faict?
quelles apprehentions nous auez vous dónées à voſtre Pere & à moy, qui vous cherchions auec tant de
douleur, ne ſçachant que vous eſtiez deuenu? à quoy
le ſainct Enfant reſpondit grauement, qu'eſt-ce que
vous auiez à me chercher ainſi? pourquoy vous met-
tiez vous tant en peine? ne pouuiez vous pas penſer
que ie deuois eſtre occupé à quelques affaires, & con-
cernant l'honneur de mon Pere, auſquelles par deuoir ie ſuis obligé de me trouuer? ces paroles ſem-
blent vn peu rudes à vne Mere, mais la ioye qu'auoit
cette ſaincte ame de poſſeder ſon Dieu, & ſon Fils
luy adouciſſoit l'aigreur de ſa reſponce, ſinon que
conſeruant ſes parolles en ſon cœur, elle fut vn
long-temps à les remaſcher, & repeter.

Enfin voila Ieſus trouué, Ioſeph & Marie le reme-
nerent à Nazaret, en leur maiſon, où il demeura auec
eux iuſques à l'aage de trente ans, leur obeyſſant en
toutes choſes.

DES OCCVPATIONS DE IESVS
de Nazaret noſtre Sauueur, depuis l'aage de
douze ans, iuſques à trente.

PLVSIEVRS Docteurs contemplatifs s'eſtans imaginez que les Euangeliſtes n'auoient pas ſuffiſammét remarqué les occupations du ieune adoleſcent Ieſus de Nazaret, depuis l'aage de 12. ans iuſ-ques à 30. ils ont voulu ſuppleer à ce deffaut preten-du; & pource ont fait de ſi extrauagantes meditations là deſſus, qu'il a eſté beſoing d'en cenſurer pluſieurs, ſeulement diray-je que ſans faire aucune meditation, ains me contentant de la nuë Eſcriture, ie trouue ex-preſſément ſignifiées toutes ſes occupations que nous voulons ſçauoir.

Liſez le chapitre 4. de ſainct Iean, & vous verrez qu'vn iour Ieſus eſtant entré dans la Synagogue de la ville de Nazaret, il prit le liure de la Loy, & à l'ouuerture dudit liure, ſur le premier mot qui eſcheut il ſe mit à diſcourir, & parla ſi hautement, que tout le monde ſe regardoit l'vn l'autre, diſans he que veut dire cela: où eſt-ce qu'il a appris les lettres? *Nonne hic eſt filius Joſeph*, n'eſt-ce pas le Fils de Ioſeph? les admirations de ce peuple de ſa ville meſme qui le cognoiſſoit, comme l'ayant touſiours veu parmy eux depuis 22. ans ne monſtrent-elles pas aſſez qu'ils n'a-uoient veu en luy iuſques-là aucune choſe extraordi-naire, & qu'il s'eſtoit conſerué dans l'humilité des

occupations externes communes à tous les autres,
conforme à son mestier, qui n'estoit autre que celuy
de son Pere Ioseph. Sainct Mathieu chapitre. 14. dit
que ce peuple disoit en ses admiratiós, *nonne hic est fabri*
filius, n'est-ce pas là le Fils de ce Charpentier ou Menuisier? Marie n'est elle pas sa Mere? que si vous me dites que tous les deux passages alleguez monstrent
seulement le mestier de son Pere Ioseph, & non le
sien, donnez vous le contentement de lire le sixiesme
chapitre de S. Marc, & vous trouuerez ces paroles,
nonne hic est faber filius Mariæ, où est-ce que ce ieune
homme a appris vne si haute doctrine? n'est-ce pas
ce Charpentier qui est Fils de Marie? ne iugez vous
pas par ces paroles que son Pere estát mort, ainsi que
croyent presque tous les Peres, Iesus tenoit la boutique pour maintenir la maison, & gagner sa vie, & celle
de sa Mere: faut-il dóc tát faire de meditatiós & de feintes sur ses actiós? ne sçait on pas bié à quoy peut occuper le temps, vn charpétier ou menuisier qui est seul à
nir vne boutique, sans seruiteur où apprétif, comme
il pouuoit estre, c'estoit bien tout ce qu'il pouuoit
faire que d'entretenir ses maisons ordinaires, aussi
falloit-il accomplir cette Prophetie de Dauid, qui dit
en la personne du Messie: i'ay trauaillé dés ma plus
tendre ieunesse, *in laboribus à iuuentute mea*, si durant
tout ce temps il eust faict quelques actions non ordinaires à vn homme de son mestier, ses compatriotes
ne se fussent pas tát estonnez, que de le voir seulemét
lire & parler sur l'explication de la Loy, & en vain les
Euangelistes remarqueroient-ils que le miracle de
Iesus

Iesus fit à Cana de Galilée, fut le premier de tous ses signes.

Si donc vous auez desir de mediter les actions qu'il
fit durant toutes ces années, n'esloignez point vostre
pensée des actions communes aux Charpentiers ou
menuisiers, car il faisoit l'vn & l'autre, regardez-le,
tantost portant vne piece de bois sur ses espaules, en
suant de chaleur, & vous mirez en la pensée qu'il a-
uoit de la Croix, qu'il deuoit vn iour porter auec plus
de douleur, prenez garde à sa modestie, en vendant
sa marchandise, & exigeant le prix de son labeur, la
fidelité & loyauté auec laquelle il trauailloit pour le
peuple, & sur tout n'oubliez pas à penser que c'est
vn Dieu caché & incogneu, & le Createur qui trauaille pour ses creatures, & que celuy qui reçoit
quatre ou cinq solz pour salaire de son trauail, est celuy de qui nous attendons le Ciel pour salaire de nos
fatigues.

LE RESTE DE LA VIE DE IESVS,
depuis son Baptesme, iusques à sa Passion.

Voy qu'il y ait quantité de choses particulieres à remarquer en tout le reste des
actions de Iesus, & aux lieux où se font
faictes telles actions, neantmoins parce
que nostre discours seroit trop long, &
que ie pourrois ennuyer l'esprit du Lecteur, ioint que

A a

i'ay parlé de ces lieux au petit traitté de mon voyage, c'est pourquoy ie m'en tairay icy, renuoyant le Lecteur aux Euangiles, pour voir les actions, & au traité de mon voyage, pour voir vne partie des lieux principaux où elles se sont faites, parlons du commencement de la Passion.

LA PASSION
DE IESVS DE
Nazaret, Fils de Dieu,
& de Marie.

AVANT-PROPOS SVR CE
subject.

APRES que Iesus par sa pauure naissance, eut donné confiance aux pauures
de l'aborder auec autant d'asseurance
que les riches : apres que par le cara-
ctere de pecheur il souffrit en la Circó-
cision pour adoucir les amertumes de ceux qui, par les
medisances, se voyent tous les iours la face couuerte
des plastrons de des-honneur : apres auoir consom-
mé huict ans dans l'exil & bannissement de sa patrie,
fuyant en Egypte auec mille incómoditez, & qu'il eut
mitigué les trauaux des Pelerins, qui priuez de soulas
humains se trouuent és pays estrangers parmy les in-

fidelles, & de ceux qui y sont reduits dans l'esclauage.

Apres auoir depuis son retour en sa patrie de Naza-
rét, cósommé 22. ans à honorer l'exercice de Marthe
dás l'art de Charpétier pour par cét exemple d'humi-
liation, s'associer aux trauaux & fatigues des pauures
artisans qui suent tous les iours pour gagner le pain
pour les nourrir, leur faisant voir que ses viles actions
ne sont point mesprisées de sa grandeur, ains approu-
uées & choisies par sa bonté, apres auoir esté l'espace
de 40. iours & 40. nuicts depuis sa sortie des eaux
du Iourdain, retiré dans vne cauerne obscure à la
pante d'vne effroyable montagne, & sequestré de
toute compagnie mortelle, y esprouuant les incommoditez du coucher, & de la faim, & puis les delices du
seruice, & de la compagnie des Anges, qui au bout
des quarante iours s'approchant de luy, luy admini-
strerent au besoin, approuuant (voire canonisant par
cét exemple) la vie Monastique des Religieux & Reli-
gieuses cloistrieres, qui par leur veu de clostures per-
petuel se sont sequestrées du monde, & sont priuées
de liberté, de rechercher la compagnie des mortels,
approuuans dans la nuict les incommoditez de leurs
licts au coucher, & le iour approuuans les incommoditez au manger, ou leur goust, & mesme souuent
en leur besoin ne reçoiuent pas satisfaction, ou aussi
quelque-fois à la trauerse, ils approuuent les delicieu-
ses douceurs de la presence de Dieu, & des esprits ce-
lestes, dans le silence de leur esprit. Apres finalemét
qu'il eut employé trois ans & demy à battre la cápa-
gne, par le chaud & le froid, la faim & la soif, comme

il fe void en l'Euangile, pour par fa predication, annoncer aux humains le Royaume de Dieu, ores les
effroyans par les menaces, ores les allaichans par les
promeffes & les miracles, fe conftituant le prototipe,
la forme & le modelle des Prelats & des Predicateurs,
& fur tout honorant par cét exemple la vie,& les exercices des Religieux qui confomment leur vie en ces
trauaux.

Apres dis-je s'eftre conftitué le modele des viuans,
il a encore voulu à l'aage de trente trois ans & demy
fe rendre par fa mort le foulas des mourans, & par la
rigueur de fes peines, volontairement fouffertes l'e-
xemple des Martyrs, en la maniere qui fuit & felon
l'ordre que deffoubz.

COMMENCEMENT DE LA
Paßion.

NOSTRE Seigneur commença fa Paffion, par cette action d'amour exceffif,
fe laiffant à fes Apoftres, & à nous au
fainct Sacrement de la Cœne, qu'il fit
dans vne grande fale fur le mont de
Sion, qui eft à vn bout de la ville : on y auoit du depuis bafty vne fort belle Eglife qui eft encore fur
pied, & que les Peres Cordeliers ont occupée iufques à quelques années paffées, mais les Turcs la
leur ont oftée, & en ont fait vne Mofquée, encore
neantmoins le Gardien des Cordeliers de Hierufa-

lem retient-il le nom de Gardien du sacré mont de Sion.

La Cœne finie Iesus sortit sur la brune, après le souper, auec ses Apostres, & passant toute la ville il vint sortir par vne porte qui descend droit dans la valée de Iosaphat, au milieu de laquelle passant le torrent de Cedró sur vne petite arcade : il trouua à quelques deux cens pas de là au pied du mont Oliuet, auāt que de commencer à le monter vne petite grotte souz terre comme vne petite carriere, soustenuë d'vn meschant pillier, & vn trou en haut qui y donne iour, dans laquelle on descend seulement 7. ou 8. meschantes marches ou degrez cauez dans la terre, il y descendit, & entra là dedans tout seul pour y faire son Oraison, ayant laissé trois Disciples esloignez d'vn jet de pierre qui s'estoient endormis à l'entour d'vn gros caillou, comme vn grais qui sort hors de terre, ainsi que sont ceux de ce pays icy, & les autres Apostres estoient demeurez plus loing; ce fut donc dans cette cauerne, & en l'obscurité que Iesus sua le sang & l'eau dedans son agonie, & l'Euangeliste remarque qu'il auoit de coustume de venir faire son Oraison dās cette grotte. La verité est telle que quand on se void seul là dedans comme quelquesfois ie m'y suis retiré pour y faire vn peu d'oraison, & qu'ō s'imaginé en ce mesme lieu le Fils de Dieu courbé, la face cōtre terre, ou les bras esleuez, auec les yeux & la face couuerte de sueur de sang, tout fremit dans le corps. Ce fut en ce lieu où dés la nuit mesme Iudas le vint prendre auec les soldats, *sciebat enim locū, quia ibi frequenter ora-*

bat. Il ſçauoit le lieu, parce qu'il s'y retiroit ſouuent pour prier, dit l'Euangeliſte.

Or comme ils l'eurent lié, & garotté, ils le firent repaſſer le Torrent de Cedron, non ſur le pont, mais par dedans, n'eſtant pas difficile, ſi ce n'eſt qu'il y ait de l'eau, où vous noterez que dans ce Torrent il y a de gros caillous enracinez dás terre, ſur leſquels le Fils de Dieu mettát les pieds, ils ſe rendirent ſi ſouples au toucher des membres de leur Createur, qu'ils obeïrent comme cire, i'y en ay veu deux ou trois qui ſont iuſtement à vne petite ajambée l'vn de l'autre, où les pieds nuds de Ieſus ſont enfoncez plus d'vn demy doigt de profond, choſe effroyable à voir, & dont les Iuifs ont tant de mal au cœur, voyant que les Pelerins Chreſtiens les vont beſer & reuerer, que ſouuent ils font leur ordure deſſus : quelques Religieux de la ville m'ont dit qu'il y auoit encore deux de ſes marques qu'ils auoient couuertes de terre, pour les conſeruer de l'ignominie qu'on leur faiſoit.

L'ayant fait paſſer le Torrent, ils le menerent par le long de la valée, autour la ville, & non par le dedans, & le menerent ainſi par dehors iuſques à la porte qui va au mont de Sion, où il auoit fait la Cœne, & ſur lequel mont demeuroient auſſi Anne & Caïphe, auſquels ils le menerent, remontant dans la ville par ce coſté là.

STATION CHEZ ANNE.

VOvs iugez bien que puis que les soldats l'auoient pris en son Oraison qu'il
faisoit apres le souper, & qu'ils portoiét
des falóts, & lanternes, comme dit l'E-
uangeliste, qu'il estoit nuit, & assez tard,
aussi la tradition du païs tient que l'ayant amené chez
Anne, ils le trouuerent couché, & qu'en attendant
que le point du iour arriuast pour le reueiller, ils atta-
cherent, & lierent le doux Agneau Iesus, à vn oliuier
qui estoit au milieu de sa cour, auquel estant attaché,
ils passerent la nuict à s'en seruir de iouët, pour s'empescher de dormir, luy firent milles indignitez que ie
vous laisse à méditer, ne voulant dire que l'histoire
simple : cét oliuier se garde encore, en reuerence, par
le Patriarche, ou Archeuesque des Chrestiens Armeniens qui tiennent cette maison, mais vous pouuez penser que cét arbre est assez vieil, il est quasi tout
deraciné, & pourry par le bas du tronc, neantmoins
on rehausse la terre, pour l'entretenir, il suffit qu'il
estoit encore verd quand ie le vis. On m'en donna
auec peine, vne petite branche.

STATION

STATION CHEZ CAYPHE.

NNE estant leué plus matin qu'il n'eust voulu, estant importuné du bruit, des cris, & des ris insolents de ces canailles, qui s'éclatoient de rire, quand ils croyoient auoir mieux rencontré à quelque coup ou gausserie sur le Sauueur du monde, apres luy auoir dit ce qui est escrit dans les Euangelistes, il commanda aux soldats qu'ils le conduisissent à Caïphe son gendre, auquel cóme Pontife appartenoit de cognoistre le fait de son crime pretendu, puis qu'il estoit accusé de transgression de la Loy, estans arriuez au logis de Caïphe qui est aussi sur le mont de Sion, non trop esloigné de celuy d'Anne, & le Pontife estant encore au lict, ils mirent Iesus en attendant dans vn petit celier vouté, comme vous diriez au pied d'vne montée, où on mettoit rafraischir du vin, ou pour tenir quelque chose fraischemét, où vous noterez que le lieu est si bas & estroit, que moy qui ne suis pas à beaucoup prés de la hauteur de Iesus, sans cóparaison, ne m'y pouuois tenir debout, il falloit courber tout à fait ma teste, que la voute basse rabatoit, & à peine m'y tiendrois-je à genoux, sans incommodité: meditez quelles pensées pouuoient occuper l'esprit d'vn Dieu mortel, ainsi contraint & incommodé, solitaire dedans l'obscurité, luy dis-je, que le Ciel & la terre ne peuuent borner:

Bb

ie vous confesse que iamais en ma vie ie ne senty vn
tel effroy, lors que me voyant en cette contrainte
ie m'imaginois que la teste, les espaules, & les pieds
du Fils de Dieu auoient touché où touchoit alors
ma teste, mes espaules, & mes pieds.

STATION CHEZ PILATE.

QVASI la pluspart du reste des ignominies de nostre Seigneur luy ont esté faites chéz Pilate, & Herode, mais parce
qu'il n'y a rien de remarquable chez
Herode, sinon que son Palais, où Pilate
enuoya Iesus, qui est quasi tout auprés de celuy dudit
Pilate, & au bout d'vne petite ruë qui est deuant le
coing de la maison de Pilate, ie n'en diray rien dauantage, & encore de la maison de Pilate n'y a il que
ce qui suit à remarquer.

C'est que la maison sert encore à loger le Bacha
de la ville, & encore qu'il y ait eu quelques murailles ruinées, ou qu'elle ait changé de forme au dedans, neantmoins on a reédifié & entretenu le lieu, &
n'est en rien changée pour le principal, & là dedans
on void encore le lieu & la salle où Pilate pronon-
ça la sentence contre Iesus, vne de flagellation, l'autre
de mort.

Pour ce qui est de la flagellation, la tradition de la
ville, & la raison nous conuient à ne pas croire que
Iesus fut foüetté dans le logis du Iuge, mais bien

par bien feance au lieu destiné à telles executions : or
il y a tout deuant la porte de Pilate, de l'autre costé
de la ruë, vne méchante estable fombre, qu'on dit e-
stre le lieu où il fut fouëtté, & me dit-on qu'on y
fouëtte encore quelques brigands & voleurs.

Ayant esté escorché à coups d'escourgees & de ver-
ges, vous sçauez que les Euangelistes disent, qu'en
ce piteux estat Pilate le monstra au peuple, auec
croyance que ce triste spectacle & esteindroit leur rage contre celuy qui estoit innocent, & leur cria, *Ecce
Homo*, voila l'homme.

La pluspart des peintres, & quasi tous, en nous re-
presentât cette actió de Pilate, disant, *Ecce Homo*, nous
déguisent la veritable representation du mystere par
leur ignorance, car ils nous representent ordinairement cette action dessus vn haut perron ou escalier,
ou dans vne galerie basse, entourée de treillis, ou balustres, mais elle est en la maniere qui suit.

Il y a en la maison de Pilate vne arcade de pierre,
qui est encore entiere, laquelle trauerse sur la ruë d'vn
costé à l'autre, si que le monde passe par dessoubz
cette arcade, & sur icelle y a vne petite galerie qui
passe de la maison de Pilate dans vne autre maison ; elle n'est point couuerte, & a deux fenestres d'vn costé, & deux de l'autre, qui regardent en
bas dans la ruë : or Iesus ayant esté tout déchiré de
coups, on luy mit vne robbe de pourpre sur le corps,
comme vne grande châpe ouuerte tout du long, vne
couronne d'espines qu'on luy fit entrer par force
dans le tais, non sans l'offencer grandement, & vn

Bb ij

roseau en main, & en cét equipage Pilate sans sortir
de son logis, le conduisit dans cette galerie sur cette
arcade, où l'ayant mis à vne de ses fenestres, & luy
à l'autre tout proche, il descouuroit la robbe de Iesus,
& ayant appellé tout le peuple qui estoit dans la ruë
deuant sa porte, qui attendoit la responce de ce qu'on
en feroit, il leur dit tenez, *Ecce Homo*, voila l'homme,
apres qui vous en voulez tant : estes vous maintenant contens? n'est-il pas suffisamment chastié du
crime dont vous l'accusez? qu'en dites vous: alors toute cette canaille leuant les yeux en haut, & ne pouuant souffrir de le voir encore viuant, ils se mirent à
crier de voix confuses, *tolle*, *tolle*, *crucifigé*, *crucifige*,
ostez-le de deuant nos yeux, qu'il soit crucifié : ô demande impie & in-humaine! mais qui fut bien tost
accordée, car le Iuge Pilate l'ayât descendu de ce lieu
& liuré à leur volonté, ce fut à qui plus promptement
trouueroit du bois pour fabriquer le cruel instru-
ment de son supplice, à sçauoir vne Croix.

DE LA CROIX DE IESVS.

'O N fait tant de meditations sur la
Croix de nostre Seigneur, touchant la
sorte de bois dont elle estoit fabriquée,
que l'on ne sçait laquelle prendre.

Aucuns disent que c'estoit de bois de
Cedre, & d'vne grosse piece qui estoit restée en fa-
briquant le Temple de Salomon, & estoit dans la

piſcine prés du Temple, ſur laquelle comme ſur vn
petit pót paſſa la Roine de Saba, lors qu'elle vint à viſiter Salomon, mais comme il n'y a guere d'apparence qu'on ait laiſſe là ſi long temps cette piece, ayant e-
ſté neceſſaire de rebaſtir deux fois le Temple, du
temps d'Eſdras, & des Machabées, il y en a encore
moins, de croire que la Roine de Saba paſſaſt par deſſus, car chacun peut penſer que la terre ferme, & la
porte pour entrer dans l'enclos du Temple & du Palais de Salomon, eſtant aupres, & vn chemin par où
les cheuaux & harnois pouuoient entrer, cette Princeſſe ſi ſage n'euſt pas fait ce trait de folie, de s'aller
promener comme vn enfant ſur cette piece de bois
flotante ſur l'eau, & pour n'aller nulle part n'eſtant
pas vn chemin : on en croira pourtant ce qu'on voudra, ie ne condamne rien, il me ſuffit que l'Egliſe ne
m'oblige pas de le croire.

Qu'elle fuſt de bois de Cedre, ie n'en dis rien, ſeulement diray-je que ce bois eſtant rare en tout ce
pays là, il n'eſt pas facile de croire qu'vn homme qui
en auroit vne ſi grande piece, que pour faire vne
Croix, l'euſt donnée ſi liberalement, ſe trouuant tant
d'autre bois commun.

Il y auroit bien plus d'apparence de croire, qu'elle
euſt eſté faite de bois de Palme, veu qu'il ſemble que
Chriſt dás les cantiques, en ait fait donner l'aſſeurance par Salomon, diſant, ie monteray à la Palme, &
cueilleray ſon fruict : ioinct que l'experience nous fait
voir que le bois de la vraye Croix ſe couppe & deffait
par filets, & petites eſchardes, ainſi que le Palmier, &

m'enclinerois de ce coſté, n'eſtoit, qu'outre que ie
ne ſuis pas obligé de croire que Salomon parle ex-
preſſément de la Croix, ſelon les paroles qui prece-
dent celles cy-deſſus alleguees, c'eſt que toute la terre
de Paleſtine tient que c'eſtoit du bois d'Oliuier, & ce
qui me fait croire pieuſement à cette tradition,
c'eſt,

Premierement cette autre tradition marquée en
noſtre premiere Claſſe, qui tient qu'Abel le iuſte fut
tué auec vn baſton d'Oliuier, à quoy la verité de la
mort de Ieſus doit rapporter, puis que nous auons
monſtré que s'en eſtoit la figure.

Secondement, les ſoldats ayant eu peu de temps à
la recherche d'vn arbre pour fabriquer cét inſtrument du ſupplice de Ieſus, & les Palmiers n'y eſtant
pas ſi communs que ſont les Oliuiers, il y auroit apparence qu'ils en auroient enuoyé viſtement chercher vn des plus grands & droits, à cauſe que ces arbres d'Oliuiers ne ſont pas naturellement hauts ny
droits.

Tiercement, l'antiquité Chreſtienne monſtre
auoir veſcu en cette creance, puis qu'à trois quarts
de lieuës de Hieruſalem, les anciens Chreſtiens ont
fait baſtir vne ſuperbe Egliſe, dont le paué eſt tout à
fait admirable, de petites pieces rapportées à la Mo-
ſaïque, qui repreſentent diuerſes figures, & icelle eſt
dediée à la ſaincte Croix, & eſt fabriquée au meſme
lieu où l'arbre fut arraché ou couppé, en preuue dequoy on a laiſſé deſſoubz l'Autel, vn grand trou, où
l'on dit qu'il fut pris, & à la verité en tous les enuirons

deHierufalem , y ayant force oliuiers, il n'y a point
de lieu qui en produife de plus hauts, aufſi eſtoit-il
conuenable que par ce bois, ſimbole de la paix, il
annonçaſt auſſi bien cette grace aux hommes , en
mourât que par les Anges il l'auoit annoncée en naiſ-
fant , & que ce ſimbole de miſericorde fuſt eſleué en
face du Ciel , & de la rerre , deuant les yeux des Anges , des hommes, & des demons , en l'action la plus
miſericordieuſe qui fut iamais faite , & où il empor-
toit la victoire ſur le prince du monde, & ſes ſupoſts,
deſgageoit les hommes de ſes cachots tenebreux , &
donnoit aſſeurance aux Anges du reſtabliſſement de
leur ruine.

Et ce que deſſus ne côtredit point à ce que l'on void
du bois de la vraye Croix , de diuerſes eſpeces , & de
diuerſes couleurs , car ie ne nie pas que la petite planchette ſur laquelle on a attaché l'eſcriteau ſur ſa teſte
ne fuſt d'autre bois que d'Oliuier, & qu'elle ne fuſt de
Palme & de Cedre, ou de Cyprez, ainſi que l'ô voudra
croire. Car en effet il eſt facile de croire qu'ils prirét la
premiere petite planchette qu'ils trouuerent toute
faite, ſans s'amuſer à en ſier vne autre, & eſt encore
aiſé à croire que les coins qui arreſtoient les pieds
de noſtre Sauueur eſtoient encore de quelque autre
bois, & que tout cela ayant eſté nommé le bois
de la vraye Croix , comme choſe qui ſe rapporte
à icelle, on en void de tant de façons , comme il y
en a.

Et quand il n'y auroit eu que du bois d'oliuier,
il n'y auroit non plus eu d'inconuenient d'en trouuer

de diuerses couleurs, car ceux qui ont veu de ce bois,
sçauent aussi bien que moy qu'il est tout ondoyé, &
plein de grandes veines,qui sont comme rouge brun,
& le fond est blanc, & quand il est vieil & a esté ma-
nié long-temps, il est tout à la mesme façon que l'on
void les diuers morceaux du bois de la Croix. Voyéz-
le à ces chappelets d'Oliuiers qui viennent de Hierusalem, voila tout ce que i'en puis dire sans blasmer
ceux qui croient ou escriuent autrement, que le Lecteur asseure sa pieuse pensee sur les raisons plus plau-
sibles à son esprit, puis qu'il luy est permis.

　　Iesus estant chargé de ce formidable poteau sur
ses foibles espaules, & desia deschiré de coups de
foüets, descendit de la cour de Pilate, qui est en forme
de terrasse, plus haute que la ruë, & fut en cét equipage conduit au Caluaire, où vous noterez qu'en
descendant la montée pour venir dans la ruë, il tomba des gouttes de sang de son visage adorable percé
d'espines, où d'autre part de son corps demy rompu
sur les marches qui sont de marbre blanc, ou pierre
marbrée, lequel sang est resté dessus iusqu'à present,
& ces degrez ont esté quelque téps du depuis enleuez de ce lieu, & apportez à Rome, où ie les ay veus,
& montez à genoux comme l'on fait, & on appelle
cela l'Escalier Sainct, en ayant fait vne montée, là ou
au lieu qui est teint de ce sang, l'on a mis de petites
grilles à ce qu'on ne se treine dessus, ains qu'on adore
ce tresor des humains, espanché pour leur salut: Et
pour mieux vous faire entendre, & aider vostre esprit à mediter la portation de la Croix, & le chemin
　　　　　　　　　　　　　　　　　　　　que

que fit noſtre Seigneur, depuis le logis de Pilate iuſques au mont de Caluaire ; vous vous repreſenterez
comme la maiſon de Pilate aduáce ſur la ruë, d'où le
Sauueur du monde deſcendoit par ledit Eſcalier, &
le reſte du chemin auquel la Vierge ſa Mere le vit
paſſer, apres cela le coing de la ruë où il tomba ſouz le
faix de la Croix qu'on tient eſtre la maiſon du mauuais riche, qui nous confirme que c'eſt vne hiſtoire
veritable, non vne parabole. Vous remarquerez encore que ce lieu où il tomba eſt vis à vis d'vne des
portes de la ville, par laquelle entroit alors Simeon le
Sireneen qu'on employa à ayder à Ieſus, & que l'E-
uangeliſte dit fort à propos qu'en cette foibleſſe de
Ieſus, les ſoldats virent vn homme qui venant d'vn vi-
lage, entroit dans la ville, *hominem venientem de villa,*
&c finalement vous verrez apres cela la maiſon en laquelle demeuroit la Veronique, où elle l'arreſta deuant ſa porte pour luy eſſuyer le viſage, & comme
cette maiſon eſt toute proche de la porte de la ville
nommée la porte Iudicielle, par laquelle ſortoient
les condamnez au ſupplice pour aller au Caluaire,
hors la ville, qui eſtoit tout proche de la porte à main
gauche, à laquelle porte quand le criminel eſtoit arriué, on luy prononçoit encore de nouueau ſon ar-
reſt de mort.

Cc

DE LA CRVCIFIXION DE IESVS
de Nazaret, Redempteur du monde.

RRIVEZ qu'ils furent au Caluaire, ils def-
chargerent Iefus de fa pefante Croix, tandis
qu'on la perçoit, & que l'on preparoit ce
qui eftoit necefaire pour l'attacher deffus, on le mena
dans vne petite maifon ou cauerne, cauee dans le roc,
qui eft au bas de la montagne où ils le defpoüillerent
tout nud, & l'ayant encore attaché à vne colomne de
marbre qui eftoit là, ils luy firent mille opprobres ;
& pour cela cette colomne qui s'eft gardée iufques
à prefent, qui eft bien plus haute que celle où il fut
foüetté, s'appelle la colóne de l'impropere, qui a efté
diuifée en pieces, & en refte vn grand morceau que
i'ay veu en Hierufalem à la Chappelle des Peres Cordeliers au Sepulchre, & la prifon eft encore en eftat,
où l'on entretient quelque lampe toufiours allumée.

Auffi toft que tout fut preparé, on vint prendre
l'innocent Iefus, & on le mena où eftoit fa Croix qui
eftoit par terre, fur laquelle on le fit coucher nud,
pour y eftre attaché auec quatre gros clouds, felon
qu'il eft reprefenté par les plus anciens Crucifix du
monde, que nous auons veus, & comme il eft plus
vray femblable, eftát de la fantaifie des peintres de les
peindre auec trois clouds feulement, qui eft vne po-
fture forcée qui ne fe peut quafi executer : l'antiquité a encore remarqué fur le mont de Caluaire, à cofté

du trou où fut plantée la Croix, la place où Iesus fut estendu & attaché sur icelle.

On auoit caué auec vn ciseau, vn trou dans le roc, pour y planter le pied de la Croix, car toute la montagne est vn roc à nostre grãd profit, & si c'eust esté de la terre mobile, le trou ne se fust pas conseruéiusqu'à present, comme il est, car il se fut remply, mais il nous reste encore, & est tout rond, qui nous fait voir qu'ils n'eurent pas loisir d'escarir la Croix par le bas, ains seulement vn peu vers le croisillon, & le long du corps iusques aux pieds, mais le reste demeura rond sans façon, & le trou est profond de la moitié de mon bras, que i'ay mis dedans iusques au coude.

Durant que nostre Seigneur Iesus combattoit contre la mort dedans son agonie, & la perte de son sang, esleué qu'il estoit en haut, voila le Ciel qui se couure de tenebres, la terre tremble, les rochers se fendent, & les corps morts qui sortent de leurs sepulchres, ouuerts par le tremblement de la terre qui se fit lors, & entre les rochers qui se fendirent, le mesme mont de Caluaire fut le plus notable, qui se depeça, & fendit entre Iesus & le mauuais larron; cette ouuerture du roc seruant de bouche muette, pour prononcer l'arrest de diuision, du Royaume terrestre & celeste, de cét homme scelerat d'auec le Redempteur : chose à la verité tout à fait effroyable à voir, car cette fante a de longueur plus de cinq ou six pieds à l'entrée, & pour la profondeur, ie croy qu'elle va iusques aux Enfers, car il n'y a point de fonds.

Et ce que ie trouue grandement considerable, est

que la saincte innocente Mere du Crucifié & agoni-
sant Iesus, estoit de ce costé du mauuais larron, selon que l'antiquité Chrestiéne a esté soigneuse de remarquer ce lieu, chose qui me donna bien à mediter
& à repenser, voyant que nostre Seigneur auoit ainsi
permis que sa Mere se trouuast à la senestre, & du
costé d'vn reprouué, en cette action, en laquelle son
Fils tout iugé & condamné qu'il estoit, faisoit neantmoins fonction de Iuge, & exerçoit acte de Iugement, promettant le Royaume au bon larron qui
estoit à la dextre, & par le debris & diuision de ce rocher qui en s'ouurant reculoit le mauuais larron, de
luy, pronóçoit par cette roche muette, l'arrest d'eternelle diuision à ce reprouué de la senestre, dans laquelle sentence, ou diuision, sa Mere sembloit estre
comprise auec sainct Iean, la Magdaleine & les autres
iustes qui estoient pres d'elle, puis que cette separation estoit de leur costé.

Mais en fin apres auoir bien medité sur ce mistere
& m'aperceuant que le debris ou diuision du roc, ne
paruenoit point iusques au lieu où estoit la saincte
Vierge, comme vous pouuez iuger, qu'elle n'estoit
point tout aupres de la Croix comme on la depeint,
ains vn peu esloignée, enuiron de douze pas, & non
à costé de la Croix, mais vn peu au deuant, où elle
voyoit son Fils à demy face. Cette considération m'en
fournit vn autre, qui respondant à mon doute me
fait croire que nostre Seigneur nous vouloit faire voir
que si bien sa Mere, & les predestinez, se trouuent
en ce monde, du costé des reprouuez accablez d'af-

fictions, & de miseres, neantmoins il n'y a point de
diuision, ny de separation d'heritage entr'eux , & nostre Seigneur, & c'est le seul aduantage qu'ont en ce
mode les predestinez sur les reprouuez, qui est pourtant vne grande consolation pour ceux qui viuant le
mieux qu'ils peuuent, se voyent comme abandon-
nez en ce monde, de tout secours humain, & spirituel
pour les deuotions sensibles.

Vous iugez bien encore que le roc s'ouurant ainsi,
il recula le mauuais larron de Iesus Christ, d'aussi
loing que l'ouuerture stoit grande, qui est pres d'vn
demy pied.

Parmy tous ces signes du Ciel & de la terre, qui se
firent durant l'expiration de l'ame de Iesus , & sa derniere agonie, en rendant les derniers abois dans les
conuultions de la mort , & qu'il sembloit que toutes les creatures insensibles par ce bouluersement
concouruffent toutes ensemble, pour par ses voyes
muettes, publier l'innocéce de celuy qui estant condamné comme coulpable, deuoit estre recogneu,
& adoré comme Dieu Tout-puissant, & le facteur de
tout: parmy dis ie tout ce fracas, les ames des iustes qui
estoient dans le Limbe volerent vistement dans les
tombeaux & sepulchres où gisoient leurs corps en vn
grand Cimetiere hors la ville de Hierusalem, qui est
si ie ne me trompe, du costé de la porte qui va à Rama, & là s'estans reuestus de leurs corps, ausquels la
chair estoit recreuë par le pouuoir & vouloir du crucifié Iesus, ils pousserent la terre à l'espaule, & secoüat
les tombes qui les couuroient, sortirent ainsi & s'en-

uindrent dans la cité, & apparurent à plusieurs, *vene-*
runt in sanctum ciuitatem, ils estoient donc dehors, or
l'on me monstra cét effroyable Cimetiere, ie ne sçay
si l'on me l'a fait accroire, ou quoy, mais ie sçay bien
qu'auparauant qu'on eut ouuert la bouche pour me
dire ce que c'estoit, ie me mis à m'escrier, ô Dieu
qu'est-ce que ie void! non, il me semble estre à la Passion de nostre Seigneur, & voir le grand Cimetiere,
auquel durant le grand tremblement de terre, les sepulchres & tombes furent escroulées & ouuertes,
car en verité cela est effroyable, de voir ces tombes &
pierres à demy hors de terre, mal agencees, les autres
deschirees à demy, & meslees d'vn ordre côfus, qui de
sa monstre effraye, & quand tout cela ne seroit point
veritable, & que l'on m'eust trompé le premier, si est-
ce que ces signes de verité que i'ay veus, me demeureront toute ma vie en la memoire, pour vn souuenir
eternel de ce funeste iour, & du plus notable Vendredy de toutes les années.

LA DESCENTE DE LA CROIX,
& de l'onction du Corps mort de Jesus.

L'AME bien heureuse de Iesus, ayant pris
congé de son Corps, priué de force &
de Sang pour l'y maintenir, & ce Corps
nud couuert de playes, de Sãg & de cra-
chats, ayant demeuré quelque temps
esleué sur cette Croix, pour seruir de spectacle de pi-

tié au Ciel & à la terre, aux Anges, aux hommes &
aux demons : & pour par la monftre de cét excés
d'amour confondre les lafchetez de nos muables &
froides affections pour luy, on le defcloüa & defcendit, puis ayant eftendu fes membres diuins, & froids
comme glace fur vne grande pierre, en forme de
tombe, fa faincte Mere auec la Magdelaine, & autres fiens amis lauerent le corps, & l'embaumerent
pour le mettre au fepulchre.

Cette pierre ou tombe eft encore en eftre, & fe
conferue auec reuerence dans la grande Eglife du
fainct Sepulchre, entre le mont de Caluaire, & le Sepulchre, elle eft en bas quafi contre terre, enuiron
d'vn demy pied, releuée du paué de l'Eglife, & des petites grilles baffes à l'entour & deffus, & quantité de
lampes qui y bruflent toufiours : on baife cette pierre
auec grande reuerence, mais notez cecy, que la veritable pierre eft cachée foubz celle qui fe void, & ie
vous en affeure.

LA SEPVLTVRE DE IESVS.

E Corps du deffunt ayant efté embau-
mé, laué, & enueloppé de deux lin-
çeüls, on le porta dans le Sepulchre.
Ce Sepulchre eft au bas du mont de
Caluaire, non trop efloigné d'iceluy,
c'eftoit vn Sepulchre qu'vn homme riche du pays
nommé Nicodeme auoit fait faire pour y eftre mis

lors qu'il auroit pleu à Dieu l'appeller de ce monde,
mais luy qui estoit Disciple secret de Iesus en vouloit
honorer son Maistre, il l'offrit à Marie pour y mettre
son Fils, ce qu'elle accepta volontiers.

Ne vous imaginez pas en vos meditations que ce
Sepulchre soit comme les peintres le representent en
forme d'vn auge profond couuert d'vne tombe, &
que là dedans fust le Corps adorable de Iesus, non,
mais imaginez vous que dans vn iardinet qui est au
pied du Calnaire, il y auoit vn gros rocher qui sortoit
hors de terre, quelque huit pieds de hauteur, ou enuiron, ainsi que ces gros grais que nous auons en
France, & que là dedans on fit cauer auec les ciseaux,
& marteaux, vne fort petite chambrette de la grandeur d'vn homme, ou vn peu plus, qui est taillée en
voute par le haut : apres cette chambrette il y en a encore vne autre pareille où on entre par vne petite porte si basse qu'il se faut courber à moitié, & dans cette
seconde on y graua contre le mur comme vn Autel
dont le dessus est vn peu caué enuiró d'vn poulce, qui
a son rebord à l'entour, ce fut là dessus qu'on mit le
corps de Iesus enueloppé des linçeuls dans lesquels il
estoit enbausmé, & sans le couurir, & quand ceux qui
le mirent là, furent sortis, & eurent gançonné vne
pierre à cette petite porte du monument, ils s'en allerent en leurs maisons.

Aussi tost Pilate estant solicité par les Iuifs de faire
garder le sepulchre, par trois iours durant pour voir
si il resusciteroit comme il s'estoit vanté durant sa vie,
il y enuoya des soldats qui mirent des crampons de
fer

fer à cette pierre, & l'arresterent auec du ciment, & la
seelerent ainsi, y appofant le sceau de Pilate, à ce que
personne ne fust si osé d'y toucher.

C'estoit à cette seconde petite porte du monument où estoit la pierre dont parloient les Dames
de l'Euangile, difant qu'est-ce qui nous roullera la
pierre qui est à la porte du monument? elles ne disoient pas qui est fur le corps, & qui le couure, comme representent quafi tous les peintres dans leurs tableaux, mais qui est à la porte du monument, chose
qui doit bien estre notée tant pour l'intelligence des
paroles de l'Escriture, que pour mieux entendre l'histoire Euangelique.

Et quand on dit que nostre Seigneur refufcita, son
Corps fortit du fepulchre fermé, & penetra la pierre
du fepulchre, le laiffant toufiours fermé, ainfi qu'à fa
naiffance il fortit du fepulchre maternel, du ventre de
fa Mere, fans aucune lézion ou ouuerture, laiffant fa
Mere Vierge, il ne faut pas s'imaginer qu'estant enfermé dans vn auge, & couuert d'vne tombe, comme
i'ay dit cy-deffus, il penetra cette tombe, car quand
cela eust esté, il eust esté encore enfermé dans la
chambrette, & eut falu qu'il eust encore paffé au trauers, il faut donc l'entendre ainfi, à fçauoir, que rendant la vie à fon corps, il penetra les murailles ou voute de la chambrette, fans rien rompre, & efchappa
de fes gardes, qui voyans toufiours la porte de la
chambrette fermée, croyoient tenir toufiours leur
prifonnier, mais le tremblement de terre qui fe fit à
la fortie de ce diuin prifónier qui s'efchappoit, & l'arri-

Dd

uée d'vn Ange, dont la clarté de sa face & des veste-
mens surpassoit celle du Soleil, espouuenta les gardes
& les contraignit de se sauuer dans la ville.

Notez encore que la pierre qui se touche, qui est
l'Autel, n'est pas la vraye sur laquelle le corps fut mis,
non, elle est cachée, & maçonnée dessouz, le Religieux
qui a aidé à la cacher me l'a dit; on l'a fait, parce que
les Pelerins la rompoient par morceaux pour en emporter.

LES APPARITIONS DE JESVS
ressuscité.

SI vn cœur amoureux est tousiours desi-
reux de reuoir ce qu'il aime, faut-il demander quelles estoient les inquietudes
de la Magdelaine à l'attéte du troisiesme
iour, auquel elle esperoit de reuoir parmy les viuans, celuy qu'elle auoit laissé au sepulchre, au rang de tous les morts : à peine le troisiesme iour depuis sa mort alloit-il commencer,
qui estoit *prima sabati*, ou pour parler plus intelligi-
blement *prima feria sabati, id est hebdomadæ*, la premiere ferie de la semaine, qui est le Dimanche,
qu'elle s'encourt au sepulchre, accompagnée de
quelques autres Dames pieuses, en disant, ô qui nous
fera cette faueur, que de nous leuer & destourner la
pierre qui bouche la porte du monument! mais Dieu
qui se plaist à consoler en fin vne ame qui a demeuré

quelque temps à languir apres luy, octroya ce qu'elles
desiroient, car elles trouuerent la pierre ostée & rangée à quartier dás cette premiere petite chambrette,
où antisepulchre, & vn Ange dessus qui les asseura que
celuy qu'elles cherchoient estoit ressuscité: cette pierre sur laquelle estoit l'Ange a esté conseruée iusques
à present, & est ce me semble en la maison de Caïphe,
où les Armeniés ont vne petite Chappelle, dont cette
pierre fait le milieu de l'Autel, la pierre n'estant assez
grande pour tenir toute la grandeur.

Pour reuenir à nostre Magdelaine, ainsi comme
elle se fondoit en larmes, voyant qu'elle estoit priuée
de son doux Maistre, vif & mort, ne trouuant plus son
corps: au milieu du trouble de ses larmes, elle apperceut assez prés du sepulchre, vn homme assez puissant
qui portoit mine de iardinier, & s'adressant à luy pour
sçauoir si ce n'estoit point luy qui auoit enleué ce
corps qu'elle cherchoit, elle trouua qu'ouy, car cét
homme l'ayant appellee par son nom, Marie, aussi tost
cette brebis errante cogneut à sa voix que c'estoit le
Pasteur qu'elle cherchoit, qui fut cause qu'elle sans autre
consideration elle se voulut ietter à son col, comme
disent quelques Peres, ne songeant pas à ce qu'elle
faisoit, mais en estant doucement repoussée par ces
paroles de Iesus, femme ne me touche pas, apprenant
par ce repoussement (comme dit le Cardinal Caje-
tan) auec quelle reuerence on doit aborder vn corps
glorieux; elle se contenta d'embrasser ses pieds qu'elle auoit autrefois trouués si fauorables à ses demádes.
On a remarqué la place où estoit Iesus, & celle où

ſtoit la Magdelaine auec deux pierres de marbre blác
toutes rondes, qui s'y voyent encore pour le preſent
aſſez pres du ſepulchre.

Ieſus ayant eſleu Magdelaine pour meſſagere &
annóciatrice de ſa Reſurectió, & par vn Ange la de-
legua vers ſes Apoſtres, pour leur dire qu'ils ſortiſſét
de Hieruſalé & qu'ils s'en allaſſét en Galilée,& qu'ils
le trouueróiét là, qu'il les y precederoit,de ſorte qu'a-
pres leur auoir apparu deux fois dans le Cenacle, en-
trát les portes fermées. La premiere fois,S. Thomas e-
ſtant abſent, & la ſeconde, luy eſtant preſent : ils s'en
allerent donc en Galilée, où il y a plus de vingt-cinq
lieuës, & tout aupres de Nazaret il apparut à quelques-vns qu'il cóuia à máger auec luy, & diſnerent ſur
vne groſſe pierre que i'ay veuë encore au meſme lieu,
laquelle leur ſeruit de table, vne autre fois il leur apparut à plus de quatre ou 5. lieuës de là, ſur le bord de
la mer Tiberiade, qui eſt vne meſme choſe que la mer
de Galilée , mais on l'appelle de Tiberiade, là où elle
paſſe deuant la ville de Tiberiade , & là on a remarqué le lieu où il donna à ſainct Pierre la charge de
repaiſtre ſes oüailles, *paſce oues meas*., & mangea auec
eux. Les anciens Chreſtiens y auoient fait vne petite
Egliſe tout ſur le bord de la mer , mais comme toute
la ville de Tiberiade eſt toute ruinee,& n'y a pas trois
maiſons,ſeulement y reſte les murailles tres-bonnes,
auſſi cette Egliſe eſt-elle abandonnee,quoy qu'encore ſur pied, elle eſtoit toute fangeuſe quand ie la vis,
il y loge vn pauure homme à vne pauure maiſon
tout contre qui s'en ſert pour retirer quelquesfois du

beſtial, choſe digne de compaſſion, voila les principaux lieux remarquez par l'antiquité où noſtre Seigneur ſe ſoit apparu apres ſa Reſurrection, & y en a
aſſez d'autres, mais on ne les a pas ſi bien remarquez,
& ſi ie n'ay veu que cela, ie laiſſe le reſte à ceux qui ont
veu plus que moy.

DE LA TRIOMPHANTE ASSEN-
ſion de Ieſus au Ciel.

L ES Euangeliſtes ſacrez, nous apprennét
que Ieſus ayant conuerſé l'eſpace de
quarante iours auec les Apoſtres, leur
apparoiſſant par diuerſes fois depuis ſa
glorieuſe Reſurrection, il les rappella
tous de Galilée en Iudée, où eſtans aſſemblez, il leur
apparut, & leur donna le rendez-vous ſur vne tres-
haute montagne, qui eſt tout vis à vis de Hieruſalem,
& tout proche, nommée la montagne des Oliues, où
eſtans tous aſſemblez auec la ſaincte Vierge, & quantité de ſes Diſciples, Ieſus ne les fit pas long-temps
attendre, ainſ ſe trouua auſſi toſt aupres d'eux, où
ſe tirant vn peu à quartier tout proche, montant ſur
vn petit tertre vn peu plus eſleué, il commença à leur
faire vne tres-excellente Predication, par laquelle leur
ayant declaré le pouuoir ſans limite, que le Pere luy
auoit donné au Ciel & en la terre, il en voulut ſur
l'heure faire les preuues, car pour faire voir le pouuoir qu'il auoit en terre, il les deputa ſes Ambaſſa-
deurs par tout le monde, leur commandant d'aller

D d iij

partout le monde annoncer à tous les mortels, la diuinité de celuy qui peu auparauant auoit esté condamné comme criminel, & pour donner des tesmoi-
gnages irreprochables de sa toute-puissace, il leur dô-
na le pouuoir de faire des miracles, & puis apres leur
desirant faire voir le pouuoir qu'il auoit dans le Ciel,
estendant les deux bras, & les benissant de ses mains
toute-puissantes, il quitta doucement la terre, & petit à petit ils le virent monter iusques aux nuës, qui
tout à coup le cacherent & le deroberent de leurs
yeux, & ayant fait son entrée triomphante dans le
Ciel, il commença a y exercer sa puissance sur les Anges, comme en terre il auoit fait sur les hommes.

Ce qui est icy de remarquable, ce sont les vestiges
des pieds de Iesus qui sont demeurez tres-bien imprimez sur la place, où l'on y void la plate de ses pieds:
il est vray que ie n'y en ay veu que celle du pied droit,
& me dit on que les Turcs auoient enleué l'autre, &
l'auoient mis dans leur Mosquée, qu'ils appellent le
Temple de Salomon, & le tiennent auec beaucoup
de reuerêce La prouidence & la sagesse de Dieu sont
admirable, d'auoir voulu que tous, ou la pluspart des
mysteres de nostre Redemption, ayent esté operez
sur des rochers & pierres, à ce que les marques demeurassent à la posterité, comme sont ces vestiges icy,
car s'ils eussent esté imprimez sur la terre, le vent & la
pluye les eut effacez il y a long-temps: mais ils sont
sur vne pierre platte qui estoit à fleur de terre, comme en ces pays-là vous trouuez autant de pierre que
de terre, & la pluspart des montagnes sont ainsi.

On auoit fait baſtir vne petite Chappelle en doſ-
me pour enfermer ce lieu, mais les Turcs l'ont priſe
pour eux, & l'ont dediée à leur ſeruice, c'eſt vne petite Moſquée qui ne ſçauroit tenir plus de vingt hommes, nous ne laiſſaſmes pourtãt pas d'y entrer, & faire
nos prieres, & adorer ces ſainctes marques: i'auois entendu dire autre fois, & l'auois leu encore dans de
bons Autheurs, que cette Chappelle eſtoit ouuerte
par en haut, vis à vis de ces plantes ſacrées, & qu'on
n'auoit iamais peu couurir ny boucher cét endroit,
par où noſtre Seigneur auoit monté au Ciel, mais i'ay
trouué le contraire, ie vous diray pourtant qu'ils a-
uoient raiſon de dire qu'il eſtoit deſcouuert, car il n'y
a que peu d'années qu'il eſt bouché, mais de dire
qu'on ne l'auoit peu couurir, c'eſt ce dont ie doubte,
puis qu'à preſent les Peres Cordeliers l'ont fait couurir, à cauſe que la pluye gaſtoit tout là dedans, ceux
qui eſtoiẽt en ceſte action m'ont dit que ſur la creance qu'ils auoient que noſtre Seigneur ne vouloit la
laiſſer couurir, le reuerend Pere Gardien du Conuent
fit faire prieres à Dieu qu'il luy pleuſt leur permettre
de ce faire, ce qu'ils firent ſans aucune peine. Il n'y a
icy que le veſtige du pied droit de Ieſus, les Turcs
ont couppé l'autre auec le ciſeau, l'ont enleué & l'ont
porté par reſpect dans leur Moſquée ou Temple de
Salomon, où ils le tiennent auec reuerence ſur vn petit rocher fait à plaiſir par artifice, ſelon que l'on
m'a dit, ne l'ayant pas veu. Aſſez pres de ce lieu on a
remarqué, où apres que Ieſus fut monté au Ciel,
les Apoſtres s'amuſoient à deuiſer enſemble ſur cette

merueille, & tenant toufiours la face leuée, & les yeux
vers le Ciel, ne pouuoient quitter de veuë ce chemin
qu'auoit tenu leur bon Maiftre, l'on appelle ce lieu
viri Galilæi, parce que fur les admirations de ces Apoftres, voicy deux Anges qui leur paroiffent veftus de
blanc, & d'vne majeftueufe forme, leur difant, ô
hommes Galileens, à quoy vous amufez vous? qu'eft-
ce que vous auez tant à regarder le Ciel comme fi celuy que vous y auez veu monter en deuoit defcendre
auffi toft? Remarquez feulement la grauité, la Majefté & la gloire auec lquelle vous l'auez veu monter, car vn iour viédra, qui fera à la fin du monde, qu'il
redefcendra pour iuger tout le monde en la mefme
forme & maniere. *Quemadmodum vidítis eum afcende-*
tem in Cælum ita veniet, auffi y a-il bien de l'apparence
que ce Iuge de l'Vniuers, mettra fon trófne Iudiciaire
en ce lieu, car au bas de cette montagne, eft la valée
de Iofaphat, où felon vn Prophete il doit vuider fes
differens auec fon peuple: & de ce lieu (comme remarque tres-bien le reuerend Pere Boucher dans
fon bouquet facré) l'on voit tous les lieux où Iefus a
fouffert: car cette montagne des Oliues eftant plus
haute de beaucoup que celle fur laquelle eft baftie
Hierufalé, qui eft tout vis à vis, & qui a entre les deux
la valée de Iofaphat, l'on void toute la ville & les rués
d'icelle, de maniere que Iefus pourra monftrer aux
predeftinez & aux reprouuez, tous les lieux où il a
fouffert pour eux, à la confufion des vns, & à la confolation des autres.

DE

DE LA DESCENTE DV SAINCT
Esprit.

ESVS montant au Ciel, commanda à ses Apoſtres, & Diſciples de ſe retirer apres ſon Aſcenſion dedans quelque maiſon, où ils fuſſent perſeuerans en o-raiſon, iuſqu'à ce qu'ils ſe ſentiſſent re-ueſtir d'enhaut, du courage, & de la force ſuffiſante pour l'execution & entrepriſe des choſes arduës & difficiles, qu'il leur auoit enioinct, ce qu'ils firent en la compagnie de Marie, la Mere de ce Reparateur du monde, & triomphateur de la mort, & au bout de dix iours, le ſainct Eſprit deſcendit viſiblement ſur eux tous en forme de langue de feu, & cecy fut dans le meſme Cenacle ou ſalle, dans laquelle il auoit fait la Cœne, ſur le mont de Sion.

Ie trouue icy deux choſes dignes d'eternelle remar-que à la poſterité, ce que ie n'ay encore veu remar-quer de pas vn voyageur ou pelerin: la premiere, c'eſt qu'au meſme lieu où Ieſus à finy toutes les actions de ioye qu'il a faite durant qu'il a conuerſé mortel en terre parmy les hommes lors qu'il y fit la Cœne auec ſes Apoſtres, & les repeut d'vne viande celeſte, en ce meſme lieu il a mis fin à toutes les actions glorieuſes qu'il a faites depuis ſa Reſurrection, & tant que reſuſ-cité il a conuerſé ſenſiblemét en terre parmy les hom-mes, leur donnant en cette deſcente de l'Eſprit qui

Ee

procede de luy, vne viande spirituelle, & vn breuua-
ge si chaleureux, que les Iuifs qui les virent au sortir de
ce Cenacle, disoient qu'ils estoient yures.

La seconde est, qu'au mesme lieu où la langue de
Iesus, langue toute embrazée d'amour pour les hommes, lançant à la Cœne ces quatre flammes sur du pain
comme sur vn holocauste preparé, disant, *hoc est corpus
meum*, fit vn tel changement en cette substance qu'elle n'estoit plus pain, ains chair, qu'elle n'estoit plus
imparfaicte, mais parfaite, ainsi en ce mesme lieu
vne lague de feu, s'assist sur chacun des Apostres, qui
les transmua si glorieusement, que de grossiers, igno-
rans, & craintifs qu'ils estoient auparauant, ils deuin-
drent en vn moment subtils, sçauans eloquens, & har-
dis à merueilles, & le plus grand de tous ces miracles,
est que cette premiere langue de feu apliquant sa vertu sur le pain, changea seulement l'interieur & la substance, sans faire paroistre aucune immutation exter-
ne aux accidens visibles du pain, ainsi en ses Apostres
ce changement fut si subtil & interieur, que demeu-
rans au dehors, aux yeux des hommes, ce qu'ils a-
uoient tousiours esté; ils commencerent d'estre aux
yeux de Dieu & des Anges, ce qu'ils n'auoient iamais
esté, dont ils remercierent la bonté de Dieu, ne se
pouuans tenir de l'annoncer à tout le monde.

Comme ie luy rends mille graces de m'auoir fait
cette faueur, de voir de mes yeux la plus grande partie des lieux que sa Maiesté Incarnée a honoré en terre, en sa Conception, en la naissance, en ses pele-
rinages, en sa vie, en sa Passion, en sa mort, & apres

sa mort, ainsi que ie les ay cy-dessus representées pour le desir que i'ay eu d'esclaircir sur ce subiect, beaucoup de petits doubtes que i'ay souuent recogneus dans diuers esprits.

Que si ceux qui ont fait le mesme voyage que moy, trouuent que i'ay manqué en quelque chose, ie me soubmets à leur charitable correction, les asseurant que si ie manque, i'ay esté le premier trompé, & si quelque chose les contente, qu'ils prient Dieu pour moy, il suffit que ie dis ce que ie puis, & ce que ie croy auoir veu.

Fin de la troisiesme Classe.

E e ij

Quatriesme Classe.

DANS CETTE QVATRIESME CLASSE
ie ne remarqueray que succinctement les choses que ie croiray estre tres-vtiles aux Predicateurs, & aux ames deuo-
tes qui s'adonnent à la meditation, des actions heroiques
des Apostres & Disciples de Iesus-Christ, commençant
à sainct Iean Baptiste.

SAINCT IEAN BAPTISTE.

E vx qui preschent de sainct Iean, s'i-
maginét que sortât de la maison de son
Pere Zacharie, comme il fit à l'aage de
sept ans, il se retira dans vn desert fort
esloigné, mais vous deuez sçauoir que
de la maison de ses pere & mere à ce desert il n'y a
pas deux ou trois lieuës, & ce desert n'est point aride,
ce sont trois hautes montagnes qui se regardent
l'vne l'autre, & sont fort hautes, & couuertes d'arbres & brossailles de petits bois, & au pied de ces
trois montagnes y a vne petite pleine ou valon labourable, qui tient enuiron vne lieuë de circuit &

non plus , & a la pante de l'vne de ces montagnes
y a vne grotte cauée dans le roc, où le sainct enfant
se retiroit,& couchoit sur vne pierre,en forme de lict,
qui est au fond de cette cauerne. Au pied de cét Hermitage naturel, y sort vne fort petite fontaine dont il
s'abreuuoit.

DES SAINCTS APOSTRES.

QVAND i'aurois recité tous les lieux où
sainct Pierre, sainct Paul, & les autres
Apostres ont esté, & que i'aurois peu
voir, ie ne dirois rien de nouueau , qui
ne soit escript dás les Actes, si ce n'est ci
quelque particuliere remarque,& parce que ie n'en
ay point fait, voila pourquoy ie m'en tairay : ne parlant que de ceux desquels i'auray veu , comme des
suiuans.

SAINCT ESTIENNE.

SAINCT Estienne ayant esté chassé vio-
lemment hors de la ville de Hierusalem,
par vne sedition, excitée par les Inifs, ils
le poursuiuoient à coups de pierre , &
comme la ville est fort haute , en descendant d'icelle , vers la valée de Iosaphat, le sainct
Martyr se sentant accablé de ces coups , se retira à cô-
sté du chemin , en la descente , où tombant de foi-

E e iij

blesse, ils acheuerent de l'assommer, & en ce lieu il
y a vne chose tres-notable, c'est que cét endroit e-
stant vn roc à fleur de terre, & fort vny, il se rendit
aussi obeissant au corps du sainct martyr, que son ame
estoit obeissante à Dieu; car on y voit tout le derrière
de son dos, & costes imprimées, comme sur de la cire, & la malice des Iuifs est si grande, que voyant les
Chrestiens aller baiser, & reuerer cette pierre, &
ces caracteres, ils y iettent souuent de l'ordure dessus.

DE LA MAGDELAINE, DE MARTHE,
& du Lazare.

I L y a de l'apparence que ce frere & les
deux sœurs, estoient tous de mesme
bourgade, car l'Euangile parlant du Lazare, dit, qu'il estoit de Castello, Marie
& Marthe, où vous noterez vne faute
ordinaire de nostre version, & langage, quand nous
tournons ce mot de Castello, pour chasteau, disant,
que le Lazare estoit du chasteau de Marie & de Marthe : Castello, c'est à dire vn bourg, & encore la langue Italienne appelle vn bourg, vn Castello, ils estoiēt
donc de Béthanie, qui est vne bourgade à vne
lieuë & demie de Hierusalem, où se void encore les
vestiges des maisons de ses deux sœurs, du Lazare, &
de Simon le Lepreux, & le sepulchre du Lazare, dans
lequel on descend comme dans vne caue, & puis en

leuant vne grand pierre qui eſt comme vne trappe, de laquelle noſtre Seigneur parloit, diſât, *tollite lapidem*, le voulant refuſciter: on deſcend encore plus bas dans vn petit caueau, où eſtoit le corps, i'ay dit la Meſſe dedans, ſur vne petite table qui y eſt.

Quant à la Magdelaine, c'eſt choſe tres-aſſeurée qu'elle ne demeuroit point pourtant au bourg de Bethanie, ains qu'ayant ſon partage, dont elle ioüiſ-ſoit, elle demeuroit en la prouince de Galilée, en vn chaſteau nommé Magdalon. C'eſt pourquoy les Euangeliſtes voulant faire diſtinction de cette Marie d'auec les autres Maries, il dit touſiours ces paroles, *Maria quæ dicitur*, *Magdalenæ*, Marie[1] qu'on appelle de Magdalon, or y a-il bien trente lieuës de Bethanie qui eſt enludée, pres de Hieruſalem, & Magdalon qui eſt en Galilée tout proche de la ville de Capharnaon, ce fondement poſé, ie deſire guerir les Predicateurs de pluſieurs erreurs qu'ils font ſur l'hiſtoire.

Premierement, quand ils diſent ces paroles, *mulier erat in ciuitate peccatrix*, il y auoit vne femme pechereſ-ſe en la cité, ils diſêt que cette cité eſt Hieruſalê, & l'ap-pellêt la pechereſſe de Hieruſalê, & ceux qui meditent la conuerſió de Magdelaine, s'imaginêt que ce fut en Hieruſalem qu'elle pleura ſur les pieds de Ieſus en la maiſon du Phariſien: & ils ſe trompent, car s'ils liſoient bien l'Euangile, & ce qui precede cette action, ils trouueroient que ce fut en la ville de Capharnaon, où demeuroit le Phariſien, pres de laquelle ville eſt le chaſteau ou maiſon de Magdalon.

Secondement, l'on peſera ſouuent comme Marthe incita Magdelaine d'aller entendre la Predicatió de Iesus-Chrilt, luy disant merueille de cét homme diuin, & les Predicateurs font des feintes merueilleuses là dessus, dont ie m'estonne fort: lisez bien l'Euangile, & vous trouuerez que Magdelaine estoit conuertie, & suiuoit Iesus-Chrilt, long-temps auparauant que Iesus-Chrilt eust iamais veuë ny cogneuë Marthe, voire auant qu'il fust iamais venu en Iudée, car l'Euangelilte remarque que nostre Seigneur ayant commencé ses Predications en la Prouince de Galilée, lors qu'il voulut venir en Iudée, l'Escriture remarque que *Mulieres sequebantur illum venientem de Galilea in Hierusalem, inter quas erat Maria Magdalenæ, Maria Iacobi, Joanna vxor Chuzæ*, Iesus venant de Galilée en Iudée, ou en Hierusalem, il y auoit des femmes pieuses qui le suiuoient, luy administrát de leurs facultez: entre lesquelles estoit Marie de Magdalon, Marie de Iacque, & Ieanne femme de Chuze, qui prouue non seulement qu'elle fut conuertie auant que sa sœur Marthe eut veu Iesus, mais encore que ce fut en Capharnaon, & non en Hierusalem, puis qu'elle le suiuoit auant qu'il y eust esté, il est vray que depuis que Iesus se fut habitué dans la Iudée, elle se rangea aussi en Bethanie pres de son frere & sa sœur, & ne retourna plus en Galilée, elle ne pouuant perdre son bon Maistre de veuë.

Il est vray qu'vne chose qui m'a donné du sentiment est vne grosse pierre qui est deuant le logis de Marthe & de Magdelaine, sur laquelle tout eschauffé

échauffé, & en sueur, il s'assit, lors qu'ayant esté mandé en Ierico par ces filles, pour venir voir le Lazare
malade, il vint vn peu en haste, & mòta vne assez longue montée, & estant arriué, il ne voulut entrer en
la maison de ces filles, qui ploroient la mort de leur
frere, mais s'estant ainsi assis deuant la porte, sur cette pierre, & s'essuyant le visage plein de sueur, Marthe
l'ayant apperceu, descendit vistement, & luy dit d'a-
bord, Seigneur, si vous eussiez esté icy, mon frere ne
fust pas mort, aussi tost elle alla appeller Magdelaine, qui quitta brusquement toute la compagnie qui
l'estoit venuë condouloir, elle descend, & se iettant
aux pieds lassez de son bon Maistre, suant, luy rendit les larmes pour le payement de sa sueur, luy disant encore, Seigneur, si vous eussiez esté icy, mon
frere ne fust pas mort; ausquelles paroles, & ausquelles larmes de cette bonne amante le cœur a-
moureux de Iesus fut touché, & pleura comme elle;
ie baisois cette pierre auec bien du sentiment pour
la memoire de ces deux amants plorans.

Ie ne parle point du reste de la vie de Magdelaine,
tout cela est escript dans la vie des saincts, ny comme elle vint en France, ny du lieu de sa penitence
prés de Marseille, car ie croy que beaucoup l'ont veu
comme moy, ie diray seulement qu'il falloit que ce
fust vne puissante fille, à voir son chef entier, & les
bras comme ie les ay veus.

Toute la chair de sa teste estant consommée, il y
reste seulement celle où les doigts de Iesus glorieux la
toucherent apres sa Resurrection, lors qu'il la repous-

Ff

sa, quand elle se voulut ietter à son col, ou à ses pieds.
Voila tout ce que ie croy estre remarquable pour ce
sujet, laissant le surplus à ceux qui auront mieux fait
profit du voyage que moy, & qui auront plus de grace à descrire; car comme ie ne fais pas cecy expres
pour imprimer, ains pour mes amis particuliers, aussi racontay-ie mon fait grossierement, mais tres-ve-
ritablement: sçachez donc gré à ma bonne volonté,
qui est de vous seruir en vos meditations, & priez
Dieu pour moy.

Fin de la quatriesme & derniere Classe.

SECOND
VOYAGE
DV
R·P·PACIFIQVE,
AV ROYAVME
de Perse.

BRIEFVE
RELATION
DV SECOND
VOYAGE
DV
R.P. PACIFIQVE,
au Royaume de
Perse.

DVRANT le premier voyage que i'auoisfait, ayant pris garde aux lieux où plus commodément, & auec l'vtilité spirituelle du prochain, nous pourrions establir des Religieux de nostre Ordre, & à mon retour, passant par Rome, en

ayant informé la Saincteté du Pape Gregoire quin-
ziefme, & la facrée Congregation des Cardinaux
de *Propaganda Fide*, qui agreerent mes penfées, ils or-
donnerent deux de nos Peres pour Commiffaires,
fur cette miffion, pour en auoir le foing, par le commandement defquels ayant efté deftiné auec deux
autres Religieux, pour aller commencer à Conftantinople, apres auoir repris haleine quelque temps
à Paris, i'en partis, & m'en allay droit à Marfeille pour
m'embarquer, où eftant, quelque affaire m'obligeant
de retourner à Rome, nous nous embarquafmes
dans vne barque, & allafmes à Ligourne, de Ligourne à Florence, puis à Rome, où ayant demeuré quelques iours, mes compagnons tombans malades, pour
les grandes chaleurs, ie fus contraint de retourner à
Marfeille, & de Marfeille à Paris.

Durant mon fejour à Paris, nos Superieurs ayans
changé de deffein, enuoyerent d'autres Religieux
à Conftantinople, & pour moy ils deftinerent de
m'enuoyer en la ville d'Alep de Syrie, pour tafcher
de nous y eftablir, pour puis apres de là paffer en
Perfe.

Nous partifmes donc de Paris pour la troifiefme
fois, & vinfmes à Marfeille, où nous embarquans,
nous abordafmes Malte en peu de iours, & y
fuiournafmes quelque peu; d'où partant puis apres,
nous prinfmes terre à Saïde ou Sidon; de là nous allafmes en la ville de Damas pour la feconde fois, & y
demeurafmes pres d'vn mois, fort bien receus chez

noſtre premier hoſte:de Damas nous allaſmes en dix
iournées de Carauanne en Alep , mais durant vne ſi
cruelle chaleur (c'eſtoit en Aouſt) & auec tant de fatigues , que i'arriuay en Alep, auec la fievre , qui me
dura quinze iours, laquelle eſtant paſſée , nous pen-
ſaſmes à executer la volonté de nos ſuperieurs, c'eſt
à dire que nous cherchaſmes les moyens de nous y
eſtablir , auec la bien-veillance des marchands de
toutes les nations, & des Turcs meſmes. Mais nous
trouuaſmes de ſi furieuſes oppoſitiõs, & ſi meſperées,
que la modeſtie m'oblige à garder ſoubs le ſilen-
ce les contradictions que nous y auons euës durant vn an entier , qui eſtoient de tant plus inſup-
portables (quoy qu'agreables pour l'amour de Dieu)
qu'elles nous eſtoient ſuſcitées par des perſonnes de
profeſſion Chreſtienne , & plus encore , dont ie me
contente remarquer les particularitez , au traité particulier que i'ay fait des choſes concernantes le pro-
gres de noſtre miſſion. Ces trauerſes de Chreſtiens
nous obligerent à recourir ſoubs la protection des
Turcs, & à nous peiner pour tirer vn Commandement du grand Seigneur, pour pouuoir demeurer
librement dans la ville d'Alep,& nous ſeruant de l'occaſion du grand Vizir,nommé *Calif Bacha* qui pour
lors vint en Alep,auec l'armée Ottamane, pour aller
aſſieger Erzeron, nous le trouuaſmes plus fauorable
à nos deſirs que non pas les Religieux Chreſtiens;car
par l'entremiſe de quelques Renegats François,
qui eſtoient prés de luy, nous obtinſmes , ſans faire

aucun present, ny à luy, ny aux Officiers, les Commandements suiuants, qui sont tres-beaux, & au
moyen desquels nous commençasmes vn peu à
respirer.

COMMAN·

COMMANDEMENT
PARTICVLIER DV
GRAND SEIGNEVR SVLTAN
Mvrat, pour l'establissement
des Capucins, en la
ville d'Alep.

LE CADY DES CADYS DE TOVS
les Musulmans, le Prophete de ceux qui adorent Dieu,
fontaine des sciences, heritier des Prophetes, & du grand
Prophete, Correcteur, & punisseur de tous les peuples en-
semble, enuironné des Anges. Au Seigneur Cady
d'Alep, Dieu le maintienne.

COMPAROISSANT ce nostre parfaict
Commandement, vous sçaurez, que du
pays de France, & du Seigneur Ambassadeur sont venus habiter en cette
ville d'Alep, les Peres Capucins, lesquels
nous ayans presenté Requeste par nostre Sardar ou
grand Visier, nous ont fait voir comme ils habitent
paisiblement, & en bonne correspondance auec les
marchands de leurs nations, icy habitans audit Alep,

& qu'ils se contentent de leurs faits, & coustumes, sçachant mesme que les Musulmans sont con-
tents d'eux, parce que lesdits Peres ne font aucune
chose contre leur loy, & la Iustice. Voila pourquoy
si les Espahis, Ianissaires, & autres Musulmans,
ou aucun d'iceux, se trouuoit qui voulust prendre
quelque chose desdits Religieux, en leur voulant faire
quelque desplaisir, soubs quelque excuse ou pretexte que ce peust estre, toutesfois, & quantes qu'ils
leur voudront faire quelque dommage en leur
Eglise, ou interrompre ou troubler les ceremonies
qui sont selon leur foy & leurs coustumes; ou s'il ar-
riuoit que contre les loix; & la Iustice Turquesque
ils voulussent entrer en leur Eglise, au temps qu'ils
disent leurs Messes, Oraisons, & Predications, & leur
voulussent donner quelque empeschement ou
trouble. Pour empescher que telle chose n'arriue, ils
ont demandé ce Commandement Imperial, à ce
qu'il ne leur soit faict aucun empeschement, ny
causé aucun desplaisir, contre les capitulations. Outre lequel nous leur auons fait ce Commandement,
& escriture, munie cy dessus de nostre bul ou cachet, auquel vous obeïrez pour lesdits Peres. Outre
les Capitulations, & la Iustice Turquesque, voulons
qu'il ne leur soit fait aucun déplaisir ny discourtoisie;
& arriuant qu'ils le fassent, leurs chefs les chastieront:
Si c'est vn Ianissaire, vn Aga ou Capitaine: si c'est
vn Espahy, son Aga : si vn autre Musulman son
maistre le chastiera, & que personne ne fasse contre
les Capitulations, ce Commandement ne leur fai-

fainr aucun defplaifir ny degouft, faifant fuiuant leur
loy, & couftume : Et fi quelque Mufulman veut
entrer dans leur Eglife, qu'il ne luy foit permis, &
en foit empefché. Si quelqu'vn fait quelque chofe contre lefdits Peres, qu'on efcriue leur nom, &
qualité, & que par vne requefte, on m'en faffe la
plainte; & ainfi vous ferez que ce Commandement foit confirmé à la feule veuë de mon figne
Imperial, efcrit à la fin du mois de Regueb, en l'année
1036. & des Chreftiens mil fix cens vingt-fept le quin-
ziefme Auril.

AVTRE COMMANDEMENT IM-
perial du grand Seigneur Sultan Murat, pour tous
les Religieux Capucins qui iront, viendront,
& demeureront dans tout l'Empire
du grand Turc.

Es plus grands Seigneurs, & Gouuerneurs, les plus releuez des grands, & les
plus puiffants, & honorez, qui font
adjoints & fubjets au tres-haut & tres-
puiffant Roy de noftre Empire, Dieu
les conferue.

Les prouinces de Natolie, auec tous les Bachas,
& Gouuerneurs d'icelle, Dieu les garde.

Aux principaux Seigneurs, Princes puiffants, & releuez, à tous les Sanjacs, & grands, que Dieu garde.

A tous les venerables Cadis, & Iuges, qui font la

fontaine de tout bien & science, & l'excellence de tous les Iugemens, qui se font des pays susdits, l'excellence s'augmente pour iamais.

Quand apparoistra cette Royalle lettre aux lieux de vostre Iurisdiction, vous sçaurez qu'il est venu du pays de France des Religieux Capucins, qui nous ont presenté Requeste par nostre Sardar, ou grand Visier, aux fins qu'ils puissent pour le seruice de Dieu, passer, aller, & venir par nos Royaumes, que Dieu maintienne, & qu'en tous lieux où ils voudront aller, qu'allás, & venans sous vostre Iurisdictió, ou Iustice, ils puissent frequenter les villes, bourgs & villages, & en iceux faire selon leur Religion, & prescher, & enseigner en leurs Eglises, selon leur discretion & volonté, sans qu'aucuns Espahis, Ianissaires, Ministres, ou seruiteurs d'iceux, ou qui que ce soit, leur puissent donner aucun empeschement, ny faire aucun desplaisir, & nous demandent par nostre Visier, ce nostre excellent Commandement par leur requeste, laquelle estant arriuée à nostre Majesté, comme estans d'vne nation confederée, & alliée auec nous, se soubsmettás à nostre protectió, & qu'ils sont d'vn Ordre de Religieux qui cheminent droit en leur foy, afin qu'aucune persone ne les offence ou dóne empeschement, nous auons donné ce Commandement icy, & auons commandé de nostre authorité Imperiale, que les Religieux dudit Ordre en tous lieux de nostre Iurisdiction, & loy, demeurent librement & paisiblement, selon leur Religion & les exercices d'icelle, en toutes les Eglises, où ils vou-

dront aller, fans en eftre empefchez par noftre Iu-
ftice.

Voulons en outre, qu'en leur voyage par les
villes, bourgs, & villages, il n'y ait aucun Efpahy, Ia-
niffaire; ou autre quel qu'il foit, ny en quelque façon
que ce foit, qui leur face aucune offence, déplaifir, ou
empefchement, & fi quelqu'vn vouloit faire telle
chofe, vous leur refifterez, & les en empefcherez.

Que ce noftre Commandement foit receu, & ob-
ferué eftroittement, fans aucune refiftáce ou contradiction, que perfonne ne les tranfgreffe, & que chacun fe tienne à cela, & tous ceux qui contreuiendront
à ce Commandement, vous les punirez : Ainfi vous
fçaurez (cela veut dire comme en France: car tel eft
noftre plaifir) & porterez refpect à noftre marque
Imperiale. Donné en la cité d'Alep, le premier du
mois de Chaban l'an mil trente fix, & des Chreftiens
le   Auril, mil fix cens vingt-fept.

Si toft que nous nous vifmes en paix, & hors
de crainte, que l'on nous chaffaft, (comme on auoit
fait quelque peu auparauant nous les Peres Iefuites, & Carmes Defchauffez) qui y font pourtant retournez apres nous, & y demeurent paifiblement,
il nous vint en penfée d'aller voir fi nous nous pourrions eftablir au Royaume, & Ifle de Cypre, & nous
feruant de l'occafion des Galeaffes de Venife qui y
alloient, nous nous allafmes embarquer en Alexan-
drette, & en peu de temps arriuafmes en Cypre,
au port de Saline, qui eft proche la ville de l'Arnica,
en laquelle nous fufmes tres-bien receus, chez vn

G g iij

marchand Venitien, chez lequel ayant demeuré huit
ou dix iours, nous allafmes en la ville capitale, nommée Nicoffie, qui eft à dix ou douze lieuës, dans la
terre ferme, ville tres-agreable, & accompagnée
des plus belles murailles, & portes qui fe puiffent
voir, faite jadis par les François.

Durant que nous fufmes à Nicoffie nous tombaf-
mes malades, trois Religieux que nous eftions, de la
fieure, qui attrappe la plufpart des nouueaux venus
en ce païs, mais nonobftant la fieure nous ne laif-
fafmes pas de nous traifner, & mefnager noftre eftabliffement en ladite Ifle, aupres du Bacha, en vertu
du Commandement Imperial, que nous auions du
grand Seigneur: ce qui nous reüffit fi heureufement
que nous en vinfmes about, & arreftafmes vne maifon, où vn de nous demeura, en attendant prompt
fecours, & m'en retournay en Alep fort malade,
dont ie penfay mourir : mais n'ayant efté malade
qu'vn mois, eftant reuenu en conualefcence, & nous
eftant defia arriué de nouueaux Religieux de France, pour tenir nos places, nous penfafmes à nous a-
cheminer en Perfe, pour acheuer d'accomplir les
ordres à nous donnez de nos Superieurs, penfée qui
ne manqua pas d'eftre combatuë de nos meilleurs
amis, les vns difans qu'eftans deux de nous trois qui
allions, tout nouuellement releuez de maladie, &
la chaleur eftant fi exceffiue, & les deferts fi fafcheux, qu'infailliblement nous mourrions en chemin : autres difoient que nous n'y ferions iamais
bien receus du Roy, qui eftoit difoit-on, grandement

rebutté & dégousté des Religieux, pour plusieurs raisons, & à toutes dissuasions, n'ayans tous trois que nous estions, autre responce, sinon que les affaires de Dieu se deuoient regarder d'vn autre œil, que les affaires du monde, & qu'il nous suffisoit d'accomplir nostre obedience. Ayant fait les petites prouisions pour nostre voyage, & arresté nos chameaux, nous nous mismes en chemin auec la benediction de Dieu, trois Religieux, à sçauoir le Pere Gabriel de Paris, le Pere Iuste de Beauuais, & moy F. Pacifique.

Nous partismes d'Alep enuiron le vingtiesme iour de Iuin mil six cens vingt-huict, & trauersasmes les deserts d'Arabie, arriuant en la ville de Babilone capitale de Caldée, au bout de cinquante deux iours, ayant trouué seulement deux villages, & vne ville, Tayba, Raabba, & Anna, capitale d'Arabie : Ie ne me dilateray point à descrire ce qui nous arriua par les chemins, car cela meriteroit vn liure à part, & pourrois dire, sans mentir, que nostre Seigneur fit autant de miracles en faueur de ses pauures seruiteurs, qu'il se passa de iours en tout nostre voyage, tant en diuers accidents qui arriuerent durant ce temps, qu'en l'arrest que le Roy des Arrabes, nommé Metelich, fit de nostre Carauane, où il fut fait vn honneur, qui ne fut fait à personne qu'à nous : chose digne d'eternelle memoire : Car ayant fait abbatre tous les pauillons, durant la plus grande ardeur du Soleil, & fait ouurir tous les pacquets, & balles des marchands, quand ce vint au nostre, tous les Arrabes se mirent tous à parler pour nous, & luy dire bien de nous, en sorte qu'il ne voulut pas que nous abatis-sions nostre pauillon, ny que nous ouurissions nos pacquets, ains nous venant visiter, nous dit, apres nous auoir bien considerez: Or sus, ie ne vous deman-de rien, priez Dieu pour le Prince.

DESCRIPTION DE L'ARABIE.

E N toutes les compagnies où ie me trouue, & où l'on parle de l'Arabie, on la confond tousiours, ainsi com-me l'on confond le grand Cayre d'E-gypte, auec Babylone, dont ie vous es-clairciray encore cy-apres.

Sçachez donc qu'il y a de trois sortes d'Arabies, ou pour mieux dire trois Prouinces, que l'on nom-me Arabie, qui sont fort esloignees l'vne de l'autre; il y a l'Arabie sabloneuse, qui est entre l'Egypte, la Palestine, & la mer rouge, & c'est celle que Moy-se passa auec les Israëlites, qu'il retira d'Egypte, dans laquelle Arabie est le mont Sinay, où Dieu donna la Loy, ce pays est tout plein de sable, & ste-rile, sans eauë, & inhabité.

Il y a l'Arabie heureuse qui est de l'autre costé de la mer rouge, & va iusques à la mer Oceane, & con-tient toute la Prouince de Yemen, de Medine, & de la Mecque, où est le sepulchre de Mahomet, ce

païs-là est tres-beau, & tres-excellent, aussi le nom-
me-t'on Arabie heureuse.

Il y a cette autre Arabie, de laquelle ie parle icy,
qui se nomme l'Arabie deserte, laquelle est sepa-
rée de la Mesopotamie, par le fleuue de l'Eufrate, &
tient depuis Alep & Damas, iusques à Babylone, &
quoy que l'on la nomme deserte, ce n'est pas qu'elle
soit sterile, ou inhabitée ; mais c'est qu'elle l'est fort
peu, à cause qu'il n'y a que fort peu d'eau : on trouue neantmoins beaucoup de vieilles ruines, & beaux
edifices qui font croire qu'elle a esté plus habitée ;
il y a pourtant encore des villes & villages par tout,
où il y a commodité d'eau, quoy que l'eau sente vn
peu le souffre : mais tout le long de la riuiere de l'Eufrate, il y a quantité de villages, aupres desquels les
terres sont tres-bien cultiuées, où il y a du froment
& de l'orge, & y recueille-t'on l'orge deux fois l'année,
pour monstrer que la terre est bonne, où il y a de
l'eau, aussi y a-t'il de l'herbe, & verdure, par tout
le pays, force romarins, lauandes, capriers, & de
la reglisse, voire de petits bocages : nous trouuasmes
quatre villes (vn peu ruinées pourtant) sur nostre
chemin, à sçauoir Raabba, Tayba, vne autre gentil-
le dont i'ay oublié le nom, & puis la ville capitale,
nommée Anna, qui est quasi comme Lyon, enfermée entre des hautes montagnes, mais arides,
le fleuue de l'Eufrate passe au milieu, & faut que
nous le passions là pour aller en Babylone. Cette Prouince d'Arabie, ou Royaume, est gouuerné par vn
Prince nommé Metlich (c'est le nom de celuy-cy qui

H h

reigne ?) le Royaume est bien successif, & heriditai-
re de pere en fils, mais c'est au cas qu'il agrée au
peuple, car ils ne laissent d'en faire l'eslection, & le
grand Turc le confirme, parce qu'il est tributaire d'i-
celuy. Quand il est fait Roy, il fait serment qu'il ne
fera iamais sa demeure arrestée dans les villes, ains
qu'il sera tousiours dans la campagne, de maniere
qu'il porte sa ville où il va, au lieu où il luy plaist
de s'arrester, il tend ses pauillons, & toute sa suitte
en fait de mesme, & font vne grand ruë, qui tient
plus d'vne lieuë & démie de long, & chacun, outre
son pauillon, en a vn autre separé pour ses femmes, ces pauillons sont tapissez par terre, vn tapis en
fait l'office, qui leur sert de lict & de matelats, ie dis
pour le commun: car le Roy & les grands ont des
matelats, & sont tres proprement, le Roy en a plus
de six, l'vn sur l'autre, & vn grand tapis dessus. Auec
tout ce Camp volant, & ville portatiue, chemine
quantité de pauures gens, qui meinent de grands
troupeaux de cheures, brebis, & chameaux, dont
le laict est la nourriture de tout ce peuple, ils le font
aigrir, & le seruent dans de grandes iattes de bois,
qui est la vaisselle du Roy, & de toute cette Cour
Royalle; ils tuënt aussi forces cheureaux, & moutons
qu'ils mangent, & font cuyre leurs tourteaux ou
pain, sur des plaques de fer blanc ou cuiure.

Les delices du Roy, & de cette sauuage Noblesse,
est d'aller à la chasse aux Gazelles, qui sont de petits
animaux comme dains, qui sont tres veloces à la
course, & au lieu de chiens se seruent de Leopards:

cette chasse est tout à fait plaisante, car celuy qui
gouuerne le Leopard estant monté sur le dos
d'vn chameau, il tient deuant luy cét animal, & se
promenant par la campagne, si tost qu'il apperçoit vne Gazelle il la fait voir au Leopard, lequel
leuant la teste, si tost qu'il la apperceuë, il se glisse
incontinent en bas, le long des jambes du chameau, & s'en va tout courbé la teste baissée dans
les herbages, iusques à ce qu'il voye (leuant doucement la teste de fois à autre) qu'il soit à trois
secousses de la Gazelle, alors il se descouure, &
fait trois lançades ou secousses d'vn grand effort
pour attraper la proye, que s'il le manque à la
troisiesme lançade, il n'en fera pas vne de plus,
ains demeurant tout honteux, il enrage contre
luy-mesme, & ne fait que grongner, restant tout
confus & en vergongne de l'auoir manquée.
Alors son maistre s'en va le requerir, & l'abordant
le caresse, le flatte, & luy parlant comme à vne
creature raisonnable, il luy dit: que veux-tu, si
tu ne l'as prise, ce n'est pas ta faute, tu as fait tout
ce que tu as peu, mais elle t'a trompé, tu la pren-
dras vne autre fois? disant cecy le Leopard gro-
melle toufiours, & petit à petit appaise sa fureur.

Laissons-là l'Arabie, & parlons de Babylone,
où nous sommes arriuez.

H h ij

NOSTRE ARRIVEE
en Babylone.

 O v s arriuafmes en la
ville de Babylone fut
vers le douziefme iour
du mois d'Aouft ; en-
uiron deux iours apres,
nous allafmes en com-
pagnie de noftre Cara-
uan-Bachi, c'eft à dire
Capitaine de Carauan-
ne, marchand Armenien, faluër le Can, ou
Bacha de Babylone, où ces bons Armeniens
luy ayant dict qui nous eftions, d'où nous ve-
nions, qu'elle eftoit noftre vie, & que nous allions pour faluër le Roy de Perfe, il nous fit tout
l'accueil qu'il fut poffible, nous fit difner auec luy,
beut vne fois à la fanté de la Maiefté tres-Chreftienne du Roy de France, & nous fit offre de toutes fortes de courtoifies, nous difant que fon
pere eftoit Chreftien, qu'il l'auoit efté, & qu'il
l'eftoit encore en fon ame, & que toufiours il
voudroit du bien aux Chreftiens ; fur lequel difcours, nous feruans de cefte belle occafion, & fur
ce que la fefte de l'Affumption de noftre Dame

approchoit, nous nous enhardifmes de luy demander licence de parer vne petite chambre, y dreffer
vn Autel, pour y dire la Meffe, & faire nos prieres,
dix Chreftiens que nous eftions, à fçauoir trois Capucins, deux Peres Theatins, trois Venitiens, & deux
François, fans les Armeniens; ce qu'il nous accorda
volontiers, & ayans tiré nos ornemens, nous dref-
fafmes & parafmes vn Autel, tres-propre, & deuot,
y appofant pour tableau, vn pourtrait de noftre Seigneur, au naturel, & extrémement bien fait : le
iour de l'Affumption, nous nous affemblafmes, be-
nifmes la chambre, chantafmes le *Veni Creator*,
difmes tous la Meffe, les autres fe communians, &
à la fin difmes le *Te Deum laudamus*, rendant graces à Dieu de ce que nous faifions fi heureufe entrée dans ce Royaume, & que nous difions publi-
quement la Meffe, à porte ouuerte dans vne ville
où poffible depuis huit cens ans aucun Religieux
ny Preftre Catholique ne l'auoit dite, fi ce ne fuft
en cachette : de vous raconter ce qui fe paffa durant
dix ou douze iours que cette Chappelle ou petit
Paradis fut en euidence de tous les Turcs & Gentils
qui habitent en ladite ville, cela ne fe peut, ie croy
qu'il ne refta homme ny enfant dans la ville, qui ne
vint vifirer cette Chappelle, pour voir ce pourtrait de Iefus, deuant lequel i'en ay veu pleurer à chau-
des larmes; & des Gentils Indiens fe profterner le
vifage en terre, adorer ce fainct vifage, d'autres
nous prioyent de les inftruire de la vie, & miracles
de cét homme, qu'ils appelloient Diuin, d'autres

voyan s noftre Meffel qui eftoit fur l'Autel, fouftenu
de beaux couffinets de foye, & regardant les beaux
ornements, dont nous nous reueftions, pour lire les
Euangiles, & autres paroles diuines, qui font dedans
ce liure, nous prioyent de leur en donner aucunes
par efcrit, pour porter fur eux auec refpect, & pour
les garâtir de mauuaifes rencontres; en fomme nous
ne pouuions fatisfaire à toutes les démandes qui
nous eftoient faites, fur noftre foy, nous eftonnans
feulement comment il ne s'efmouuoit quelque fe-
dition fur cette liberté que nous prenions, à laquelle il nous fallut mettre fin, pour nous difpofer de partir, & acheuer noftre chemin iufques au lieu où e-
ftoit le Roy, auquel noftre intention eftoit de demander permiffion d'eftablir vn Hofpice de Religieux de noftre Ordre, en ladite ville de Babilone, &
l'autre en fa capitale ville d'Afpahan : mais comme
nous nous voyons defia en fi beau train, & introduits
en la cognoiffance du peuple, qui s'informoient de
noftre vie, lors qu'ils venoient vifiter noftre Chappelle, ayans pris confeil par enfemble, nous nous
trouuafmes tous trois d'vne mefme penfée, à fçauoir
qu'il feroit à propos qu'vn de nous demeuraft en
quelque maifon de Chreftiens, dans la ville pour
domeftiquer toufiours le peuple, & l'accouftumer
à nous voir, en attendant la refponce que nous au-
rions du Roy, pour ne donner la peine à vn Religieux de faire pres de trois cens lieuës pour aller iufques où eftoit le Roy, & puis reuenir en faire autant
pour retourner, au cas de licence obtenuë, & au cas

de refus, nous luy mandrions de nous venir ioindre.
Pour cette raison donc, & pour quelque autre sem-
blable, il fut resolu qu'il en demeureroit vn, & fut
le P. Iuste de Beauuais, qui tout plein de zele, & de
ferueur, nonobstant les excessiues chaleurs de ce
lieu, où il ne pouuoit esperer pour tout viure que
du pain, & de l'eau, s'offrit à rendre ce seruice à
l'Eglise de Dieu, & à la Religion, ayant desia vn
grand aduancement en la langue Arabesque : nous
le logeasmes auec vn ieune Prestre Nestorien, qui
s'estoit offert à cette charité, & y a demeuré cinq
mois seul, où nostre Seigneur a operé par luy ce
que nous dirons en son lieu. Nous voila donc sur nostre depart, mais vne question se presenta à resou-
dre entre nous trois, sçauoir quel seroit le mieux d'aller droit à la ville de Casbin, où alors estoit le Roy,
pour faire nos demandes à sa Majesté, ou aller droit
en la ville d'Aspahan pour, auant que d'aller au Roy,
voir vn peu les Religieux d'icelle ville, & quel sentiment ils auroient de nostre arriuée, voir la maniere
de viure du pays, pratiquer quelque cognoissance
pour nous donner entrée au Roy, & pour plusieurs
autres raisons qui sont encore plus fortes, que ie tais
pour briefueté : il fut conclu que le mieux estoit de
prendre ce chemin, nonobstant les conseils contraires, des marchands Armeniens, qui allant à Casbin,
nous excitoient à les suiure, nous promettans de parler au Roy, pour nous obtenir ce que nous desirions,
& veritablement nostre resolution fut du Ciel, selon
que les effects le ferót voir apres que nousvousaurons

fait vne petite defcription de Babylone, & de la Prouince de Caldée.

DESCRIPTION DE BABYLONE
en Caldée.

ABYLONE n'eft pas cefte ville d'E-
gypte , qui autrefois fe nommoit
Memphis, & à prefent fe nomme le
grand Cayre; encore qu'en effect aucuns l'ayent voulu appeller la Baby-
lone d'Egypte. Ie parle icy de la vraye Babylone, cité
de Caldée, où regnoit autrefois Nabuchodonofor,
où Daniel fut mis à la foffe aux Lyons, & où les trois
enfans furent mis à la fournaife, & où les premiers
defcendans de Noé voulurent fabriquer vne tour,
pour aller iufques au Ciel, & fe garantir du deluge.
Vous fçaurez donc que cette Babylone-là, auec cette
fuperbe tour, n'eft plus en eftre, elle eft tout à fait
ruinée, & n'y refte que les marques tres foibles pour
nous en conferuer la memoire : On l'a rebaftie en
vne autre place efloignée de plus de douze lieuës de
fa premiere affiette; elle eft maintenant fur la riue
du fleuue de Tygris, lequel fleuue paffe tout au milieu de la ville (comme la riuiere de Seine dans Paris)
& fepare le fauxbourg d'vn cofté (qui eftoit auffi
grand que la ville) & la ville de l'autre ; Or depuis
ces guerres dernieres, le Roy de Perfe a ruiné tout
à fait le faux-bourg qui eft du cofté d'où peut venir
le Turc,

le Turc, & a referué la ville feule, qui outre la riuiere qui la borde tout d'vn cofté, elle eft encore entourée de tres belles & excellentes murailles, garnies
de remparts par dedans, & de bons foffez par dehors,
& à vn bout qui fait le coing de la riuiere il y a vn
bon chafteau & du canon, & à l'autre bout le long de
la mefme riuiere il y a vn bon baftion, mais du refte
elle n'eft point flanquée par dehors, il n'y a que les
feules murailles, iugez maintenant de la valeur des
Turcs, qui par trois fois l'ont affiegée auec deux cens
mille hommes, & ne l'ont fceu prendre. Cette ville
eft fort grande, mais toute ruinée de ces derniers fie-
ges, il y a neantmoins de tres beaux bazars ou ruës
de marchandifes, toutes voutées de briques, & des
boutiques des deux coftez. Elle commence fort à fe
repeupler, & eft fort marchande, ou il y a à prefent
quantité de Bagnanes ou Indiens du Mogor qui y
trafiquent. Tout le païs circonuoifin eft plat, & excellent.

Paffé Babylone vous entrez auffi toft dans la Prouince des Gourdis, qui eft le plus agreable & abondant païs qui foit au monde, mais deshabité à caufe
des guerres, & n'eft habité que de Paftres; toute la
terre eft couuerte de brebis, de cheures, & y a les plus
beaux harats de cheuaux qui foient au monde, il n'y
a qu'vn an & demy que le ieune Prince qui regne à
prefent dans la Perfe, Cha Sephy, ayant fait faire la
recherche du nombre des iuments qui font dans fes
harats, il en fut trouué deux cens mille: Voyez le bon
ménage de ces Roys, car cela ne coufte que du pain à

des pauures païsans qui les gardent, & en France il
faudroit des officiers a gage, qui mangeroient le
Roy & le peuple.

Partant de Babylone le P. Gabriel & moy, nous
prismes la route d'Aspahan auec des fatigues qui ne
se peuuent expliquer, & en vingt-cinq iours de cheual nous arriuasmes en Aspahan, & au lieu d'aller
descendre en l'vne des deux maisons des Reuerends
Peres Augustins, ou des RR. PP. Carmes Deschauf-
sez qui sont logez dans la ville, (ils sont trois Religieux en chasque maison) nous allasmes descendre
en la ville de Iolpha, qui est comme les faux bourgs
d'Aspahan, où logent les seuls Armeniens; & en la
maison d'vn marchand, auquel nous auions fait plaisir & seruice dans Paris, où il s'estoit trouué empesché trois ou quatre ans du parauant, & se nomme Cogeá-Mouchiac, le fils vnique duquel est gendre de Cogeá-Nozar, dont le credit est tres-grand
pres du Roy; nous ne trouuasmes point le bon homme Cogeá-Mouchiac, qui estoit allé aux champs
pour vn temps, mais nous trouuasmes son fils Co-
geá-Lazaro, qui ayant appris au parauant de son pere
qui nous estions, & que nous deuions venir, nous
fit vn accueil qui ne se peut dire qu'à loisir: il nous
logea en vn logis neuf qu'il auoit basty, nous tapis-
sa deux chambres à la Persiane, tout par embas
garnies de beaux coussins de soye & broderie pour
nous asseoir & accouder; nous donna vn homme
pour nous seruir, & nous traitta tres-bien à la mode
du pays : dés le lendemain le bruit de nostre venuë

s'espandit par toute la ville, & occasionna vne grande rumeur parmy les compagnies d'Anglois & Holandois, qui croyoient que nous vinssions auec authorité du Roy très Chrestien, pour y establir vne
compagnie de marchads François qu'ils craignoient
leur estre preiudiciable, & pour s'en esclaircir, le Capitaine des Anglois nous enuoya visiter par vn
Gentil-homme de sa compagnie, nous disant que
nous estions les bien-venus, & après nous auoir demandé les subiets de nostre venuë, & si nostre entrée estoit pacifique, nous l'asseurasmes que nous
estions simples Religieux, desnuez de tous interests
d'Estat ny de commerce, & sans autre desir que
d'obtenir du Roy de Perse licence de pouuoir e-
stablir deux maisons de nostre Ordre dans les villes d'Aspahan & de Babylone, ce que referant au
Capitaine, cela l'asseura vn peu : après cette visite,
le Capitaine des Holandois nous enuoya encore visiter par son truchement, auquel nous tinsmes mesme propos qu'aux Anglois. Apres cela vint vn Religieux de sainct Augustin, enuoyé de son Prieur,
nous faire la bien-venuë de sa part, & nous offrir
leur Conuent pour retraitte, dont nous le remer-
ciasmes humblement sans refus, l'asseurant que
nous ne manquerions de luy aller baiser les mains sa-
crées, & prendre sa benediction, & comme nous e-
stions sur nos compliments & deuoirs de nostre
part, voicy l'Archeuesque Armenien de Iolpha
nommé VVartabiet Cachiadour qui entre, accom-
pagné de deux de ses Religieux & autres Chrestiens,

qui nous vint saluër, & à toute force nous enleua
de cette maison en son Conuent, disant que nous
luy auions fait tort de l'auoir priué de cét honneur
de n'auoir pris tout premierement son Monastere;
Nous suiuons donc ce bon & venerable Prelat, qui
nous receut chez luy, non comme des hommes
estrangers & de differente Religion à la sienne,
mais comme des Anges, tous les Religieux nous
embrassoient auec tant d'humilité, de charité, &
de tendresse, qu'il le faut auoir veu pour le ressentir : l'Archeuesque nous conduisit à son Eglise, con-
uoqua tous les Religieux, & apres auoir chanté plusieurs Pseaumes, il nous reuestit chacun d'vne belle Chappe sur le dos, & nous ayant fait asseoir dans
vne chaire, au milieu de l'Eglise, il nous laua les pieds
l'vn apres l'autre auec des roses, & fleurs; cela finy
il prit luy mesme le bassin, & ayant trempé vn gros
bouquet de fleurs dans l'eau, dont on nous auoit
laué les pieds il s'en mit sur la teste, puis en asper-
gea sur la teste de tous les assistans, pour monstrer
la reuerence qu'ils portoient aux pieds de ceux qui
comme les Apostres vont par le monde Euange-
liser la paix; cela fait il nous vint embrasser, & baiser, & apres luy tous les autres Religieux, puis nous
mena reposer dans vne belle chambre toute couuerte de beaux grands tapis, & garnie de beaux coussins, où par l'espace de dix iours il nous traitta au
mieux qu'il peut, & durant ce temps-là nous fusmes visitez de quantité des principaux marchands
Armeniens, & entre tous de Coágé-Nazar, & de

ses nepueux, qui sont tous fort puissants pres du Roy,
& dont l'amitié nous pouuoit seruir de beaucoup,
comme elle a fait apres : Nous descouurismes nos
desseins, & les subiects de nostre venuë à Coágé-
Nazar, & le priasmes, voire le fismes prier par son
Archeuesque, de nous bien conseiller la maniere,
selon laquelle nous nous deuïons comporter auec
le Roy pour luy faire nostre demande, le suppliant
humblement de nous y assister, l'asseurant que la demeure de nos Religieux en ces quàrtiers-là, ne seroit que leur contentement & pour leur seruice,
ce qu'il agrea fort, disant que son beau frere qui
auoit esté à Paris, luy auoit dit qui nous estions, &
qu'il y auoit long temps qu'il nous attendoit pour
se reuancher du plaisir que nous luy auions fait en
France, & à trois autres Armeniens, qu'au reste le
Roy l'auoit mandé, & que dans deux iours il alloit
à la Cour, où il ne manqueroit de faire récit à sa
Majesté quels gens nous estions, & ce que nous desirions, se promettant que quand elle sçauroit nostre arriuée en Aspahan, elle nous enuoyeroit querir : Mais il seroit bon dit Coágé-Nazar, que vous
eussiez quelque petit present de peu de valeur, mais
curieux pour presenter à sa Majesté, pour monstrer
l'estime que vous faites d'elle, & vous asseure qu'il
le tiendra fort cher : Nous n'auons rien luy dismes
nous, sinon les pourtraits de nostre Roy tres-Chrestien, de la Royne sa Mere, & de la Royne, que nous
auons expres demandez de leur Majesté, pour les
apporter en Perse, & donner à Cha-Abbas ; bon

dit ce bon homme, voila qui est bien, ie vous prie
que ie le voye, nous luy monstrasmes, & les trouua si excellens & digne de sa Majesté, qu'il nous
asseura que iamais nous ne luy pouuions faire present de chose plus desirée de luy, pour l'affection,
& inclination qu'elle auoit pour le Roy de France.
Il se part là dessus, s'en va à la Cour, & fait recit au
Roy de tout ce que dessus, qui luy causa vne impatience de nous voir, & nous attendoit tousiours auec
desir de nous bien receuoir, & nous donner audien-
ce à nostre goust.

Cependant le R. P. Iean Tadée Prouincial des
Reuerends Peres Carmes Deschaussez, homme tres-
signalé & en credit par toute la Perse, fondateur de
leur Ordre en ce Royaume, bien voulu du Roy,
& de tous les grands, nous vint visiter chez l'Archeuesque, & par ses semonces pleines d'honneur, nous
obligea d'aller demeurer chez eux, où nous fusmes tres-bien receus, monstrát auoir à gré nostre demeure en ces pays, ainsi que les Reuerends Peres Augustins, qui par leur charité & honnesteté estoient
jaloux que nous ne prenions pas premierement leur
maison : Au logis des Reuerends Peres Carmes nous
vint visiter deux fois le Capitaine des Anglois, & celuy des Holandois, & l'Anglois nous inuita à disner
chez luy auec le Reuerend Pere Iean & le R. P.
Prieur des Augustins, nous y fusmes & nous traitta fort bien : dix iours estant escoulez, arriuant la
feste de sainct Nicolas de Tolentin le Reuerend Pere Prieur des Augustins nous ayant inuité à la Messe,

& à difner, quand nous fufmes au Conuent il ne
nous voulut plus laiffer fortir, & dit qu'il vouloit
auoir fa part auffi bien que les Reuerends Peres Carmes : nous y demeurafmes donc le refte du temps, &
iufques à ce que nous euffions vne maifon, & y re-
ceulmes des charitez & careffes qui ne fe peuuent
dire, attendant toufious qu'il fe prefentaft quelque
compagnie pour la ioindre & aller à la Cour : mais
le Capitaine des Anglois nous confeilla de vifiter a-
uant que partir vn Seigneur Perfian, nommé Molaim Bey, intendant fur tout le commerce, & toutes
les monnoyes de Perfe, & creature du fauory du
Roy, nommé Mamet Ally Bey, & que nous le priaf-
fions de nous donner quelque lettre de recomman-
dation audit Seigneur Mamet Ally Bey : nous y fufmes donc, le Reuerend Pere Iean nous y voulut luy
mefme conduire, & le Capitaine Anglois nous dona
fon truchement, il ne fe peut dire le bon accueil que
nous fit ce Seigneur, tenant à faueur que nous nous
eftions adreffez premierement à luy, qui auoit (difoit-
il) toutes les paffions du monde, de voir des François
dans la Perfe, & pource s'offrit à nous donner vne
lettre de faueur pour fon Maiftre & Seigneur, (ainfi
nommoit-il Mamet Ally Bey) & de fait quelques iours
après l'allant vifiter, vne autrefois il nous fit efcrire
en fa prefence par fon Secretaire la lettre qui fuit,
qu'il dicta, & que nous auons tranflatée de Perfian
en François.

LETTRE DV SEIGNEVR MOLAIM
Bey, à Mamet Ally Bey, Secretaire d'Eſtat,
Conſeiller, Chancelier, & fauory
du Roy de Perſe, en faueur
des Capucins.

E plus petit ſeruiteur Molaim Bey,
grandement deſireux en verité de la
proſperité (Seigneur Illuſtriſſime) de
cette voſtre Illuſtre perſonne; apres
l'humble oraiſon, ſans ſimulation ny
feintiſe, ie viens auec vne demande tres-honorable.
Au Miniſtre du Roy, vniquement exalté & aymé
de Dieu, aſſez proche, & intrinſec à la Majeſté tres-
haute & ſublime de la Royalle perſonne, mon Seigneur & Maiſtre, à luy donner le ſalut. Elle ſçaura
donc que ces iours paſſez, arriua icy des païs du Roy
de France, le Pere Pacifique Religieux Capucin, qui
vient à cette haute, & Royalle Cour, deſireux qu'il
luy ſoit concedé vn Commandement Royal pour
tous les Miniſtres, & Gouuerneurs de l'Eſtat, à ce
qu'il puiſſe luy & les ſiens aller, venir, paſſer, repaſſer, & demeurer ſeurement par tous ces Royaumes,
ſans qu'il leur ſoit fait aucun empeſchement, i'eſ-
pere, & me confie tellement en Monſeigneur, qu'il
ordonnera ſi bien les affaires, qu'il obtiendra ledit
commandement Royal pour ledit Pere, lequel
auec grande confiance eſt venu, & s'eſt adreſſé au
Protecteur

Protecteur du monde, (il appelle le Roy de Perse protecteur du monde.)Et pource que la presente ne tend à autre fin, l'ombre de cette haute grandeur, de nostre Seigneur Illustrissime, ne manque iamais de me fauoriser s'il luy plaist.

Auec la lettre susdite, & la bonne esperance que nous auoit donnée Coágé-Nazar, de nous fauoriser aupres du Roy, nous prismes resolution de partir d'Aspahan & nous en aller à la Cour en la ville de Casbin, esloignée de plus de cent lieuës d'Aspahan. Or vous noterez qu'à peine fusmes nous partis d'Aspahan, qu'vn Courier arriua, enuoyé expres du Roy, pour nous querir, auec vne lettre, par laquelle sa Majesté nous faisoit la bien-venuë, & nous conuioit de l'aller trouuer à Casbin: mais comme le Courier apprit en Aspahan que nous estions partis, il retourna soudain sur ses pas, & nous ayant ratrappé, donné le salut & fait la bien-venuë de la part de son Maistre, nous consigna la lettre suiuante bullée du grand sceau Royal, & escrite vne partie en lettre d'or, & l'autre partie d'ancre commune.

K k

LETTRE DV ROY DE PERSE CHA-
Abbas aux Capucins, pour les femondre de venir à fa Cour.

A DIEV TRES-HAVT ET GLORIEVX,
gloire & Empire pour iamais.

Cha-
Abbas
veut di-
re Roy
Abbas,
c'eft
pour-
quoy il
faut en-
tendre
par Ab-
bas, le
Roy de
Perfe.

OMMANDEMEMT Royal a efté don-
né à ce qu'il apparoiffe à chacun, que
des Peres Religieux Capucins, tres-excellents, de haute grandeur, bons, pieux
& de grande renommée par tous les
Magiftrats Chreftiens, choifis & triez comme des
Soleils dans le gouuernement & regime de France,
meritent d'eftre preuenus de nous de graces infinies,
& blandices Royalles. Il nous a efté notifié plus clair
que le Soleil, comme leurs Reuerences font venuës
des pays & coftez d'excellente & fublime gloire & renommée, & de tres haute Majefté le Roy
de France, couronné du Soleil, que nous tenons au
lieu de noftre frere, tres-refpecté, honoré & aymé
foyez donc les bien venus puis que vous nous auez
apporté la paix & le falut, & tant pour voftre bien-
venuë, que pour ce que vous nous auez apporté
nouuelle de la parfaite fanté de ce noftre tres-cher
Frere, de haute & fublime genealogie, nous nous
fommes grandement refioüys; Auffi eft-il neceffaire
qu'en quelque forte & maniere que ce foit, vous re-

ceuiez les graces & prerogatiues qui vous font refer-
uées & preparées de nous auec tel gouft & propenfion de noftre cœur qu'il ne fe peut expliquer. Ap-
prochez-vous donc de noftre Cour Royalle, à celle
fin que par vne illuftre amplification, deofculatió ou
accolade, vous foyez annoblis & agrandis, parce que
la propenfion de noftre cœur fe panche deuers vous.
Donné à Cafbin au mois de Septembre 1638.

Penfez fi cette lettre n'eftoit pas plus que fuffifan-
te pour nous donner courage en noftre pourfuitte,
nous voyans ainfi preuenus d'vn fi grand Roy, &
d'vn Roy d'vne foy contraire à la noftre; qui ne pouuoit efperer de nous aucune chofe qui luy fuft vtile;
Qui eft le Prince Chreftien qui en auroit fait autant?
vous ferez encore bien plus eftonnez quand vous
entendrez le foing que fa Majefté eut à ce qu'à noftre arriuée qui luy fut foudain raportée, nous fuffiós
bien receus & pourueus de toutes chofes neceffai-
res, tant pour le logement que pour la nourriture:
Car fitoft qu'elle fçeut que nous eftions arriuez, elle
enuoya foudain le Commandement fuiuant à Coágé-Nazar de prendre foin de nous; lequel commandement nous retirafmes des mains dudit perfonnage pour noftre contentement, que nous fifmes tranflater & mettre en François de mot à mot,
comme il enfuit.

Kk ij

COMMANDEMENT DV ROY
de Perſe Abbas à Coágé - Nazar pour auoir
ſoin du Pere Pacifique durant ſon ſejour en
la Cour à Casbin, ville de la Prouince de Medie.

E Commandement que nous vous en-
uoyons eſt de nous , & à vous ô Coágé-Nazar Iolfalin, auec intention que
le grand Pere qui eſt venu de France ſoit
le bien-venu, bien trouué & bien traitté,
& de tout ce qu'il aura de beſoing vous luy pour-
uoyez. Que pas vn de nos ſoldats ne luy faſſe aucun
deſplaiſir, & prenez garde de luy faire l'honneur qui
luy conuient, & le regardez d'vn bon œil pour le reſpect de mon Alteſſe, & ſçachez que tout ce que
vous luy ferez paruiendra iuſques à moy : penſez
qu'il eſt eſloigné de ſon païs, receuez-le, honorez-le,
& le carreſſez, parce qu'il repoſe icy deſſous mon
ombre ; en ſomme faites luy ſi bien qu'il ne luy ſemble point eſtre foreſtier & eſtranger, mais en ſon
propre païs.

　　Ce peut-il trouuer des paroles d'vn pere pour le
ſoin d'vn enfant bien aymé, plus douces, plus ten-
dres & plus amoureuſes que les paroles ſuſdites
d'vn Roy Mahometan pour vn Religieux Chreſtien ?
qui eſt celuy qui entendant cecy ne diſe auſſi toſt
que ce ſont des coups du Ciel, & que les cœurs des

Roys estant (comme dit l'Ecriture saincte) dedans les mains de Dieu, il les gouuerne à son plaisir & les fait pancher où il luy plaist, ainsi qu'il fit pancher vers nous le cœur de ce grand Roy, contre l'attente de tout le monde & de nous mesme.

En vertu du Commandement susdit, Coágé-Nazar nous vint trouuer, & offrir de la part du Roy le logement, & nous destina des hommes pour le soin de nostre viure, auquel ie respondis que ie remerciois tres-humblement sa Majesté, de l'honneur qu'elle nous faisoit, & luy de sa bonne amitié, de la peine qu'il prenoit & vouloit prendre pour nous: mais que nous ne pouuions accepter cét offre pour plusieurs raisons. La premiere, qu'il ne conuenoit nullement à la condition d'vn Religieux de ma profession de receuoir ces honneurs qui n'appartenoient qu'à vn Ambassadeur. La seconde que n'estant point Ambassadeur, & estant preiudiciable à nos desseins, que l'on me tinst pour tel, si i'acceptois ces honneurs, ie n'en pourrois iamais oster la creance de tous les esprits des grands & du peuple, & sur tout des Anglois & Holandois qui demeureret sur ce soupçon, nonobstât les asseurances que ie leur auois donné du contraire: finalement que desirant me faire cognoistre au Roy, à toute la Cour, & à tout son peuple pour tel que i'estois, & qu'en ma personne chacun veid l'esprit de mon Ordre, ie suppliois tres-humblement sa Majesté de me laisser dans les exercices ordinaires de ma profession Capucine, qui estoient, l'incommodité, la peine, la souffrance, l'hu-

K K iij

milité, la pauureté & le mespris, & p[...]ce que ie me
contentois de la meschante chambre que i'auois dās
le lieu public, qui estoit le Carauasara où logeoient
les Carauanes, & que le logement qui suffisoit pour
mon asne estoit encore assez noble & suffisant pour
moy. Dieu sçait si ma responce tomba en terre, Coágé-Nazar me laisse sur cette resolution, & va donner
cette responce au Roy, lequel y ayant pris grād plaisir, s'attacha particulierement à ce que i'auois dit que
le logement de mon asne estoit suffisant encore
pour moy, & se mettant à rire, il se tourna vers les
Seigneurs qui estoient autour de luy, disant, oyez,
oyez la response de ce bon Pere qui dit qu'il ne veut
point de plus beau logement que celuy de son asne,
vrayement, dit il, il faut au moins auoir soing de cét
asne, puis que le Pere ne veut point qu'on aye soin
de sa persōne, n'a-t'il pas aussi des cheuaux (dit le
Roy à Coágé-Nazar) non Seigneur, il n'en a point,
ô bien donc qu'on nourrisse bien cét asne : & qu'on
porte au Pere au moins tous les iours vne bouteille
de mon vin, car il n'en trouueroit point en la ville, &
les eaües ne vallent rien icy: cela se passa ainsi, & de-
meuray dedans ma pauureté qui m'acquist plus
d'honneur & de credit, que n'eussent fait l'acceptation des offres qui m'auoient esté faites ; il est bien
vray que ie le payois bien, comme vous entendrez
cy apres ; car ie souffris ce que peut vn homme sans
mourir ; mais quoy, le mal n'estoit que pour moy, &
l'honneur en reuint à Dieu.

Estant ainsi arresté ie commençay à mesnager

mon fait aupres du Roy, touſiours par le Conſeil
& aſſiſtance de mon bon Coágé-Nazar, qui me ſe-
conda tres-fidellement: de dire maintenant ce qui ſe
paſſa dans les audiences que me donna ſa Majeſté, &
les propos qui ſe tindrent par l'entremiſe des Miniſtres de ſon Eſtat, ce ſont lettres blanches qui ne ſe
peuuent voir ſur le papier, il ſuffit de vous dire icy
que mes demandes me furent tres-liberalement ac-
cordées, voire me fut dóné plus que ie ne demádois:
car ayant ſeulement ſupplié humblement ſa Majeſté
pour l'amour de Dieu & en faueur de mon Roy, de
me permettre d'achepter deux petites maiſons, vne
en ſa ville capitale d'Aſpahan & l'autre en Babylone,
il reſpondit, Vous me demandez licence de les achepter & ie les vous veux dóner: Seigneur, luy diſ-je, puis
qu'il plaiſt à voſtre Majeſté me faire cette grace en
faueur de mon Roy, ie me contente que ce ſoient
de petites maiſons ſuffiſantes pour vn petit Hoſpice:
Vous me les demandez petites & ie vous les veux donner grandes & belles: Non Seigneur, diſ-je, c'eſt trop
pour des pauures Religieux. Si c'eſt trop pour vous
dit le Roy, ce n'eſt pas trop pour Cha-Abbas, ce n'eſt
pas trop pour le Roy de Perſe, vouloit-il dire. Et parce que vous m'auez dit que voſtre vie eſt de mandier,
ie veux vous donner vne maiſon en ma ville d'Aſpahan, où vous y trouuerez du vin, y ayant de belles treil-
les, du poiſſon, la riuierere paſſant dedans, des fruicts
& herbages, & du bois pour vous chauffer: ſi bien qu'il
ne voulut pas ſpecifier la maiſon dans ſon commandement au Vizier d'Aſpahan, il commanda neant-

moins de bouche à Coágé-Nazar, & à d'autres de dire au Vizier de sa part qu'il nous donnast la maison
de Cazi-Lan maison Royalle, disant qu'il la donnoit
au Roy de France son Frere pour les Peres Capucins de son pays, & c'est vne maison qui en France
vaudroit cent mille escus auec les iardins qui l'accom-
pagnent.

Le Roy m'ayant ainsi promis d'accorder ma demande, il me fit dire en secret qu'il me vouloit trait-
ter, & qu'il vouloit que ie reseruasse à luy presenter
les pourtraits de leurs Majestez tres-Chrestiennes au
commencement du souper, ce que ie fis. Peu de
iours apres donc il m'enuoya querir pour souper, &
me mena-t'on dans son iardin Royal, au milieu duquel y ayant vn bel estang carré tout enuironné de
grâds arbres, souz lesquels il fit tapisser par terre tout
vn costé de cet estang, auec de grands tapis tout de
soye & d'or: le lóg du riuage il y auoit trois rágées de
vases d'or de toutes façós, vn pied loing l'vn de l'autre,
& entre chaeun vn plat d'or plein de fruits de diuerses
façons; vn peu plus en arriere esloigné du bord de l'e-
stang d'vne toize & demie, souz les arbres on fit asseoir tous les grands du Royaume, & y auoit plus de
cent personnes assis sur les tapis, à la mode du pays, &
me fit on assoir entre Coágé-Nazar & celuy qui à present gouuerne le Royaume, dont i'ay oublié le nom:
à vn autre costé de l'estang y auoit quatre ou cinq
rágées de soldats de la garde du Roy, prés à prés, tres-
bien couuerts, appuyez sur vn baston & l'harquebu-
ze penduë soubz le bras auec vn cordon: l'autre costé

de

de l'eſtang eſtoit garny de cheuaux de parade, la teſte
tournée vers nous, que des eſtafiers tenoient en laiſſe ; l'autre coſté eſtoit libre, & de là nous commen-
çaſmes à voir venir du bout du jardin vne grande
proceſſion d'hommes bien couuerts, portant chacun ſur leurs teſtes vn grand baſſin d'or, couuert d'vn
haut couuercle d'or, dans leſquels eſtoit le ſeruice
pour ſouper, & ainſi fuſmes ſeruis, y ayant vn de ſes
baſſins entre deux hommes, & vne autre grande eſ-
cuelle d'or pleine de jus de citron temperé par le ſuccre, l'eau roſe, & le muſque, & vne cuillier dedans;
(cela eſt pour remettre l'appetit, on en prend vne
cuillerée apres auoir mangé vn peu) & nous ſer-
uoient à boire dans des taſſes d'or de ieunes enfans
de treize ou quatorze ans, tres-beaux, auec de longs
cheueux, & vne juppe ou garderobbe double, tout
de ſoye ouuragée, comme des ieunes filles : ſur la fin
du ſouper, qu'il eſtoit encore grand iour, voicy le Roy
qui vient, & s'eſtant aſſis dans vne chaire au millieu
de cette rangée de perſonnes qui ſoupoient ſouz ces
arbres, nous nous leuaſmes tous, & moy on me fit
approcher à quatre ou cinq pas pres du Roy, & me
fit-on arreſter : auſſi toſt voicy venir vn Bacha de
Turquie de la Prouince de Romelie, auec deux autres Grands, qui auec luy s'eſtoient fuis de Turquie,
& ſe venoiét rendre à l'obeïſſance de ſa Majeſté, auec
le Kekeya ou Lieutenant d'Abaza, Bacha d'Erzeron,
qui tous quatre ſe vindrent jetter l'vn apres l'autre
aux pieds du Roy, les baiſant, & ſa Majeſté les receuant pour ſes ſubiets, leur ietta à chacun vne belle

veste ou robbe de soye fourrée, dont il les reuestit,
cela fait il se leua & se vint asseoir sur le bord de l'e-
stang au milieu de ces trois rangées de vases d'or, où
estoit le dessert, & s'assit à bas sur les tapis comme les
autres à l'accoustumée : & aussi tost m'appella, disant, où est le Pere, où est le Pere, le Can de Chiras
qui est le premier Prince , & Mamet Ally Bey se fauory, me prirent & me dirent, les subiets du Roy luy
baisent les pieds , mais pour vous, suffit que vous
preniez la main ; ce que ie fis , & sa Majesté m'embrassant deuant tout ce peuple , me fit la bien-venuë comme si ie fusse arriué de nouueau , & me prenant par la main me fit asseoir prés d'elle , & de son
petit fils heritier de sa Couronne, qui regne maintenant , & me tenant la main sur l'espaule me fit beaucoup de questions, que ie serois trop long à descrire,
qui pourtant sont tres agreables : ie prins mon temps
sur la fin d'vn discours , pour luy presenter mes tableaux, & ayant fait signe à mon homme qui les tenoit cachez, il s'approcha, & me leuant doucement,
auec licence du Roy, ie les descouuris, aussi tost il se
les fit tenir deuant luy par trois Princes, disant que
les Princes deuoient estre maniez par des Princes. Et
moy ie les offris au Roy deuant toute sa Cour auec
ces mesmes paroles que i'auois bien premeditées en
langue Turquesque : Seigneur, vostre Majesté a sceu
par aucuns de ses subiets Armeniens qui estoient à
Paris il y a trois ans , comme le Roy de France mon
Prince & mon Seigneur , auoit enuoyé vn Gentil-
homme de sa Cour, nommé Monsieur des Hayes,

Gentil-homme fort accomply, & de merite, pour venir saluer vostre Majesté de sa part, l'asseurer de la
grande inclination qu'il auoit en son cœur pour l'honorer & aymer, tant pour la grande renommée que
vostre valeur & vos victoires glorieuses vous ont ac-
quises, que pour la grande liberté que vous donnez
aux Chrestiens sur les Royaumes de vostre obeïssan-
ce, comme aussi pour vous remercier du bon accueil
que tous ses subiects de France venus en ces quartiers,
disent auoir receu de vous ; auec lesquels vous auez
tesmoigné desirer grandement la pratique & le commerce dont il auoit ordre de vous entretenir, & non
moy : aussi vostre Majesté à-t'elle appris il y a quelque
sept ou huict mois par deux ieunes Gentils-hommes
François qui sont venus icy pour voir vostre païs,
comme ledit Gentil-homme enuoyé du Roy, ayant
pris son chemin par Constantinople il l'a trouué
fermé pour luy, & s'en est retourné ; maintenant (Seigneur) vostre Majesté verra comme les lettres & armes du Roy de France mon Prince, n'ayant peu trouuer passage soubs la sauue-garde d'vn grand, selon le
monde, sa propre personne, & toute sa famille l'a
trouué souz la conduitte d'vn pauure Religieux, de
maniere que voila mon Roy luy mesme qui en cette
Effigie se rend present à vous auec ce qu'il a de plus
cher, sa Mere & son espouse, & reçoiuent (non moy
qui ne suis rien) tous ces honneurs que vostre Majesté m'a icy preparées, & m'asseure que lors que ie l'es-
criray ces choses en France, les dons qu'elle nous a
fait de deux maisons en faueur de mon Prince, il en

aura de la ioye, & s'en ressentira ; ayez donc à gré
ô grand Roy, cette visite que vous donne par cette
Effigie, le plus grand Monarque de la Chrestienté,
& l'affection auec laquelle ie vous l'ay apportée de si
loing.

Non, si vous eussiez veu les gestes & sentiments
de ioye que le Roy monstroit de ce que ie luy disois,
& le contentement qu'en receuoient ces Princes
& Seigeurs qui tenoient ces tableaux, & autres
Grands qui estoient presens, les larmes de douceur
vous fussent venuës aux yeux : ces Seigneurs mesmes
me dirent puis apres en particulier qu'il estoit impos-
sible d'offrir ces pourtraits auec des paroles plus sensibles à sa Majesté, qui ne peut iamais cacher son sentiment vn quart d'heure ; il falut qu'il monstrast pu-
bliquement l'esprit & le sentiment qui le possedoit,
car sur l'heure mesme ce Bacha de Romelie qui luy
auoit naguere rendu obéïssance, ayant entendu que
c'estoit le Roy de France, il demãda qui estoit ce Roy
de France, le Roy Abbas l'ayant entendu il se tourna
vers luy & les yeux pleins de feu, tout en colere luy
dit : Comment ? qui est ce Roy de France ; est-il possible que vous qui auez tousiours esté Vassal de l'Empereur de Constantinople, auec lequel il a alliance
entretenuë par ses Ambassadeurs ne sçachiez pas qui
est ce Roy de France ; ie veux que vous sçachiez que
ce Prince-là que vous voyez est le plus grand Roy
qui soit au monde, & n'en parlez pas d'auantage.
Aussi tost le Cam de Chiras fit signe à ce Bacha qu'il
se teust, voulant dire qu'il ne falloit point se mettre

en hazard d'efprouuer la cholere du Roy, qui fe paffa
fur vne rencontre qui agrea autant à fa Majefté, que
le premier luy auoit defpleu : Car tandis que ces
Princes tenoient comme i'ay dit les pourtraits fuf-
dits, le Roy apperceut vn bon vieillard, de fes Courtifans, qui ayant les yeux fichez fur le pourtrait de la
Reine Mere, eftoit tellement abifmé en la contem-
plation de la beauté, bonne grace, modeftie & Majefté de cette Princeffe, que ne fongeant plus où il
eftoit, ny que le Roy le regardaft, les larmes d'affection luy tomboient des yeux : ce qu'ayant attenti-
uement confideré le Roy, il le refueilla comme d'vn
fommeil, & luy dit brufquement, Hé bien ! que vous
en femble : voudriez vous pas bien que ie vous euffes
donné cette Princeffe : Ce bon Seigneur retournant
fubitement à foy, fit vne refponce au Roy qui me-
ritoit bien que ie la notaffe : Ho Seigneur, refpondit
il, ja à Dieu ne plaife que ie la defire, vne Princeffe
telle que celle là ne peut & ne doit eftre gardée con-
dignemét que par vn grád Monarque femblable au
Roy Abbas, luy feul en cét Empire eft digne de la pof-
feder : Vous faites bien, dit le Roy de ne la pas defirer,
car auffi bien n'eft-elle pas pour vous : & apres que
chacun eut admiré ces pourtraits, tafté auec les mains
comme doubtant qu'ils fuffent de chair, le Roy les
enuoya porter dás fon cabinet, & m'ayant fait encore
affeoir pres de fa Majefté, on fe mit à manger le def-
fert, & à boire : on demeura ainfi iufques à trois
heures de nuit, & dés que la nuit commença ; voicy
quantité de Pages qui apporterent des lampes toutes

L l iij

d'or en forme de chandeliers, qui auoient chacun vn
beau baffin d'or foubs le pied, afin que tombant de
l'huyle elle ne gaftaft les tapis, & eftoient pofées de
deux pas en deux pas, & du cofté des foldats y auoit de
grands fallots, encore tous d'or : ainfi fe paffa vne
partie de la nuict en laquelle le Roy fit tant boire ces
Turcs noueaux venus, qu'ils voyoient plus de lampes qu'il n'y en auoit.

Deux ou trois iours apres ie tombay grief-
uement malade d'vne diffenterie, caufée par ces
eauës falées, dont ie penfay mourir, n'ayant autre lict
que la terre, & autre medecine que de l'eau & des ra-
ues, ne pouuant rien manger de leurs viandes, ny
boire de ce vin que le Roy m'enuoyoit. En fin reuenu en conualeffence, ie commençay à folliciter
mes depefches & Commandemens par efcript, pour
l'eftabliffement de nos deux Hofpices d'Afpahan &
de Babylone, ce que fa Majefté me fit promptement
expedier, & me les enuoya, à fçauoir vn Commandement au Vizier d'Afpahan, & vn autre au Cam de Babylone qui font tels que vous y pourrez remarquer
vne grande affection de ce Prince vers la perfonne
du Roy tres-Chreftien, & vne tendreffe de cœur
nompareille pour nous.

COMMANDEMENT DV ROY DE
Perse au Vizier d'Aspahan, à ce qu'il ait à don-
ner logement aux Capucins dans ladite
ville en faueur du Roy de
France.

OMMANDEMENT de celuy qui gouuerne dans le monde, est donné pour
estre manifesté au tres-noble Vizier
Prince de Mehemmet Zaher (c'est à dire pur Vizier de la maison Imperiale
d'Aspahan) à ce qu'il sçache pour certain qu'à ces
Religieux Capucins subiets du Roy de haute gloire
le Roy de France couronné du Soleil, leur volonté
est d'habiter en la ville Metropolitaine susdite, c'est
pourquoy il est necessaire que la maison soit destinée
pour l'amour d'eux, en laquelle vous les ferez habiter auec honneur, faueurs & graces, & de tout cecy gardez de ne rien transgresser. Et quant à ce qui
touche à vostre office enuers ces Peres, & leur continuel Estat, il est necessaire que vous soyez tres-dili-
gent & prompt, obseruant leurs besoings, & que l'on
me donne souuét aduis de toutes leurs affaires,& pre-
tensions qu'ils pourront auoir, à ce que auec parfait
honneur ie leur y satisfasse. Et que toutes ces choses se mettent en execution, chacune en particulier,
& que chacun sçache que ce Commandement est
stable & vray.   Donné au mois d'Octobre 1038.

selon les Mahometans, & des Chreſtiens mil ſix cens
vingt-huict.

AVTRE COMMANDEMENT DV
Roy de Perſe, au Cam, ou Duc de Babylone, pour donner vne maiſon aux Capucins en ladite ville de Babylone, capitale de Caldée.

COMMANDEMEMT de celuy qui gouuerne dans le monde, eſt donné pour eſtre manifeſté à l'excellent gouuerneur de grand & illuſtre domaine, grandement releué & annobly en dignité. Nourriſſon d'Ally le Prophete, Cephy Coly, Cam, Capitaine General des armées qui ſont autour de Babylone; ſubiect du Roy qui eſt Protecteur d'icelle region, & la gouerne auec faueur & graces Royalles. Eſtant ainſi que des Religieux Capucins, ſubiets de la tres-haute Majeſté du Roy de France, couronné du Soleil, ont volonté d'habiter en la maiſon de paix, Babylone : il eſt neceſſaire que pour l'amour d'eux, maiſon leur ſoit d'eſtinée, & vous aurez grand ſoin, cure & ſolicitude d'iceux : faites qu'ils ſoient receus auec honneur, & qu'on n'oublie rien à leur faire carreſſe. Donné au mois d'Octobre 1038. de Mehemmet, & des Chreſtiens mil ſix cent vingt-huict.

Eſtant muny de ces deux Commandements, rendant

dant graces à nostre Seigneur auec beaucoup de ioye
de ce que i'auois obtenu ces faueurs, & ie me dispo-
sois à partir de la Cour, quoy qu'encore tres-foible
& debile : Mais le Roy m'ayant fait arrester, me dit
qu'il desiroit vn seruice de moy, ie luy dis qu'il ny
auoit rien au monde que ie ne fisse pour l'obeïr,
luy estant obligé comme i'estois pour tout mon
Ordre ; Ie desire, dit-il, que pour l'amour de moy
vous alliez faire vn voyage en France, & portiez vne
lettre que ie vous donneray à nostre tres-cher Frere
le Roy de France, & luy communiquiez vn memoire que ie vous donneray à part, & quelque chose que
ie vous diray : A quoy ie respondis que veu ma pre-
cedente maladie & autres incommoditez corporel-
les, ma grande foiblesse & les douleurs que ie souf-
frois par le mauuais rencontre des montures du païs,
ie doubtois fort de pouuoir accomplir vn si long &
difficile voyage : mais que s'il vouloit ie me char-
gerois de faire tenir ces lettres entre les mains de
mes Superieurs, auec les memoires, qui mesnage-
roient aupres de sa Majesté tres-Chrestienne l'amitié & l'alliance qu'il desiroit : Non non, dit Abbas,
les lettres des Rois ne s'enuoyent pas aux autres Rois
par mains de messagers communs, mais par personnes expres, & i'entends que vous alliez en cette qualité, ne me refusez pas cela, faites-le pour l'amour
de moy : Dieu vous donnera des forces suffisantes, &
moy ie vous donneray cheuaux & argét. Memet Ally
Bey, & Coágé-Nazar m'ayans fait signe de ne point
refuser le Roy, ie le remerciay tres-humblement

Mm

quant à l'argent, difant que ie n'eſtois point homme d'argent, que les honneurs & graces qu'il ma-
uoit faites me ſuffiſoient, & que des aumoſnes qui
m'auoient eſté faites de France mon homme diſoit qu'il m'en reſtoit ſuffiſamment pour retourner
iuſqu'en Alep, où ie trouuerois des François qui me
feroient paſſer la mer pour l'amour de Dieu ; quant
aux cheuaux, ie n'en voulois non plus, eſtans trop difficiles à entretenir, mais que i'accepterois volontiers
vn petit mulet qui ne fuſt pas plus grand que mon
aſne, & qui me portaſt doucement ; ce que le Roy
accepta, diſant ; Allez vous en premierement en Aſpahan à mon Vizier, pour prendre poſſeſſion de voſtre
maiſon, puis y ayant laiſſé vn de vos compagnons,
allez vous en en Babylone & en faites autant, y laiſſant vn de vos Freres, & paſſez outre & en ramenez
d'autres : mais en quel temps pourrez vous bien
eſtre de retour ; dans vn an tout au pluſtoſt reſpon-
diſ je : Or ſus allez & reuenez le pluſtoſt que vous
pourrez : là deſſus ie pris congé, me chargeay de la
lettre de ſa Majeſté, enfermée dans vne bourſe d'vn
pied & demy de longueur, large d'vn demy pied,
laquelle eſtoit d'vne eſtoffe à fonds d'or : de chaſque
coſté y auoit la figure d'vne femme Perſiane releuée
de ſoye, auec les couleurs au naturel, la bourſe eſtoit
fermée, ſon cachet eſtoit deſſus de cire d'Eſpa-
gne verte ; & me fut donné vne copie de la lettre
du Roy, afin qu'auant que de partir de Perſe ie la
fiſſe tranſlater en langue Françoiſe, pour la donner
à ſa Majeſté tres-Chreſtienne, accompagnée de la

Persiane, au cas qu'en France il ne se trouuast aucun interprete; & comme il n'y auoit rien de secret dans icelle, ains chose qui deuoit estre sceuë de tout le monde, à ce qu'on voye l'estat que ce grand Monarque fait de la personne du Roy de France Lovys XIII. Ie les ay mises icy en euidence, apres en auoir donné l'original à sa Majesté tres-Chrestienne au milieu de son armée : voicy la lettre, nottez la bien, car elle est pleine de pointes desprit, & de grand sentiment d'amitié, & verrez que les esprits Persians ne sont pas lourdaux, vous verrez pourtant vn stile simple, & tout astrologic, & pour bien entendre cette lettre, qui d'abord semble ridicule en son commencement, voyez l'interpretation que i'ay apposée cy dessouz.

Mm ij

ENſuit la lettre du Roy de Perſe, Abbas, eſcrite à la Majeſté Tres-Chreſtienne du Roy de France Lovys le Iuſte XIII. de ce nom, où il repreſente la preſence ou perſonne du Roy de France dedans ſes Royaumes eſtre le Soleil de la Majeſté, de l'honneur & de toute acceptation, c'eſt à dire qu'il eſt accepté & receu de tous ſes peuples comme vn Soleil plein d'honneur & de Majeſté.

Puis il feint la France eſtre vn abregé du mon-de, au milieu duquel il poſe le Roy comme vn Soleil de Majeſté, d'honneur & d'acceptation.

Ayant repreſenté le Roy comme vn Soleil, il aſ-ſemble les ſix autres Planettes dans le ſigne du Lyon, & luy en fait vne Couronne celeſte, le comparant aux trois plus belliqueux Rois & Capitaines de la Perſe.

LETTRE
DV ROY DE PERSE
ABBAS.

A LA MAIESTE' TRES-CHRESTIEN-
ne du Roy de France Lovys le Iuste
XIII. de ce nom.

Ce tiltre
eſtoit en
lettre
d'or.

DIEV SOIT LOVE' ET EXALTE'

E Soleil du monde, de la Majeſté, de
l'honneur & de l'acceptation, eſt la preſence du Roy, des Royaumes de
France.

A la preſence de tout l'Ordre celeſte,
du gracieux aſpect lunaire, de la ſubtilité intellectuel-
le de Mercure, de l'amiable conuerſation de Venus,
de la ſplendeur du Soleil, de la victoire Martiale : de
la fortune de Iupiter, & de la ſublime grandeur de
Saturne, de la force du Lyon, de la valeur du Roy Ru-
ſtá, du luſtre & de la ſplendeur de Darius, & de Giara,

M m iij

les exercites & armées desquels ne se pouuoient non
plus nombrer que les estoilles du Ciel, la couróne duquel, & la gloire de tout ce que dessus, est nostre beau
Soleil qui embrasse le monde, & reluit auec parfaite
splendeur, le Roy de France Lovys XIII. à qui Dieu
dóne bóne & heureuse fin, auquel puisse arriuer pour
sort la multitude de toute exaltation & de sublimi-
té. La quantité de tous les honneurs du monde, qui
sont ornez d'amitié, c'est à dire, tous les honneurs
qui par amour sont rendus aux hommes, soient
choisis & triez, & vous soient enuoyez à nostre sou-
hait.   Ce que nous vous faisons maintenant sçauoir,
à vous dis-je sur qui la grace de Dieu se puisse in-
fondre, est, que nous vous coniurons qu'entre nous
l'edifice de parfaite amitié & concorde soit immua-
ble pour iamais, que les fondements & colomnes
de la familiarité soient stabiliées auec toute perfection & complaisance; & c'est ce que sur tout nous
recherchons de vos amoureux & releuez regards: de
maniere que tout ce que nous desirerons l'vn de l'autre ne soit iamais caché ny retenu. En outre nous dó-
nons aduis à vostre haute Sapience, que desia est arriué à nous vn de vos Apostres, sorty de vostre païs, &
de vos costez(il vse de ce terme, le venerable P. Pacifique) qui nous a fait present de l'image acceptable qui
ressemble à vostre haute personne, & sublime presence, Effigiée par main de maistre tres-excellent, de
maniere qu'à present est desia chágée l'amitié corporelle qui estoit entre nous, par le moyen de la spiri-
suelle, & l'allegresse que nous auons ressentie en

nous mefme vous voyant ainfi , nous a fait croire
que le jardin de noftre amitié commençoit à fleurir
de nouueau, car nous auons reffenty peu moins de
ioye voyant cette Effigie, que fi nous auions veu fon
illuftre prefence, & ioüy de fa fplendide conuerfa-
tion, & ainfi eft adiouftée amitié fur amitié, fe ve-
rifiant en cecy ce que dit vn de nos Poëtes, entre
moy & mon amy il y a vn attrait fi puiffant, que fi
ie ne puis aller à luy, il court à moy. Et l'effect que
nous attendons de tout cecy, eft que l'amitié & vnion
qui eft entre nous deux foit eternelle : & tout ce qui
occurrera à voftre penfée, tout ce que voftre noble
memoire pourra imaginer en quoy nous la puiffiós
contenter par deçà, qu'elle le manifefte à fon amy, à
ce qu'il le mette en execution, & l'achemine à fa perfection felon qu'il en aura les aduis. Et figillons & fer-
mons la lettre auec l'amitié pour caufe de briefueté,
priant Dieu pour la longueur de voftre vie, & pour
la durée de voftre regne iufques au iour du Iugement. Donné à Cafbin le mois d'Octobre 1038. des
années de Mehemmet, & des Chreftiens mil fix cens
vingt-huict.

Sitoft que ie me vis munÿ de tous les Commandements du Roy, ie fongeay à m'en retourner en Af-
pahà, veu mefme que Coágé Nazar s'y en retournoit,
mais Mamet Ally Bey me dit que i'euffe vn peu de
patiéce, que le Roy s'eftoit enfermé pour quelque affaire furuenuë, & qu'apres cela fa Majefté me vouloit
elle mefme donner vn mulet de fon efcurie tel que ie
le defirois, & quelque chofe qu'elle vouloit enuoyer

au Roy de France, non en qualité de prefent, parce
qu'elle n'auoit rien en tout fon païs qui fuft digne d'é-
ftre prefenté à vn fi grand Roy, ny accepté de luy,
mais feulement pour l'entretenir au fouuenir qu'elle
defiroit de luy, ie luy promis d'attendre en Afpahan
où i'allois toufiours preparer noftre Hofpice : Ie me
partis donc de Cafbin le trois ou quatriefme iour de
Nouembre mil fix cens vingt-huict & en douze iours
i'arriuay en Afpahan, où fi toft que ie fus arriué,
auant que donner le Commandement du Roy au
Vizier ie m'en allay le faire enregiftrer chez le Cady, & en tiray des coppies d'iceluy, bullées de fon
fçeau pour les garder, & comme ie dis au Cady que
ie le fuppliois de ne point attendre d'argent ny de
prefent de moy, & que ie n'en auois point : Comment
de l'argent, me dit-il, vous vous mocquez de moy ? nó
feulement mes fatigues pour efcrire, mais encore tout
ce qui eft en ma maifon eft à voftre feruice, & vous
coniure de me venir voir fouuent & difner auec moy :
i'enuoyay vne fois le P. Gabriel le vifiter n'y pouuant
aller, il quitta toute fa compagnie pour l'entretenir, fe
rejouiffant de ce qu'il commençoit defia à parler Perfian. Mon Commandement enregiftré, ie le por-
tay au Vizier, qui le receut auec reuerence, me fit preparer la maifon, & m'en enuoya les clefs au logis des
Peres Auguftins où nous demeurions, & fi toft que
nous y fulmes il nous enuoya la premiere aumofne,
d'vn grand fac de ris, cinq cruches d'excellent vin,
du beurre pour plus de deux Carefmes, du bois & du
charbon : le premier Dimanche de l'Aduent ayant
preparé

prepaté vne tres-belle Eglife d'vne grand falle toute
voutée, lambriffée, azurée & dorée, ayant dix belles
feneftres de verre comme vne Eglife, nous y difmes
la premiere Meffe, où ie conuiay l'Archeuefque
Armenien, les Reuerends Peres Auguftins, & les Re-
ueren ds Peres Carmes, Coágé-Nazar fon fils, fes ne-
ueux & les plus grands de Iolfa. Le R.P. Prieur des Au
ftins fit la benediction du lieu, dit la grand Meffe, &
prefcha, & apres la Meffe nous leur donnafmes à
difner à tous, du poiffon de noftre riuiere, & de l'aumofne du Vizier.

Deux ou trois iours apres ie fus tout eftonné que
voicy vn Courier de fa Majefté qui m'amena vn petit
mulet qui eftoit de la couleur de noftre habit, & qui
eftoit marqué fur la cuiffe de la marque du Roy, auec
vn prefent qu'il enuoyoit au Roy de France, d'vne
eftoffe tres-riche & rare. Ie partis d'Afpahan le lendemain de Noël, & en 25. iours i'arriuay en Babylone
auec tres grande fatigue toufiours dedans les neiges,
couchant ainfi le plus fouuét à l'air tout faifi de froid.

Il eft vray que mes douleurs furent toft metamor-
phofées en douceur au rencontre & à l'entreveuë de
noftre tres-cher Frere & compagnon le P. Iufte que
ie confiderois comme vn Ange du Ciel, me femblant
hors de toute attente de trouuer vn de mes Freres qui
me receuft en fa petite cabane auec charité, en vne
ville où peu auparauant nous n'euffions pas peu trouuer telle reception pour de l'argent, & ce qui me con-
fola le plus, ce fut de voir la benediction que noftre
Seigneur auoit donnée à fes trauaux, car la neceffité

N n

de sa solitude l'auoit obligé à parler sans truchement,
& s'estoit rendu si habile homme qu'il parloit la langue Moresque comme sa naturelle, moyennant laquelle & sa bonne conuersation il s'estoit acquis
tous les Nestoriens comme esclaues, & les Maures
mesmes pour amis, chascun le cognoissant & aymant
par la ville : il passa par là le R. P. Prouincial des Augustins des Indes qui venant d'Alep en Aspahan me
dit la consolation & le bon accueil qu'il receut
dudit Pere en passant ; & comme il l'auoit assisté de
tout ce qu'il auoit peu ; deux Peres Carmes aussi
m'en dirent de mesme, ce qui me consoloit fort,
& plus quand ie vis de mes yeux ses sages procedu-
res : si tost que ie fus arriué ie fus presenter le commandement du Roy au Cam, qui nous receut fort
bien, & nous promit de choisir de toutes les places du Roy celle qui nous agréeroit : & ayant arresté vne place sans bastiment, mais vne ruine sur la
riuiere, & au cœur de la ville, en attendant qu'elle
s'accomodast, nous prismes vne Hospice de loüage
à vn quart d'escu par mois (iugez si les maisons sont
cheres) que nous auons accomodé ioliment, auec
vne petite chapelle que nous dediasmes à sainct Ioseph, & meublasmes l'Hospice à nostre possible. Ie
voudrois que tous nos Peres eussent veu auec quelle deuotion ces Chrestiens Nestoriens auec leurs
femmes & enfans venoient trauailler à accommoder l'Hospice ; nous enuoyant souuent à disner à
leur mode : le Pere Iuste auoit gaigné tant de pouuoir sur leurs Prestres, qu'il alloit dans leur Eglise,

& leur faifoit faire le feruice à la Romaine, il baptifa pour vn iour auec le Preftre, fept enfans à la Catholique dont aucuns auoient huit & dix ans.

Ie me partis de Babylone le 8. Mars, & ayant pris vn pilote Arabe ie m'enhardis de paffer encore les deferts feul en pofte, & en treize iours arriuay en Alep, auec des fatigues & rencontres dangereufes que ie ferois trop long à dire : ie ne fus que deux iours en Alep, où trouuant compagnie & vaiffeau qui partoit, ie m'en vins en Alexandrete, où apres auoir attendu dix-huict iours, nous nous embarquafmes le mois d'Auril pour venir à Marfeille. Si toft que nous fufmes partis d'Alexandrete, le vent fe tourna fi contraire qu'il nous retint fort long temps fur la mer, & le Mercredy fainct auant Pafques, ayant donné fonde fur l'Ifle de Candie, nous fufmes apperceus d'vn vaiffeau Corfaire de 25. pieces de Canon qui entrant au port pour nous prédre, eftant à la portée du Canon, nous fifmes vn vœu à S. Iofeph, lequel ne fut pas pluftoft fait, que le vent fe leua fi impetueux qu'il luy donna fi puiffamment au vifage, & l'efloigna fi bien de nous, qu'oncques le vifmes nous depuis. Les feftes de Pafque nous arriuafmes à Malte, où ayant paffé quelques iours, voyant que les Galeres s'en alloient à Barcelone en Efpagne, ie quittay noftre vaiffeau, & pris cette voye plus affeurée.

Ie vins donc auec elle, de Malte en Sicile, en la ville de Trapano, où nous vifitafmes vne Image de la faincte Vierge, par laquelle noftre Seigneur fait

quantité de miracles, & qui est si excellemment
belle, toute de marbre blanc, & de grandeur naturelle qu'on tient là pour prouerbe, que qui
veut voir Marie plus belle, il faut qu'il aille au Ciel.
De Trapano nous fusmes à Palerme, & sortant la
Sicile nous abordasmes la Sardaigne; de Sardaigne à Minorque, puis au Royaume & Isle de Majorque qui est au Roy d'Espagne, & demeurasmes
quelques iours en la ville capitale nommée Majorque, où ie ne veux passer soubz silence trois choses
tres-notables que i'y ay veuës.

La premiere est le corps d'vn Roy nommé Geaul-
me, & en nostre langue Guillaume, lequel ayant autrefois chassé les Barbares de ce lieu, & y ayant remis
la liberté Chrestiénne, fit bastir l'Eglise Episcopale,
où repose maintenant son corps deuant le grand
Autel, dans vne biere de bois, soubz vn poile, & ce
qui est remarquable, est que ce corps est tout entier
mais tout sec, & que tous les Samédis on luy donne
vne chemise blanche & vne fraize à l'Espagnole.

La seconde chose remarquable est vne fille secu-
liere qui n'a ny beu ny mangé depuis vingt-cinq ans,
autre chose que la saincte Communion qu'elle
prend tous les iours, & ce que ie trouue de meilleur en sa deuotion, c'est qu'elle n'est point de ces
beates à la mode qui ont des rauissements, qui tiennent le barlan de deuotion auprés d'elle, & s'estudient
à rauir ceux qui les vont voir, specialement les femmes, auec des termes estudiez sur les attributs diuins,
& les grandeurs de Iesus mourant & agonizant : cet-

te fille fe contente d'entendre les matins deux baffes Meffes, s'en retourne chez elle, où elle trauaille
au mefnage, & à de petits ouurages, & parmy les
compagnies de fes amis elle fe maintient dans la
modeftie bien feante à fon fexe, elle a de grandes
commoditez, & a fondé vn Monaftere de filles.

La troifiefme chofe que i'ay curieufement notée,
fera ie m'affeure tres agreable à beaucoup de perfonnes qui font profeffion de doctrine & de pieté:
puis que c'eft fur le fujet d'vn fainct perfonnage, &
des premiers hommes du monde, que prefque tous
les doctes perfonnages de France tiennent pour
Heretique, & pour moy ie ne l'ay tenu en guere
meilleure eftime, c'eft Raymond Lulle qui a efcript
l'art d'apprendre les fciences: vous entendrez donc
ce que i'en ay appris. C'eft qu'eftant allé dire la
Meffe au Conuent des Peres Cordeliers, on me la fit
dire en vne Chappelle qui eft à cofté du grand Autel, qui femble eftre tout d'or tant elle eft enrichie,
& qui fut bien eftonné ce fut moy, quand leuant
les yeux, ie vis dans vne niche au deffus de l'Autel
vne grande Effigie de bois tres-excellemment ela-
bourée & decorée de couleurs, & la reprefentation
d'vn venerable vieillard auec vne longue barbe, ve-
ftu d'vn habit du tiers Ordre fainct François, le vifage leué qui regarde vn Crucifix qui luy parle dans vn
Soleil fur vn arbre, & eftoit efcript fous fes pieds en
lettre d'or *Beatus Raymundus Lullius*, cecy me troubla
vn peu, mais ie difois en moy mefme que la fainctе

N n iij

Inquisition qui regne là, n'auroit pas permis que
cét homme euft esté mis en ce rang de sainct s'il e-
stoit heretique : apres ma Messe i'appris que son
corps & ses sainctes Reliques estoient dans vn sepulchre de marbre qui paroissoit en cette Chapelle, &
me dirent qu'ils en faisoient l'office comme de Martyr, ayant esté lapidé & tué en Barbarie pour la foy de
Iesus-Christ ce qui me consola fort en cette ville
là; mais bien plus quand i'appris qu'il y auoit vne
Faculté de Theologiens comme celle de Sorbon-
ne à Paris, en laquelle on lisoit Raymond Lulle, comme en France sainct Thomas, & se nomment *Raymondins*, ou *Lullistes*. Ie ne me contentay
pas de cela ie les voulus voir, ce que sçachant le Lecteur de cette Faculté il me fit l'honneur de me pre-
uenir, & me vint voir auec tous les Docteurs de cette Faculté, qui sont presque tous Chanoines, & nous
entretinsmes toute l'apresdinée sur la doctrine de ce
sainct, & me dirent qu'ils auoient deputé vn tres-
docte personnage Cordelier à Rome pres du Pape
pour la deffence de la doctrine du sainct, que l'on a
blasmé, disent-ils, pour ne pas entendre, ny ses paroles, ny son art, ny ses intentions qui estoient non de
prouuer aux infidelles les misteres de nostre foy par
raisons naturelles, mais de leur faire voir naturellement qu'il n'y a rien d'irraisonnable dans les misteres
de nostre Religion, & que par consequent ils n'ont
point raison de l'oppugner; & ainsi veut que la raison
serue à la foy, ainsi que l'eau fait à l'huile, qui tenant
sousiours le dessus, est neantmoins surhaussee & re-

leuée par l'eau plus on y en met, c'est la comparaison
qu'ils m'ont fait voir dans ses escripts. Ie leur dis que
nous le teniôs encore pour Alchimiste; à quoy ils me
respondirent que veritablement il auoit cogneu la
nature en perfection par vne lumiere d'enhaut, &
que par cette cognoissance il auoit trouué vne medecine generale par l'or potable, auec laquelle il s'estoit
conserué sain iusques à l'aage de cent quarante cinq
ans, auquel aage il fut martyrisé, & que cela ne deuoit
apposer aucun ternissement à sa memoire, au contraire la rehausser.

De plus, ils me dirent qu'ayant vescu longues années comme vn Hermite dans vn Hermitage hors la
ville, au milieu d'vne pleine où il y a quantité d'arbres de Mirthe, que nostre Seigneur luy apparut
cinq fois crucifié sur vn de ces arbres, où il luy dicta
toute sa science, & que comme il apprenoit la langue Arabesque aux fins de prescher aux Maures, es-
criuant quelques fois des caracteres Arabes sur les
fueilles de ce Mirthe, ce seul arbre rapporte perpe-
tuellement & par vn miracle continuel toutes ses
fueilles couuertes de ces caracteres, ce que ne fait aucun de tous ceux de cette campagne qui sont alentour: à quoy ie ne me voulus arrester, iusques à ce
que ie l'eusse veu moy mesme, & en pris vn bouquet
que i'apportay auec moy : voila ce que i'en puis dire
superficiellement, m'asseurant que ce peu côtentera
beaucoup de bons esprits, qui par vne mauuaise im-
pression auroient eu les mesmes pensées que moy
contre le Sainct, auquel ie fais restitution d'honneur
par cét escrit.

Quant à sa doctrine, ie ne me mesle point d'en parler, car ie ne la sçay point du tout, me contentant de sçauoir mon breuiaire, & de parler comme Historien, pour faire part à mes amis de ce que i'ay veu, ne le pretendant pas imprimer, le peuple de cette ville là est si affectionné à nostre Ordre, qu'ils vouloient à toute force que ie leur moyennasse vn Conuent de nos Freres.

Au partir de Majorque nous vinsmes en Espagne, & seiournasmes quelque temps à Barcelone, où ie me mis dans vne petite felouque, ou barquette, pour costoyer le riuage de la mer iusqu'en France, prenant terre pres de Narbonne, de là à Frontignan, & à Montpelier, d'où ayant appris que sa Majesté Tres-Chrestienne estoit proche à la ville d'Ales, ie la fus trouuer pour m'acquitter de ma commission, & luy presenter les lettres & present du Roy de Perse, ce que sa Majesté agrea autant que faire se peut, & de là retournant à Paris, où ie suis. Ie finis heureusement tout mon Pelerinage; non pourtant sans me ressentir de la fatigue du passé comme vous pouuez croire, il est vray que comme dit sainct Augustin, il ne faut pas conter peine où il y a de l'amour, ayant entrepris & executé le tout pour l'amour de Dieu, pour lequel i'exposeray tousiours mon sang & ma vie.

DESCRIPTION

DESCRIPTION
de la Perse.

TOVTE la Perse en general n'eſt pas
fort peuplée, les villes & villages n'y
ſont pas ſi drus qu'en France,à cauſe de
la penurie & neceſſité des eauës qui
la plus part ſont ſalées, n'y ayant pas
des riuieres en abondance : la terre n'eſt cultiuée
qu'enuiron demy lieuë ou vne lieuë à l'entour d'vne
ville ou village,où l'on conduit l'eau par voutes ſou-
ſteraines pour arrouſer les terres: le reſte n'eſt point
cultiué, & puis ils auroient trop de froments &
d'orges, car les terres rapportent à merueille: il y a
de tres-beau froment comme le noſtre, & les galet-
tes qu'ils font ſont tres-bonnes & blanches, mais ils
ne font pas du gros pain comme nous, parce qu'ils
n'ont pas de bois pour le cuire : il y a pourtant des
foreſts,mais c'eſt vers l'Armenie, vers Ardiuille,Fara-
bat, & la mer Caſpie, & dans la Perſe, & la Medie
fort peu.

Il y a de tres-belles villes, ie n'ay pas tout veu,
O o

il y a bien à dire, mais le peu que i'ay veu me fait croire ce que d'autres m'ont dit: La ville capitale est maintenant Ispahan, elle n'estoit pas des plus grandes lors que le Roy deffunt, Abbas la choisit pour sa residence, mais du depuis tous les grands y ont fait des maisons, & c'est la plus agreable demeure qui soit soubz le Ciel, à mon goust, elle est d'vne grandeur demesurée: Il est vray que pour l'enceinte des murailles ie ne croy pas qu'elle soit plus grande que celle de Paris. Mais l'agrandissement fait au delà est encore plus grand, ne vous imaginez pas pourtant que cela soit pressé & peuplé comme Paris, il n'y a gueres de Paris au monde: voicy comme elle est composée tant dedans que dehors, les murailles de la ville sont toutes de terre simple prise au pied d'icelle, & de la terre on a fait les fossez qui ne sont pas quasi fossez, la beauté du dedans consiste aux Bazars, aux magazins Royaux, ou halles qu'ils nomment Carauansarai, ou Cam, & aux edifices i'ay desia dit que ces bazars, c'est à dire marchez, ce sont des ruës qui dureront, aucunes vn demy quart de lieuë, autres moins, qui sont toutes couuertes & voutées, hautes cóme vne Eglise, & les fenestres d'enhaut donnent iour, des deux costez sont les boutiques des marchands, vne ruë sera tout d'vn mestier, vne autre d'vn autre: vous allez tout à couuert dans ces ruës; en Esté il y a des hommes qui sont gagez à ietter de l'eau dans toutes ces ruës pour les rafraichir, de maniere que c'est vn paradis en Esté, & en hyuer vous n'estes pas moüillé. Il y a des halles presque aussi belles que la place Royalle, où derriere des maisons il y a de grandes & hautes voutes à trois estages de galeries des deux costez, longues, où se reseruent les marchandises que les Carauanes apportent des Indes; vne de ces galeries sera plaine de clouds de girofle, l'autre de canelle, autre de poiure, & gingeambre, autre de la vaisselle de pourseleine, & autres denrées.

Les edifices sont tres beaux & tres-excellents, tout en voute de briques, & au dedans les plus beaux lembris & les plus delicats qu'il se puisse voir, l'ornement de dehors & dedans les maisons des riches sont les peintures & dorures, tout brille par dehors.

Au dehors de la ville & à l'accroissement, les rues sont longues d'vn quart de lieuë & plus, tirées à la ligne, large pour passer plus de douze carosses. Elles sont pauées des deux costez le long des maisons de la largeur d'vn carosse, & de grands chicomores plantez des deux costez, qui vous donnent de l'ombrage: au milieu de quelques vnes de ces principales rues il y a vn canal d'eau qui coule, & le canal est tout de pierre de taille, polies, & à la croisée de la rue qui trauerse, c'est vne grand place où ces quatre ruisseaux se rencontrent dans vn tres-grand bassin de pierres tres-delicates: les maisons de ces quartiers-là sont tous Palais esloignez l'vn de l'autre. Cét agrandissement va iusques à vne riuiere, au delà de laquelle il y a deux autres faux-bours qui sont comme deux villes, l'vne desquelles se nomme Iolfa, où demeurent tous les

Chreſtiens Armeniens qui y ont treize belles Egliſes toutes neufues. A l'autre ville ou quanton, logent
tous les Indiens ou Payens qui ſont venus du Royaume de Candahar nouuellement conquis par le Roy
de Perſe.

Pour paſſer cette riuiere il y a vn pont duquel ie
n'ay iamais veu le ſemblable, il y a ce me ſemble
trente-deux arches, il n'y a point de maiſons deſſus,
mais il y a des murailles hautes, & à iour tout en arches; on peut cheminer par le milieu de la ruë, & dans
l'eſpaiſſeur des murailles il y a deux galeries où il peut
paſſer vn homme ſeul, & à couuert, & deſſus les murailles on y peut encore cheminer; on y monte par
deux montées, qui ſont au cómencement du pont,
& en fin ie vous aſſeure que c'eſt le plus agreable
ſéjour qui ſoit au monde que cette ville d'Iſpahan.

I'ay veu quelques autres villes encore aſſez gen-
tilles & peuplées, entr'autres Loham en allant à
Caſbin : Caſbin auſſi qui eſt capitale de Medie eſt
aſſez belle, & autres mediocres.

En tout ce que i'ay veu ie n'ay remarqué aucun veſtige de la Religion Chreſtienne, ie croy qu'elle n'y a iamais eu beaucoup de vigueur, ie dis dans la
Caldée, la Perſe & la Medie, oüy bien en Armenie.
On ſçait auſſi que S. Simon & S. Iude furét martyriſez
en Babylone, mais ce n'eſt pas à dire qu'ils y euſſent
puiſſamment eſtably la Religion Chreſtienne; ce qui
m'eſt vn contentement tres-grand, c'eſt d'y auoir
beny & arreſté vne place pour Ieſus-Chriſt, où tous
les iours on dit la ſaincte Meſſe à porte ouuerte.

DE L'ADMINISTRATION DE LA
Iustice.

I Ls administrent la Iustice comme en Turquie, dans chasque ville il y a vn Iuge qui cognoist toutes les causes, il est vray que quelques cas touchent le Gouuerneur, d'autres le Grand Douänier, autres le Preuost, mais on ne languit point à plaider, vous estes iugez tout en vn coup : ils sont estonnez quand on leur dit qu'on est quelquesfois vn mois en France sans auoir Iustice, nous n'oserions dire vn an, & dix ans, comme on est; encore plus quand on dit qu'apres vne sentence d'vn Iuge d'vne ville, on remet encore par appel à vn autre Iuge.

A cause qu'il y a vne quantité de pauures gens qui n'osent entrer chez les Viziers ou Gouuerneurs, ny chez les Iuges, le Vizier qui est le Gouuerneur de la ville capitale s'en va toutes les semaines vne fois ou deux au milieu de la place, à cheual, où tout le pauure peuple apporte ses requestes par escrit, il les prend, le fait lire (car c'est en trois mots) & aussi tost il donne sentence ; ou si le cas est important il emporte la requeste, & la raporte au premier iour, où on appelle le demandeur qui se trouue là.

Dans Babylone, i'ay veu le Cam, c'est à dire le vice-Roy, tenir ainsi Dyuan public, il est assis auec

O o iij

fes Secretaires foubs vne grande galerie qui eft au
bout de fa court, efleuée comme vn theatre de trois
ou quatre marches, & toute la court eft bordée de
foldats qui font vn cercle deuant luy, laiffant vne
grande efpace ; & y a vn huiffier qui fe promene
au milieu, & va iufques pres de la porte de la court, &
fait paffer ou auancer ceux qui demandent quelque
chofe : eftant au milieu de la court, l'Huiffier prend
fa requefte & la porte au Prince qui la voit, & fait
refponce fur l'heure, ou le remet à vn autre iour.
I'y ay efté ainfi plufieurs fois ayant affaire à luy, mais
fi toft qu'il me voyoit auec mon Compagnon, il
nous appelloit, nous faifoit monter pres de luy, &
apres que tout eftoit finy (qui duroit plus de quatre
heures) il faifoit apporter là fon difner, & nous faifoit difner auec luy, & faifoit noftre affaire.

ORDRE POVR LA GVERRE.

VAND les Capitaines particuliers ont
leué des foldats, on les fait venir en vn
iour de Dyuan ainfi, deuant vn des Ge-
neraux de l'armée, comme vous diriez
icy, ou les Princes, ou les Marefchaux de
France ; & eftant affis fur ce theatre ou Dyuan comme ie viens de dire, ils font paffer deuant eux chafque foldat l'vn apres l'autre, tenant fon cheual en
bride ; & l'on regarde fi fon cheual eft affez fort, s'il
eft bien enharnaché, & fi le foldat eft en honnefte

équipage, qui font fes parens, & fi on refpond de luy:
alors s'il y manque quelqu'vne de ces conditions on
le renuoye: i'ay veu faire ce que ie dis, & en ay veu
renuoyer, pour n'auoir point de parens qui refpon-
diffent de fa prud'homie ; que s'il a les conditions
requifes, les apportant par efcrit, on prend fon efcrit
qui eft fur deux doigts de papier, & le Prince ou Ma-
refchal de camp l'enregiftre.

Quand ils font affemblez où eft le Roy, au lieu où
s'affemble l'armée, on les fait venir tous l'vn apres
l'autre pardeuant celuy qui a commiffion du Roy, &
on leur donne vn bonnet rouge fur la tefte, qui eft
cottonné & fort efpois, en forte qu'vn coup de cou-
telas s'amortit deffus, i'ay encore veu faire cecy, eftant
pres du Roy à Cafbin.

Maintenant, lors que les compagnies feparées
cheminent par païs pour aller à leur rendez-vous, ie
vous diray que ie n'ay point veu de Religieux plus
modeftes, car fouuent ie me fuis rencôtré par des villages où ils arriuoient, au lieu qu'en France les pauures païfans cachent tout, au contraire ceux-là mettent tout au iour, afin que les foldats acheptent, foit
poulles, poullets, œufs, melons, fruits & autres chofes, & fans aucunes paroles, ils acheptent felon leur
pouuoir, beaucoup fe contentans de prendre vn me-
lon au milieu de trois ou quatre foldats, ou des rai-
fins auec du pain, & boiuent de l'eau; mais prennent vn grand foing de leurs cheuaux, menans fort
peu de feruiteurs auec eux.

Le Roy deffend à tous fes fubiets de prefter aucun

argent à ſes Officiers & ſoldats, ſur peine de le perdre, & ne ſe peuuent redemander en iuſtice, voicy la raiſon : ie paye bien mes officiers & ſoldats, &
leur donne ce que ie ſçay qui fait beſoin pour les
nourrir & entretenir en leur qualité, de maniere que
s'ils empruntent c'eſt ſigne qu'ils veulét ioüer ou faire quelque deſbauche, & par conſequent, ſe ſou-
ſtraire de l'aſſiduité à mon ſeruice, ioint que les eſtrangers les voyant aux emprunts, croyant que ie ne les
paye pas bien, c'eſt mon deshonneur.

Il y a vn ſi bel ordre que rien plus pour faire que
l'armée du Roy qui eſt touſiours ſur pied ne manque de viure pour les hommes & pour les cheuaux,
car chaſque Gouuerneur particulier des villes, &
villages du reſſort, ont tres-grand ſoin que l'on porte des prouiſions à larmée, & par les chemins vous
trouuez des Carauanes de chameaux chargez qui
cheminent nuict & iour à larmée, où eſtant arriuez ils vendent leurs danrées ſelon le taut que le
Roy y aura mis, & pas vn ſoldat n'oſeroit rien prendre ſans payer, i'ay veu vn iour que le Roy fit pendre vn ſoldat par les pieds, pour auoir contraint vn
pauure païſan de luy donner pour vn ſol de pail-
le.

Et le frere du precepteur du ieune Prince qui
regne à preſent, ayant manqué vne fois d'enuoyer
les païſans de ſon gouuernement qu'il auoit, porter des prouiſions à l'armée du Cam de Babylone,
à faute de quoy l'armée pâtit deux iours, il commanda qu'on luy tranchaſt la teſte, ce que fit
                                    le

le Cam , & fit iouër les ſoldats à la boulle de cette
teſte; iugez ſi cét ordre eſtoit en France, quel Paradis ce ſeroit, cependant il eſt plus facile de faire cela en France qu'en Perſe: car elle eſt plus abondante
mille fois.

POLICE POVR LA MONNOYE.

LA Perſe n'eſt pas vn Royaume fort pe-
cunieux, il n'y a point de mines d'or n'y
d'argent, mais de fer ſeulement ; c'eſt
pourquoy quand les marchands Armeniens qui font le commerce du pays,
ont rapporté leur argent ou or, à ſçauoir ſequins
ou Piaſtres qui ſont pieces de quarante huict ſols,
ils portent tout à la ſecque ou monnoye , où ils y
gaignent quelque choſe , & auſſi toſt on le fait
fondre , pour luy donner la marque de Perſe , &
en le changeant de marque le Roy y gaigne encore, cette monnoye du Roy de Perſe ne ſort plus
iamais car on ne le prend nulle part qu'au prix qu'elle
paiſe.

Quant à l'or le Roy en fait la recherche de temps
en temps , donnant deux ou trois ſols de gain ſur
chaque ſequin à qui les portera aux changeurs, qui
puis apres les portent au Roy , lequel les fait fondre
incontinent & en fait faire des vaſes qu'il garde
en ſes treſors, auec les pierreries dont il les enrichit,
& les diſperce par toutes les maiſons Royalles en

P p

diuerses villes, de maniere que son seruice est tout
par tout qui l'attend : le iour que sa Majesté me
traitta comme ie diray cy-apres, auec vn si grand
nombre de vases d'or, il me demanda si le Roy
de France mon Seigneur en auoit bien autant, ie
respondis que la coustume de France n'estoit pas de
se seruir de l'or pour vaisselles, & que quoy qu'il
fust plus precieux que l'argent il n'estoit pas si a-
greable, mais que le trauail & artifice qui estoit
aux vaisseaux esgaloit la valeur de cét or. Et que le
Roy mon Prince mettoit l'or en monnoye dont il
auoit des chambres pleines. Ie sçay bien dit le Roy
Abbas que c'est le plus riche Empereur du monde,
mes subiets me l'ont dit, qui y ont porté des soyes,
mais il me semble que ie fais mieux que luy, le mettant ainsi en vaisselles, car si ie le gardois en monnoye, les pieces en sont si petites que passant par
les mains de mes Officiers, plus ils le conteroient
de fois, & moins il m'en demeureroit, & si c'est que
moy mesme ie ne pourrois m'empescher d'en donner aux vns ou aux autres, mais quád il est en vaisselle où mes armes sont dessus, tous les cuisiniers les
manient, & n'en oseroient prendre pas vne, & si il
n'est pas à ma bien seance de donner vne escuelle,
vn plat, ou vne bouteille : de plus c'est que quand,
il viendra vn autre Roy, & d'autres Officiers, on
craint tousiours de toucher à cela, & si d'auanture
il arriue vne necessité, on en peut tousiours faire de
la monnoye.

POLICE POVR LES HABITS.

L n'y a gens si propre en habits que les
Persiens, mais ils veulent que leurs e-
stoffes ayent ces trois marques, belles,
durables, & à bon marché, & pour
cela ils nous enuoyent les soyes pour
tirer nostre argent, & eux se vestent de toile peinte
& luisante qu'il semble que ces toiles de cotton soient
de soye, pour trois ou quatre escus no a vn habit
complet : ils sont vestus plus courts que les Turcs,
leur veste est par dessus le haut de chose & la chemi-
sette, qui est comme vne autre camisolle picquée à
guise de ces couuertures picquées auec du cotton
laquelle est fendue en trois endroits faisant comme
trois basques d'vn pourpoint, qui croisant l'vne sur
l'autre, tombe plus bas que le genoüil, & ont vn turban non blanc comme le Turc, mais barré. Les femmes allant par la ville, si elles sont de qualité, vont à
cheual, jambe deça jambe de là, comme les hommes
auec deux estriers, & presque tousiours deux sur vn
cheual à sçauoir la Maistresse & la seruâte auec quelque estafier qui va deuant pour faire place, si c'est vne
dame de qualité elle a plusieurs Caualiers apres elle,
& plusieurs estafiers, mais quant au vestement il est
esgal par dehors à toutes les femmes, n'ayant qu'vn
grand suaire blanc qui les couure tout, depuis le
dessus de la teste iusqu'aux talons, leur visage est tout

Pp ij

bridé d'vn voile fors que les yeux qui reſtent à
deſcouuert, mais là deſſous elles ſont braues ſelon
leur qualité, & eſtant à la maiſon elles oſtent ce
blanc, & ſont tres-magnifiquement accommodées;
en Eſté elles ont ſeulement vn calleçon de broderie
qui leur tombe iuſques deſſus les pieds, qu'elles ont
nuds dans de petits eſcarpins peinturez & argentez,
& ſur le corps vne ſeule chemiſe de cotton fort deliée, dont les manches ſont larges & tombent bas
comme vn habit de Religieuſes Benedictines, & la
chemiſe tombe iuſques aux genoux par deſſus le
calleſon : les bras & le col tous chargez de pierreries & de perles, & la teſte nuë, les cheueux tous
treſſez, couuerts encore de pierreries, (i'entends
celles qui ont le moyen, car c'eſt comme en France, les femmes conſomment par leurs habits, ce que
les maris gaignent par leur ſueur.) Il eſt bien vray
qu'elles le font plus legitimement, puis que ce n'eſt
que dans la maiſon, & pour plaire à leur mary ſeulement, n'admettant iamais aucun homme dans la
chábre où elles ſont, & celles de France ne ſe fardent,
& font braue que pour plaire à des yeux eſtrangers,
ou dans la maiſon qu'à la veuë qu'elles ont qu'elles
ſeront viſitées d'autruy.

   Quand les femmes du Roy eurent veu les pourtraits de nos Reynes que i'auois donné à ſa Majeſté,
elles furent tellement rauies de voir cét habit François, ce colet de point couppé, ces cheueux releuez, ce ſein ainſi ouuert, & ces coliers de perles, cette croix de diamants qui pendoit ſur leur

eſtomac, qu'elles prierent le Roy de les faire veſtir ainſi, ce qui pleut tant à ſa Majeſté qu'il me commanda de dire au Roy de France qu'il le prioit de
luy enuoyer vn des tailleurs qui veſtoit la Reyne
pour veſtir ſes femmes, croyant qu'il n'y en auoit
point d'autres en France que ceux du Roy qui
ſceuſſent faire de tels habits.

DE LA GENTILLESSE DE LA
Cour du Roy & de la Nobleſſe.

IE ne ſçaurois dire autre choſe de ce ſu-
jet ſinon que la Cour de Perſe approche fort de celle de France, & que la
nobleſſe y eſt tres-polie, tant pour la ci-
uilité que pour l'eloquence, ils parlent
fort, & ſont complimenteux & gauſſeurs comme
les François, ils vont excellemment bien à cheual, &
ne font autre chaſſe que celle de l'oiſeau, mais vous
les voyez preſque tous aller promener auec l'oiſeau
ſur le poing, ils s'entreuiſitent fort, & prennent plaiſir d'entendre d'habiles hommes.

DE LA CVRIOSITÉ DES PERSIENS.

Ls ne font pas fort inuentifs, mais ils ont l'efprit fi fubtil que quand ils ont veu vne chofe ils l'imitent incontinent. C'eft pourquoy ils font toutes les careffes du monde, foit aux hommes de fcience, ou aux hommes de meftier, & tafchent auffi toft d'apprendre ce que vous fçauez, afin de n'auoir plus que faire de vous, & de gaigner ce que vous gaigneriez.

DE L'AFFECTION QVE LE ROY
& les Grands portent aux eftrangers.

Es eftrangers font grandement bien receus dans ce Royaume, & fur tout les François y font defirez, ils en ayment le naturel comme approchant du leur, & en eftiment l'argent difant que c'eft la plus riche nation du monde, comme il eft vray.

Vn iour le feu Roy demanda à quelque Seigneur qui eftoit pres de luy : De cóbien de fortes de nations ay-je dans mon Royaume? & de combien de Princes ay-je des fubiets, il refpondit qu'il en auoit de quatre. Premierement du Pape, car il auoit les Carmes qui font Italiens. Secondement du Roy d'Efpagne, car il a des Auguftins qui font Portugais. Troifiefme-

ment du Roy d'Angleterre, y ayant vne compagnie
de Marchands. Quatriefmement des Eftats de Ho-
lande, ayant vne compagnie de marchands Holandois. Alors fa Majefté repliqua : voila grand cas, i'ay
tous ceux dont ie ne me foucie pas tant, & ne puis voir
en ces quartiers les fubiets du Roy de France que i'ay
plus defiré. Voyez vous comme mon Royaume n'eft
point accomply, fi ie n'en ay. Or bien les voicy maintenant (parlant de nous autres Capucins) cela me
manquoit, il ne me manque plus rien. Celuy mefme
à qui il difoit cecy, me le raconta de la façon que ie le
dis, en quoy on void le grand defir qu'ils ont d'auoir
amitié auec les François, & qu'ils faffent le commerce auec eux, & c'eft ce qu'apprehendent les Anglois,
& fur tout les Hollandois, qui craignant que nous ne
mefnagions cette affaire, tafchant par prefens de cor-
rompre les Officiers de la Couronne à nous faire fortir de Perfe, principalement depuis la mort du feu
Roy Abbas, en deprimant l'authorité de fa Majefté
tres-Chreftienne.

QVELLES SONT LES MARCHANDI-
fes qui viennent du païs de Perfe.

E n'y trouue que deux ou trois fortes de chofes que l'on puiffe prendre en ce païs là, à fçauoir, la foye, la rubarbe, les toiles fines de
cotton, & les Perfianes ou toiles peintes. Voila ce

me femble tout ce que ie puis dire en general de ces
païs-là, ie m'en rapporte du refte à ceux qui comme
moy ont fait le voyage , & ont l'efprit meilleur pour
le remarquer.

PIECE
TRES-RARE
ET CVRIEVSE
qui eſt le Teſtament
de Mahomet.

IE n'ay voulu finir cette relation ſans vous faire part d'vne choſe tres-rare qui m'eſt tombee fortuitement entre les mains, que ie ſçay eſtre tres-digne d'vn eſprit curieux, qui eſt le Teſtament de Mahomet : Et afin que vous ſçachiez comment & pourquoy ſe fit ledit Teſtament, vous ſçaurez que cette année paſſée mil ſix cens vingt huit il s'eſleua vne bouraſque & perſecution de bourſe ſur les Eccleſiaſtiques & marchands Chreſtiens, qui fut telle : C'eſt que ſouz pretexte du beſoing que leſdits Chreſtiens ont de demeurer en ces païs-là ils furent taxez chacun à payer an-

Qq

nuellement certaines sommes de deniers selon
leurs qualitez, & pour recompense de ce afin de
gratifier lesdits Chrestiens, les prenant en sa sauue-
garde & conduite il fit les pacts & contracts en la
maniere qui ensuit.

TESTAMENT
DE MAHOMET
QVE LES TVRCS

APPELLENT SA MAIN OV SI-
gnature, qu'il fit auant mourir en faueur des
Chrestiens, & en presence des tesmoings cy-des-
sous signez qui estoient ses disciples, & Authen-
tiqué du Secretaire ou Notaire public comme
vous verrez.

Mahomet enuoyé de Dieu pour
enseigner tous les hommes, & pour
annoncer le depost ou gage diuin auec
verité, a escript ces choses auec verité,
à celle fin que à cause de la Religion
Chrestienne ja decidée par le mesme Dieu, demeu-
rast ferme en toutes les parties de la terre Orienta-
le, & Occidentale, tant chez les domestiques que
chez les estrangers, proche, & esloignez, cogneus, &
incognu, à tous lesquels peuples il a laissé ce present escrit pour alliance inuiolable, pour definition

Qq ij

de toute controuerſe, pour loy en laquelle la Iuſtice eſt manifeſtée, ou l'exacte obſeruation des choſes y contenuës eſt eſtroitement commandée.

Celuy donc d'entre les obſeruations de la loy
Muſulmane qui en negligera l'accompliſſemét, & en
violera l'alliance icy contenuë, ou l'enfraindra à qui
que ce ſoit des infidelles & tranſgreſſera les cómande-
més que ie faits cy-dedans, celuy-là dis je fut-il Roy,
ou autre fidele Muſulman, il violera le traité de Dieu,
s'eſloignera de l'accord, & meſpriſera ſa vólóté : or par
cette alliance par laquelle ie me ſuis engagé, & que
les Chreſtiens ont requiſe de moy, & de tous mes
ſectateurs Muſulmans, à ſçauoir que ce traitté diuin,
cette alliance, ce teſtament des Prophetes, Apoſtres,
Eſleuz, Saincts, fideles & bien-heureux des ſiecles
paſſez ou aduenir, fut eſtably entr'eux & moy :
par ce mien teſtament dis-je que ie veux eſtre accomply auſſi religieuſement comme le Prophete
enuoyé, où l'Ange proche de la Majeſté eſt obligé
à l'obeiſſance de Dieu, & l'obſeruation de la loy,
ie promets comme leur Iuge dans mes Prouinces, les
deffendre auec main armée de Caualiers, pietons, &
autres aydes fidelles mes ſectateurs, les proteger
contre tous ennemis, eſloignez ou proche, en paix
ou en guerre, iuſques à ce qu'ils ſoient en aſſeurance, veiller à la conſeruation de leurs Egliſes, Temples
& Oratoires, Monaſteres & lieux deſtinez au pelerinage, quelle part du monde qu'ils ſoient ſcituez,
dans les mótagnes, valons ou antres, dans les plaines
deſertes, ou dans leurs propres habitations, ie pro-

mets de deffendre leur Religion, & leur bien par
tout où ils feront fur mer ou fur terre, en Orient ou
en Occident, auec le mefme foin que i'ay pour moy
& pour la conferuation de mon Sceptre, & de tous
mes peuples fidelles Mufulmans. De plus, ie les pren-
dray deffoubz ma protection, les fouftrairay à toute lezion, dommage & violence; iufques là que ie
partageray les inimitiez entr'eux & moy, tenant
pour miennes les offences qui leur feront faictes, &
feray guerre à bon efcient contre leurs ennemis, em-
pruntant pour cette occafion le fecours de mes Se-
ctateurs & fauteurs : auffi la raifon veut que les
ayant fouz ma domination, ie les garde, & deliure
de toute infortune, afin qu'ils ne reffentent aucun
dômage qui n'aye premierement frappé les miens
que ie veux employer à la confommation de cette affaire. Ie promets auffi deliurer nos alliez des impofts,
prefts, ou gabelles dommageables, tellement qu'ils
nous fatisferont à leurs volontez, de maniere qu'en
ce point ils ne feront iamais mefcontents: le Prelat
fera maintenu en fa Prelature, le Chreftien ne fera
iamais violenté en fa croyance, ny le Moyne en
fa profeffion : le Pelerin fera libre en fon voyage,
& le Religieux en fa communauté, leurs maifons
& Temples ne feront point deftruits, ny quoy qu'il
arriue donnez pour l'vfage des edifices & Temples
Mufulmans; & fi quelques-vns contreuiennent à
ces chofes, c'eft au preiudice du traité de Dieu, de
l'autorité de noftre meffager, & de fon teftament
Que l'on n'impofe aucun tribut à Euefque ny à Moy

ne, ny à aucun de ceux qui ne font pas obligez, fi
ce n'eft de leur confentement, & le droit qui fe le-
uera fur les riches marchands, plongeurs, pefcheurs
de perle, foffoyeurs de mines d'or, d'argent & de
pierres precieufes, & fur les Chreftiens riches &
opulents, n'excedera douze deniers annuellement,
à condition encore qu'ils foient habitans, conftans
& perpetuels du mefme lieu, car les paffans cir-
conuoifins, & autres dont la patrie eft incogneuë
ne font obligez au payement de telles daces, & gabelles, finon qu'ils poffedaffent des immeubles; mais
pour celuy que l'equité oblige de payer argent à
l'Empereur il donnera à la mefure des autres, non
dauantage, & ne luy fera rien demandé par deffus
fes forces: celuy femblablement qui fera obligé pour
fa terre, fes edifices & reuenus, ne foit furchargé par
deffus l'ordre, ny contraint à payer plus de tribut
que les autres tributaires de mefme condition. Nof-
dits alliez ne feront tenus de faire des forties fur les
ennemis en faueur des Mufulmans, car ce n'eft pas
du deuoir des confederez de s'entremettre des affaires de la guerre, veu qu'à cette fin on a traitté
auec eux pour les releuer des fatigues d'icelles, mais
bien pluftoft les Mufulmans en prendront le foin
& les garderont qu'ils ne foient point forcez de venir à la meflée, au rencontre ou au choq des ennemis, ny de fournir armes ny cheuaux, finon qu'ils
ne foient pouffez à cela par vn excez de bonne volonté, & celuy qui l'auroit fait volontairement
qu'on luy en fçache gré, & foit recompenfé pour

vn tel benefice. Aucun Mufulman ne rendra defplaifir aux Chreftiens , & ne debattra auec eux
finon par les bien-faits, & pour les vaincre de cour-
toifie, mais les receura felon tous les droits d'hu-
manité poffible, & prendra bien garde de les mo-
lefter ou fafcher en quelque lieu ou rencontre que
ce foit où ils les pourroient auoir offenfez. Si quelqu'vn d'entre les Chreftiens tombe en faute ou
crime, le foin & la charge du Mufulman fera de
le corriger, affifter, agir pour luy, fe rendre plege
pour la faute commife, & adoucir la caufe de fon
infortune : à cét effect le Mufulman aura pouuoir de
luy redimer la vie, d'autant que par le traitté diuin nous auons pactifé de la façon entre nous, à
ce qu'ils les iouïffent des biens dont iouïffent les
Mufulmans, & participe efgalement à leurs peines,
afin que les biens & les maux, les douceurs &
les amertumes foient efgalement parties entr'eux,
conformément à l'accord, que nous n'auons fceu
refufer à leurs iuftes demandes, & aux foins que
nous deuons apporter pour la confirmation d'iceluy.
Vous ferez tenu d'efloigner d'eux tout mal-heur &
exercer enuers eux tous les deuoirs de l'amitié afin
que les Mufulmans partagent auec eux la profperi-
té, & aduerfité:Quant à ce qui regarde les mariages,
qu'ils prennent garde fur tout que les Chreftiens ne
foient point moleftez, que les ieunes filles Chreftiennes ne procurent point de faire induire par force leurs parens à les efpoufer à vn Mufulman, & s'il
arriue que lefdits parents refufent leurs fils ou leurs

filles à vn Muſulman, que pour cela ils ne reçoiuent
aucun deſplaiſir, car c'eſt vn action toute volontai-
re. S'il arriue pourtant que la femme Chreſtienne
s'allie par le mariage à la maiſon d'vn Muſulman, il
ſera tenu luy permettre liberté de conſcience en
ſa Religion, de telle ſorte qu'elle puiſſe ſuiure les
mouuemens de ſes paſteurs, & s'attacher ſans ob-
ſtacle aux enſeignemens de ſa foy, à ce ſubiet il ne
la tourmentera point & ne la menacera du diuorce,
& ne la ſollicitera aucunement d'abandonner ſa foy,
s'il le fait, l'offençant en ces choſes ſuſdites il rompra
auec Dieu, mettra ſon traitté en arriere, & reſiſtera à
l'accord de ſon Nonce, & meſſager, pour eſtre du
nombre des refractaires & menſongeurs. Dauátage,
quand les Chreſtiens auront volonté de remettre les
Egliſes ruinées, Monaſteres, & quoy que ce ſoit qui
touche la Religion, s'ils ont beſoin de l'aſſiſtance &
largeſſe des Muſulmans, pour ſemblables repara-
tions, ils doiuent departir liberalement leurs biens
à la meſure de leurs forces, non auec penſées de le
redemander comme choſe deüe, mais gratuite-
ment en faueur de leur foy, ayant deuant les yeux
l'obligation qui les a liez à l'accompliſſement du traité de Dieu & de ſon armée. Quand aucuns d'iceux ſe
rencontreront parmy les Muſulmans qui ne les
violentent point, les ayant en haine les forçant à porter leurs lettres, & ſeruir de guide és chemins, ou les
trauaillans de quelque autre maniere, car celuy qui
exercera telles tyrannies contre le moindre, il eſt op-
preſſeur, ennemy du meſſager enuoyé de Dieu, &
deſo-

defobeïffant à fes volontez. Ce font les pacts & conuentions faites entre Mahomet enuoyé de Dieu & les Chreftiens.

Quant aux conditions, pour l'obferuance defquelles ie lie leur foy & les confciences, ce font celles qui fuiuent : Qu'ouuertement ny fecrettement les Chreftiens ne cachent ny recelent aucun foldat aduerfaire des Mufulmans : qu'ils ne mettent à couuert leurs ennemis : qu'ils ne les fouffrent dans leurs quartiers, & maifons facrées : qu'ils n'affemblét point leurs forces auec celuy du Camp ennemy des Mufulmans, leur fuppeditant armes, cheuaux & hommes : qu'ils ne prennent gage d'eux, ny fe rendent creanciers ou debiteurs ; mais qu'ils fe ramaffent en vn lieu pour fe conferuer eux mefmes, & combatre en faueur de leur vie & Religion : qu'ils ne refufent à aucun Mufulman l'aliment & nourriture de trois iours pour eux & leur cheual : Mais pour vne plus grande preuue d'affection ils leur changeront les viandes, & s'efforceront ainfi d'adoucir leurs peines, fatigues & amertumes : & fi vn Mufulman eft contraint de fe cacher en leur maifon, ils le fauueront, & conferueront affectueufement, & le releueront de la calamité qui l'oppreffera, le celant à l'ennemy, & ainfi ils fatisferont à leur obligation.

Quiconque violera la moindre de ces conditions, & fera autrement, il fera fruftré des immunitez comprifes dans ce Teftament de Dieu, & de fon Meffager, & iugé indigne de iouyr des priuileges liberalement concedez en faueur des Prelats, Moines, &

R r

Chreſtiens,&enioints par les Edits de l'Alcoran aux
obſeruateurs d'iceluy. C'eſt pourquoy ie coniure
mon peuple au nom de Dieu & de ſon Prophete,
qu'il aye à obſeruer fidelement ces choſes, & les accomplir par œuure en quelle part du monde où ils
ſe rencontreront, & le Nonce de Dieu les recom-
penſera pour ces choſes, l'obſeruance perpetuelle
deſquelles il leur recommande ſerieuſement iuſques au dernier iour du Iugement, & de la reſolu-
tion du monde.

De ces conditions que Mahomet enuoyé de Dieu
a paſſé auec les Chreſtiens, & eſquelles il les a re-
ciproquement obligez, ſont teſmoins,

Abu-Bacri aſſadicq.　　　　Omar ben-alchatab.
Othman ben-Afan.　　　　　Ali ben-abi-taleb.
Moauia ben-abi-Sofian.　　　Abu-addarda.
Abu-adrin.　　　　Abu-horain.
Abdalla ben-Maſud.　　　Abdalla ben-alabbas.
Hamza ben-abdi Imottaleb.　　　Fodail.
Zaido ben-thabet.　　　Abdalla ben-zaid.
Harfus ben-zaid.　　　Alzobair ben-alaüam.
Saad ben-moad.　　　Thabet ben-cais.
Aſamet ben-zaid.　　　Othman ben-matun.
Abdalla ben-omar-alaas.　　　Aben-rabiaa.
Haſan ben-thabet.　　　Giafar ben-abi-taleb.
Aben Alabbas. Talha ben-abdalla. Saad ben-abade.
Zaido ben-arcam.　　　Sahal ben-baida.
Daud ben-giobair.　　　Abu-alaalia.
Abu-ahrifa ben-oſair.　　　Haeſchem ben-aſſia.

Omar ben-iamin. Caab ben-malec.
Caabben-caab. Tous lesquels puissent estre gracieux deuant Dieu.

Or le Secretaire de ce Testament a esté Moauia
ben-abit-Sofian, Garde du Nonce de Dieu: Et fut fait
vn Lundy le dernier iour du quatriesme mois de
l'annee, en la ville de Medine. Plaise à Dieu remu-
nerer & recompenser tous ceux qui ont attesté &
signé cét escrit. Loüange à Dieu Seigneur de toutes les Creatures.

FIN.

MESSIEVRS,

Comme i'eſtois à la derniere fueille de l'impreſſion de ce liure, i'ay eſté aduerty par quelqu'vn de mes amis que l'exemplaire ſur leſquel ce liure a eſté imprimé, ayant paſſé par les mains de pluſieurs perſonnes a eſté changé en pluſieurs endroits, meſmes aux applications; en ſorte qu'il y a des choſes qui ne ſont pas ſelon le deſir du R. P. Pacifique, leſquelles il deſaduouë: Neantmoins le Lecteur ſera ſupplié de vouloir agreer la preſente Relation en la façon qu'elle eſt, car il y trouuera pluſieurs choſes tres-vtiles & remarquables.

TABLE
DES MATIERES
CONTENVES EN
CE LIVRE.

A

R r iij

TABLE

Habit

DES MATIERES.

TABLE

TABLE DES MATIERES.

FIN.

Fautes furuenuës à l'impreffion.

PAge 6. ligne 20. digeffion, lifez digreffion. Page 7. ligne 16. rit Grec, lifez rituel
Grec. Page 8. ligne 19. fonde, lifez fonde. Page 29. ligne 4. fur-humaine, lifez
eftrange. Ibidem, ligne 13. en fainct François, lifez en Croix. Page 42. ligne 3. Con-
ftance, lifez Conftante. Page 43. ligne 7. deuxiefme Empereur, lifez vnziefme Empereur. Page 62. ligne 3. fillons, lifez feillons. Page 67. ligne 22. fur le zenit, lifez
fur la tefte. Page 73. ligne 2. Micheas, lifez Michas. Page 75. ligne 11. rtone, lifez
trou. Page 81. ligne 8. rofée Royalle, lifez rofée Celefte. Ibidem ligne 17. *Omnia*,
lifez *Omnis*. Page 81. ligne 5. mariée, lifez Efpoufée. Ibidem, ligne 14. penetrant la,
lifez prenant. Page 86. ligne 3. adoré ce lieu, lifez adoré en ce lieu. Page 103. ligne 24.
Egrediemur, lifez *Egrediamur*. Page 108. ligne 1. *tenet*, lifez *tener*. Page 111. ligne 19.
perifaumata, lifez *perizomata*. Page 133. ligne 27. montez Gelboé, lifez *Montes Gelboé*. Page 135. ligne 26. *pace eius*, lifez *pace locus eius*. Page 179. ligne 15. *iter vnus dijs*,
lifez *requirentes eum*. Page 188. ligne 9. par la bonté, lifez par fa bonté. Page 190.
ligne derniere, *enim locus*, lifez *enim locum*. Page 208. ligne 24. trançonné, lifez
eftançonné. Page 216. ligne 14. *viditis*, lifez *vidiftis*. Page 221. ligne 16. Marie &
Marthe, lifez *Maria & Martha*. Page 223. & Magdalon, lifez en Magdalon.

Extraict du Priuilege du Roy.

PAR grace & Priuilege du Roy, il est permis à NICOLAS DE LA COSTE, Marchand Librairie & Imprimeur en l'Vniuersité de Paris, d'imprimer, & mettre en vente vn liure intitulé, *La Relation du Voyage de Perse par le R. P. Pacifique de Prouins Predicateur Capucin: auec les Patentes du Roy de Perse, & des guerres qui s'y sont faites pendant son seiour audit pays: Aussi le martyre de la Reyne de Georgie, & la prise de Babylone & autres villes, &c.* Et faisant defenses tres-expresses à tous Libraires & Imprimeurs, ou autres de nos subjets, de quelque qualité ou condition qu'ils soient, d'imprimer ou faire imprimer ledit Liure, le vendre, faire vendre, debiter, ny distribuer par nostre Royaume, durant le temps & terme de six ans, à peine de confiscation & d'amende arbitraire, & de tous despens dommages & interests, comme il est plus appert és lettres de Priuileges, donnez à Grenoble le trentiesme iour de Iuillet 1630. & de nostre regne le vingt-vniesme.

Par le ROY en son Conseil.

Et scellé du Grand Seau de cire jaune.

Signé   RENOVARD.

Acheué d'imprimer ce dixiesme iour de Feurier 1631.

www.ingramcontent.com/pod-product-compliance
Lightning Source LLC
Chambersburg PA
CBHW050148030726
47505CB00005B/1276